筆墨因緣

大兵習文六十年

趙玉明 編著

八十三歲「開心」事
——老病人生的告白與懺悔（代序）

趙玉明

所幸那夜跌了一跤

人到老年，百病隨之而生，高血壓、高血糖、高血脂如影隨形，關節與心血管出問題，更是常事，稍一不慎，就可能出大差錯。二〇一〇年七月上旬一個夜晚，我照常吃睡前藥，不知怎的，清楚的記得自己吞下藥，還喝了一口水，身子突然倒地，就不省人事，也不知老妻是怎麼扶我起來，移在沙發上，反正有好幾分鐘，等於生命停格，完全一片空白。

所幸悠悠醒來，自己也十分茫然，稍動身子，轉動腦袋，自覺有些疲倦，上床竟然熟睡，第二天清早起來，記起前情，一陣緊張，才趕赴榮總心臟內科，看陳景隆大夫，作細部檢查。

本來我有三高病史，也有心血管方面的問題，有長期服藥。從報社退休，由曼谷搬回台北，五年前開始和一群早期軍中朋友，山行晨運，每天爬山一兩小時，被朋友看成一馬當先的健行者，我也自覺不錯，象山、虎山、九五峰、碧山岩、陽明山各處，來去自如。就在我暈倒之前一個月，山行時突然氣喘加急，心跳有悸動現象，走稍久就要停步休息，遵從山友之勸，到醫院回診，接受必要檢查，陳大夫建議適當時間，安排為我作心導管治療，就是常說的裝支架，暈倒後再去看陳大夫，他也配合加快了安排，因基本檢查都有，只加一些即時檢驗，就可以進行手術，現在想來，所幸那夜摔了一跤，加速了我醫治的進程，引領我面對現實。

心導管治療遇了難題

依照陳大夫的安排，七月十四日下午一點，我住進榮總一〇七病房，好接受一些檢驗和檢查，因為我的很多朋友，都做過支架，不過兩三天，又生龍活虎，我也一派有說有笑，進了病房。

我的手術，安排在七月十五日上午，據我稍前的了解，心導管手術是心血管疾病的一種醫療手術，有的人的血管經過一條細管子通過後不用裝支架就通了，有的人血管有阻礙或凹陷，裝一個支架撐持起來，讓血液流通，有的可以裝幾條支架，也不是問題，不過花點錢而已。

心導管治療是局部麻醉，上了手術台，醫生和助理講話我聽得一清二楚，機器運作毫無痛苦，經過大約四十五分鐘，機器動作停止，清晰的傳來陳大夫的聲音：

「伯伯，你的狀況不能做支架，你的血管阻塞得太厲害支架過不去。」然後他向我說明，我有兩條心血管出問題，一條阻塞百分之九十、一條阻塞百分之七十，有一條比較好，有百分之七十可用，這一條可以做支架，但陳大夫認為「沒有用，做了也是浪費」。

「怎麼辦呢？」

「只有兩個辦法，一個是轉心臟外科，一個是長期吃藥。」

陳大夫進一步分析，動外科手術，我八十三歲，又有三高病症，風險比較大，藥物治療也有不同的風險，要防止突發性的變化，容易出事。最後他說：「伯伯自己好好想一下，我也找外科大夫商量一下，看是不是先轉外科看看，我也會到外科來看你。」

於是我又回到一〇七病房，心情開始緊張起來，自己好像面臨了生死大關。躺在病床有點發急，又怕我的情緒影響 身邊相陪的妻兒和來訪的朋友。過去六十年的病史，不由一件件從心上翻騰起來，雖有病痛，但都逢凶化吉，活到八十三歲，大概這是我敢面對現實的最大憑藉。

肺浸潤留我在臺灣

三十五年冬天，我在長沙青年從軍，高中沒有畢業，因為三年流亡學生耽誤學業，所以從軍由廣州來臺灣，實際年歲是十九歲。當時青年軍二〇五師駐地在鳳山灣子頭，接受孫立人式的新軍訓練，就是早上打赤膊，穿紅短褲跑五千米，每天受八個小時基本訓練，我雖然身材不高大，卻也稱得上短小精幹，當時我們第九戰時中學在長沙從軍的同學不少，同在一個部隊，也沒有人地生疏的感覺，也許我們湖南人對當兵習以為常，樂天知命，都能適應。

不想三十六年秋某日，早上照常跑五千米，白天照常出操，那天我的課目是六〇砲班攻擊，我是上等學兵代砲長，恰好那天孫立人親自來看操，全程五千八百米，他步步跟進，一個小兵自不敢馬虎，還有幾分得意，不料晚上突然高燒，送到灣子頭野戰醫務所，就留下來「觀察」。

那時部隊醫務所沒有檢驗設備，小病痛有軍醫開藥，稍重一點的病，要由護士帶到高雄市立醫院看病檢查，跑了兩三天醫院，結果我患了「肺浸潤」，不知是不是肺積水，也問不清楚，診斷結果要「安靜加療」，我就成了療養員，等於要長期住醫療所，變成長期病號。在這個過程中，我遇到一位大我六、七歲的護士對我很照顧，指導我養病的起居飲食，照顧我吃藥打針，對我鼓勵不少，到現在我還記得她的名字叫「娶治」，姓什麼倒是忘了。

這次養病幾個月，最大的變動是二〇五師部隊全開赴北平作戰，我們幾十個病號變成「後送療養」，巧的是幾個月後我們的病竟然全好了，也沒有機會向北平歸隊，更不幸的是二〇五師在北平也打散了，中共不久也過了長江，要想歸隊無處可歸，因此病好的有人請假他去，病沒好繼續留醫，我在不知所從的時候，接到在台北一個中學同學的來信，約我到台北找機會，到台北後，有同學找關係，用流亡學生名義再讀書，有同學相約到保警總隊或警備旅剛成立的第二團，我選了警備旅第二團，團長就是後來的《聯合報》創辦人王惕吾，他讀軍校的名字叫王瑞鍾，這些對我後來到《聯合報》沒有直接關係，卻不能不說是一種因緣。

後來警備旅改編成步兵師，改屬陸軍第六軍，就要駐在台北附近的雄獅部隊，我以上士班長進入雄獅幹訓班接受為期十一個月的初級軍官訓練，同學共一百七十四人，原意是比照鳳山軍訓班，結束訓練後都以少尉任用，充實部隊基幹，因高層意見不一，未能如願，僅選升六個人，我是其中之一，儘管其他同學，先後都升為軍官，對我而言，應是鼓勵。

頭上長疤沒有進成軍校

我晉升軍官後回原部隊「候缺補實」時，正好傳出陸軍軍官學校在台復校，招考第廿四期新生，這在軍中是大事一件，這時是民國四十年初冬，我滿廿二歲，正是我自己「青春歲月英雄夢」的年代，既已初任軍官，讀軍校自然也心嚮往焉。

這次招生對社會招收高中畢業的學生，在軍中也徵選士官和基層軍官參加考試，軍中考試從團、師、軍逐級考選，我都過關，而且名列前茅，不料最後一關體檢和口試，出了意想不到的差錯，我那時身高體重都合標準，到了口試那天，我向主考官行鞠躬禮，他只看了我一眼，隨手就拿起印章，蓋了一個「丁」，使我傻了眼，大概那位主考官察覺我的錯愕，說了一句「你頭上有兩塊疤」。

頭上是有疤，那是四、五歲時長了瘡，自己不小心抓破了，留下兩個疤痕，不想這就影響我軍事生涯的前程，自然十分無奈。

很氣餒的回到原單位，團長童承啟上校當天召見我，叫我別灰心，當面寫了派令，令我坐他的吉普車，向第六連報到，我從那天起就成了「趙排長」；值得一提的是幾年後，我進了步兵學校，因統一學籍，送了我一個「敘陸官二十四期」的學籍。

還有對我影響最大的文學因緣，也從那時開始，我的第一個不成熟的作品〈疤〉，在《野風》發表，寫的就是我的這個「痛」。

從此，我的興趣轉向文事，參加文藝函授班，開始學習寫作，學編油印報，還參加國防部甄選，轉任政工職務，經過國軍文化示範營，結識了許多文學前輩，後來一直參與新聞文宣和傳播工作，是自己人生的一個大轉變。

中年人得了娃娃病

說也奇怪，患過肺浸潤之後二十多年，我沒生過什麼大病，工作也由野戰部隊調到國防部的直屬部隊，還由國防部考選參加心理作戰工作，其間四次進出金門，一次馬祖，從報社編輯，到廣播電台台長，近二十年無災無難，而且多有表現的戰場，也多有歷練機會，算是很幸運。

再一次患病，我已經近四十歲了，那時我已交卸金門廣播電台台長，回台北參加國防部心戰小組，簡稱「心廬」，一面工作，一面研究，聘請多位名教授講課，課程近似一般研究所，最初只有九個人，後來正式辦了好幾期，課程包容頗廣，如馬克思政治經濟學、國際共產主義運動史、中共黨史、中國文化史、哲學、心理學、孫文學說等，我基礎太差，又有些外務，學無成就，但是這是我一生唯一可以讀書、寫作可貴的五年，更是我退役前的準備期，對我後半生助益甚大，我常說我沒有進過大學門，卻讀過研究所，說的就是這段因緣。

這次病得怪異，高燒不退，滿身紅點，我趕到中山南路台大急診，久久無人理睬，我一生氣，提了一把錢，趕到廣州街的中心診所，那時我是一個少校軍官，敢進中心診所的應該不多。那次主治醫師是後來做過榮總醫院院長的羅光瑞大夫，是腸胃病專家，他一看診，笑著對我說：「先生，你大人得了娃娃病。」他告訴我得的是德國痲疹，要住隔離病房，只要三兩天就可出院。

於是，護士遵醫生指示，帶我進單人病房，門窗緊閉，打針吃藥，朋友來訪，只能隔窗傳話，門外也貼了「謝絕訪客」牌子，不想，第二天我在楚戈家認識的一位張小姐，拿了一束花前來探病，她未細看門外牌子，不知是隔離病房，推門跑了進來，我十分感動，但不知所措，護士小姐帶著口罩趕進來，見事已如此，也未說什麼，這是病中趣事，這位張小姐就是現在的趙夫人，這次生病，花了點銀子，也算是喜劇收場。

老先生，你差一點走了

再一次生病又是十年以後，那時候我退役已十二年，已經轉入新聞傳播界工作，經歷過《民族晚報》、《徵信新聞》、《經濟日報》的編輯工作，擔任過華視編審組長，《民族晚報》總編輯，當時正擔任聯合報總編輯，從軍中走向社會，這十幾年的發展對我這個靠「油印報師傅」出身的人，算是很大的前景。記得那天下午四點鐘照例開完編前會議，正在看手邊一些專欄，突然頭暈腦轉，十分不安，幸好記者王保憲路過我身邊，我急忙叫住他：

「保憲，你車在嗎？快開到大門口。」

我立即下樓，上了他車子，叫開往最近的醫院。

「最近只有博仁醫院。」

「就博仁，快！」到博仁醫院進了急診室，護士趕忙給我量血壓，她立即打電話找醫生，她放下電話，一句話也沒說，先給打了一針，又給我吃一顆藥，而後才說：「你放輕鬆……」而後接著念：「眼放鬆，鼻子放鬆，嘴放鬆……」說也奇怪，我的器官也在跟著放鬆，後來醫生趕來，再量血壓，又打了一針，叫我閉上眼睛，平躺一會，大約半小時後，醫生又給量了一次血壓，才開始跟我講話：

「老先生，你差一點走了！」那時我不過五十多一點，也許有病容，加上穿深色棉衣，就叫老先生三個字很刺耳，他告訴我低血壓一百九、高血壓兩百幾，打了幾針，過了一小時，低血壓還超過一百一，高血壓還有兩百。醫生又讓我吃了藥，要我躺下來，關上燈，睡了半小時，還真睡著了。

後來他問保憲：「是你爸爸？你們要小心喔。」

「不是，是我總編輯。」

「總編輯？什麼報？」

「《聯合報》」，醫生又給檢查了一會，開了藥，囑咐我：「你要好好休息一陣，不要熬夜，不要太忙，要小心照顧自己，最好到大醫院檢查一下，」我看著醫生，心想，我也想啊！放得下嗎？像我這種出身的人，能放得下這樣的工作機會嗎？當天我真沒有上班，第二天就趕到中心診所，一位新陳代謝專科醫生趙大夫為我安排多項檢查，確定我患有高血壓、高血脂和糖尿病，從此入籍三高病患的行列到現在已超過廿年。

我不能放棄工作，只有照醫生的指示，注意飲食，增加運動，有好幾個月我謝絕應酬，停止喝酒，每天走路，晚上下班，不吃宵夜，改到國父紀念館繞圈子慢跑，大概有七、八個月，再去檢查，血糖降到九十，趙大夫說我是最合作的病人，可惜未能堅持，我認為老年的病痛，這些都是遠因。

驚傳心臟出了小問題

再一次生病，已是十多年以後，人已在泰國曼谷《世界日報》工作，打開局面比較辛苦。我慢性病的藥都從台北帶去，只要回台北一定去看醫生，很長一段時間，看台大李源德、戴東原兩位大夫，照他們處方帶藥到曼谷，病情很穩定。加上我學會打高爾夫球，每週上兩三次球場，運動量也很夠，所以很少生病。

很久的一段時間，出現三次小毛病，一次是在榮總健康檢查，發現直腸有一小塊息肉，到醫院追蹤檢查，我害怕是癌症細胞侵襲，門診醫生幫我檢查時，說順便幫我切除了，經過化驗，平安無事。

還一次，是背上長了一個小癤子、又癢又痛，經同事安排在台大動了小手術，因為很忙要趕急，麻煩了景福病房一位女醫生，幫我手術，挖出一個球狀小肉塊，化驗是良性，幾天就拆了線，也沒有出問題，很快就回到曼谷，如常工作。

還有一次是在曼谷，有一天，不知怎的突然牙痛，引發頭痛，臉有些腫，而且發燒，我趕到一家康民醫院，竟然要住院觀察，經過檢查找不出病因，電子掃瞄，血液篩檢，都沒有結果，不過燒退了，痛也止了，人也就出院了。稍後回台開會，我到聯合報診所看診，診所是與台大合作，延聘各大醫師來所看診，我去看病那天，正好新光醫院的一位醫師，主治心血管疾病，早年留學英國，是引進心導管治療手術的有數醫生之一，年紀稍大，看了我的病歷，印證我的狀況，建議我到新光醫院，加做運動心電圖，他認為我心律不整，可能是心血管問題。照他安排，做完運動心電圖，他對著電腦，顯現我的心臟向我做說明，建議我做心導管手術。

我向家人說明，在醫生的安排下住進了新光醫院健保二人房，準備第二天手術，不料我鄰床病友出了狀況，他裝過三支支架，連續出問題，回醫院三次，而且狀況很壞，內人在旁看著不願簽同意書，加上我是榮民，到榮總享有某些優待，就出院回家，第二天趕到榮總，主治張茂松院長的建議是心導管越早做越好，他安排必要檢查，調整了用藥，叫我加強運動，我就帶著藥又回到曼谷，一直到九十二年退休，心臟也沒有出什麼大狀況。

六年前搬回臺灣，參加爬山，注意運動，身體看來硬朗，原來都是假象，病根還是存在，只是被藥物壓住，沒有爆發而已，自己的疏忽和對疾病的無知，險些要了自己的命，還不自知。

從心臟內科轉到心臟外科

從心導管手術室，回到一〇七病房這半天，我陷入六十年病史的漩渦裡，我是用懺悔的心情，回顧這些片段，都是預警，我竟然糊塗到不懂得珍惜生命。這次必須面對，等於算總帳，先要接受外科手術，還是藥物治療？以承受的風險言，我認為如風險超過百分之七十，我放棄手術，就用藥物治療，反正死生有命，反而輕鬆了不少。

這段時間陳大夫來過一次，問問情況，他告訴我，外科的大夫下午會來，一切和他討論，大概下午五點，一位外科大夫來看我，報了名字，而後拿他的名牌掛在病床邊，簡單的告訴我，會有一些檢驗，安排七月十九星期一上午十點，約我家人親友參加病情簡報，決定治療方式，囑咐好好休息。我看他高高瘦瘦的，很簡樸，平易近人，像個研究生，說話很誠懇，看出他很有自信，他走了，我看名牌，才知道他是張效煌大夫，對我來說是一個完全陌生的人，立即叫兒子查電腦，查他的資料，因為他將是決定我生命能不能重生的人。電腦真好，幾秒鐘時間，在「張效煌」三個字後面，成串資料出來，張大夫在國內大學畢業，赴德國學醫，是柏林大學的醫學博士，是心臟外科專業醫生，專精「微創」手術，就是開一個兩三公分小口可完成體內的外科手術，是一種先進醫學，可能是第一印象，我對他產生好感，這些資料幫助我，更肯定了對他的信任，竟然整個人輕鬆起來。

就在這時候，關切的熱流，從各方匯集而來，我的老東家《聯合報》的王必立先生主動連絡榮總副院長表示關心，老朋友張作錦、查公、黃年、劉國瑞、應鎮國、楊仁烽、吳江、徐梅屏、唐經瀾諸位都來探視或賜電話，也驚動了湖湘文化發展協會張京育理事長和多位理事，同鄉會雷玉松理事長，美國的唐達聰伉儷，泰國的黃根和伉儷，我的那一群山友，我的軍中老友劉沙、慕廷、雲鵬，詩人文友兄弟俞允平、張拓蕪、辛鬱、查婆、幼春、岳家兄弟姐妹，我想保密，還勞動這麼多人，濃情湧到，增加了我接受手術的勇氣。

十九日上午接受簡報有兩位病人，一位是華視工程師，他是換心瓣膜，一位是我，做心臟繞道手術，作錦夫婦、黃年夫婦、何大嫂、保生、我姨妹、內人和小兒子都一早趕來聽簡報，對我作信心的加持。

張大夫平實的說明病情和處理方法，涉及手術風險方面，他果斷的說：「工程師年紀比較輕，換心瓣膜，風險應不會太大，大約百分之十。伯伯年紀已八十三歲，又有長年慢性病，處理不好可能會腦中風，不過看他的檢驗，情況還不錯，風險是百分之二十，我看不會有大問題，同不同意做手術，還是你們自己考慮一下。」安全設定在我自己預定上限之內，我心情比較平穩，黃年聽完簡報，激動的說：「玉老，聽醫生的」，這時手機也響了，一位山友說：「趙大哥，我愛你，加油！」內人和小兒子看著我，顯然是等著我下決心，我就在同意書簽了名。

這時我小兒子問醫生：「能不能用微創手術？」醫生說：「不能，範圍太大了。」他說：「伯伯要接三條血管，還要裝一個小機件，另一條可用的血管留著，正面太大，不能用微創。」所以，結論是動手術一定要切開前胸，算是大手術。

張大夫離開簡報室時拉著我的手：「伯伯，不會有問題的。」他還告訴我：「王發行人給副院長來過電話，我們會好好安排。」我謝謝他，真的把自己交給了他，一個陌生初識又好像很親近的朋友。

碰到兩位盡責好醫生

第二天，七月廿日上午七點半，我被推進手術房。

這時候我情緒比較穩定，前一天用電腦和在美國的兩個兒子，說了一會話，叫他們不要回來。老三也把做心導管治療磁碟片，傳給作錦的兒子南寧，他也是一位留美的心臟內科名醫，南寧傳回的訊息，和我的主治醫生一致，更增加了我的信心。

一大早，作錦夫人鼎方、我內弟妹、姪兒女都趕來醫院，老岳母也來了，場面很溫馨，但我內心激動。尤其在病床向手術室推進時，看到後面送行的隊伍，內人拉著我的手，一直說「我在門外等你」，眼睛紅紅的，我的眼淚也不聽話的滾了出來，我向送行的親人揮手，就好像自己向紅塵做最後的一瞥。

「開心」手術，是全身麻醉，進手術室好冷，醫療團隊分工合作很細，反正每一個動作都有標準規定，開始進行麻醉大概半小時，我就什麼都不知道了，我的身體這才完全交給了張大夫，等我醒來，人已在加護病房，大約是晚上八點，事後我才知道，手術室完成各種準備，張大夫十點才動第一刀，手術完成後經過一段時間的觀察，確定一切平穩，才送到加護病房，肯定是一次成功的手術。

我接受的是心臟繞道手術，應該說是冠狀動脈繞道引流手術，就是移植隱靜脈或內乳動脈，來治療冠狀動脈硬化所引起的心臟疾病，我是由左腿移植隱靜脈，在冠狀動脈接三條管子，完成繞道引流的功能，這是已風行全球的進步醫療手術，醫生和復健師，特別重視術後復健，手術前就發了資料，還由復健師示範各種動作，包括腹部呼吸、肺功能、步行、爬樓梯及起居飲食，都有相關的手冊，尤其對術後的運動，有詳實的建議，配合得好，等於加強手術成功的機率。

我在加護病房醒來時，全身都插滿管子，心臟監視器、動脈壓力線、心臟壓力管、靜脈管、胸管、尿管、輸血管、各種針管和呼吸器。行動很不方便，倒是不很痛，頭腦清醒，視力無礙，最好的是第二天就放屁，說明一切恢復良好。

這時我最大的感念，是遇到兩位好醫生，先是心臟內科的陳景隆大夫，他做心導管治療，提出很好的建議，又為我找到外科張效煌大夫。張大夫很盡心為我做了最好的處置，尤其他的親和力，從他接納我這個病人，匆匆七個月了，我去檢查、動手術、回診，他都表現了視病若親的仁心。我還很感念的是榮總的醫療團隊、自動安排轉診的責任承傳，一脈相繼，做為一位榮民，我也十分感恩。

一曲生日快樂我重生了

我在加護病房多待了一天，七月廿三日一大早，護理長和三樓的美麗天使，來到我的床前，高唱生日快樂歌，送來生日卡，原來那天是我八十三歲的生日，真是很感動，內人更是高興，連連說謝謝，而後很激動地對我說：「老公，慶祝你重生，生日快樂。」

中午，我轉回普通病房，又回到一〇七病房，緊密接受復健訓練，各種管子，幾天後也一個接一個的拔掉，行動開始自如，下床走動的次數增加，走的路也加多，開始爬樓梯，最重要的是進食情況良好，傷口癒合也快，一切都很正常，八月十日出院，住進淡水，我內弟新買的電梯大樓養病，說來慚愧，我自己只有一間老舊四樓公寓，沒有電梯，有病爬不上樓，看來越來越老，終有上不了樓的一天，大概這又是我新的病症，無可救藥的窮病罷！

這次生病，生命重生，應該感恩，尤其感動，內人和小兒子日夜相陪，細心看顧，山友婉珠，也曾來病房協助，而且實在驚動了太多的朋友，深深的感到自己這一生十分富有，親情、友情和愛，我都很富足，領受到人生最美好的關懷，我不敢告訴太多朋友我生病的事，到現在還有電話、書信和簡訊，關心我的健康，給我鼓勵，有朋友罵我，不讓他分享我病中的憂煩。詩人瘂弦從加拿大來電道喜，他說：「你幸運呀，好幾個朋友推進去就沒有出來，恭喜啊！」他一句話道破了生命的脆弱，也道破了我開刀前緊張的原因，此刻，我感恩啊！

所以，我告訴自己：人間有豐飽的愛，你沒有理由不好好地活著！

（二〇一一、二、十四情人節完稿，二〇一一年五月《文訊》三〇七期）

目次

第二輯：戰鬥的火花（詩）

—第三輯：仰天居隨筆（散文）—

—第四輯：大兵的故事（小說）—

一妙筆生輝一

第一輯

友情的憶念（紀事）

編者的話

作者大兵出身，一路走來，總有好機遇，有更多一起成長的好朋友，成為他工作和寫作上的助力，患難見真情，這一輯「友情的憶念」，作者紀述的許多朋友，都是很有成就的人，都是他少年時學詩習文的兄弟，做新聞學徒的同伴，也有在前線外島的戰鬥夥伴，一路走來，每個人頭上一片天，都是成就輝煌作家、詩人、專家、報人……，十步芳草，相互輝映，這種深厚的友誼，終身的憶念，匯集成工作的動力，更是彼此人生的豐收。

我們四個三百歲

正月初九（二〇〇三），是老大何坦的八十大壽，去年我從曼谷退休返台，幾家兄弟會面，決定租車到五十多年前我們結識的林口、八里，舊地重遊慶祝一下。今番慶祝，正巧我們四個三百歲，何坦八十，我七十六，允平七十三，作錦七十一；另有一件事，我們結識，緣於文字之交，民國三十七年（一九四八），都青春年少，從河南、湖南、浙江、江蘇從軍來台，在北臺灣雄獅部隊當兵，偶爾在《雄獅報》發表習作，後來也向報刊投稿。民國四十二年，四人合出過一本詩集《金色的陽光下》，到今年也正好五十年，這本習作，談不上甚麼文學價值，但對我們的友誼卻是一個難忘的回憶。

何坦憨厚　寧靜謙和

少年結伴四人行：左起張作錦、趙玉明、張夫人、何坦、俞允平。

老大何坦，憨厚誠懇，態度謙和，他的無為而治，對我們的關愛鼓勵付出最大，對作錦的進修寫作，影響尤深。

何坦，抗戰勝利前，戰幹團水產班畢業，民國三十七年從上海來台，初在基隆，後投入部隊，我們認識時，他是政工上尉，我們三個都是准尉，我是排長，允平是繪圖員，作錦是司書；作錦在林口師部，我們三人駐防八里鄉。記得我們辦一份八開油印報，何坦主持，我寫報導編輯，允平刻鋼板，印發部隊。那個時候我看過一些編輯、採訪、報業經營的書，對我後來的工作，有不少好處。

八里海邊，有一條小溪叫紅水仙溪，淙淙清流入海，我們黃昏時常流連於此，有時邀作錦下山，也在此處逗留。那時何坦讀書不少，文學和哲學書籍，涉獵頗廣，常成為我們溪邊敘談的話題，不少詩作也在此偶成。

何坦（後左三）八十大壽，前右一為另一好友胥盛祥的夫人，後排右為允平的女兒女婿。

何坦在軍中服務時間比我們都長，從政訓官、營指導員、主任、祕書，至生病後退役。何坦五十四年生了一場大病，是肺癌，那時我在金門擔任廣播電台台長，所有病情，都由作錦每日寫信報告，信末總有「閱後焚燬」，意在保密，不料一位姓范的同事，以勸何坦信教為由，直接告知何坦病情，也許何坦根本早就知道自己的病，僅接受兄弟「善意的欺騙」，對信教也從善如流，後病況即時好轉，那時癌病「得救」，是奇蹟，何坦成功的病例，至今仍是榮總最早的紀錄。

何坦病癒後，照常讀書寫作，專攻歷史小說，兼為中廣寫稿，一度被延攬在「聯副」審稿，後來他怕作錦和我為難，自行辭卸，多次慰留無效。別人多照顧朋友，我的兄弟卻因我們而去，至今仍難釋懷。那時他工作比平時更為忙碌，一方面要為生活奔波，一方面出自對病情的負擔，有一種時不我予的急迫感，誰想到他的這種自我療效，使自己內心得到寬解，生活也如常人毫無兩樣，也許這是上天對好人的憐惜，他竟然完全好了。

朋友在他病癒後勸他成家，他都以帶病之身，不能害了人家而婉拒，直至若干年後檢驗確定病完全好了，才經人介紹與大嫂結合；長子保生誕生，已於三年前自文化大學畢業，目前在傳播界服務。

何坦八十，讀書寫作如常，無欲少求，寧靜平和，每見他飄著白髮的高大身影，總會增加幾分敬重。（十分痛惜，他已於一〇〇年九月仙逝，享年八十七歲。）

允平活躍　嫉惡如仇

允平（俞）熱情奔放，我們之中數他最活躍，詩畫攝影全來，對公眾事務的參與，至今熱情不減。

他長期擔任軍報記者、編輯，軍中的人脈甚佳，住鳳山時間不短，他結婚較早，俞府常成南部軍中作家「大本營」，有時座無虛席。

允平和我，臭味相投，好酒貪杯，早年走得比較近，他常向朋友說，我為他過十八歲生日，殺了一頭羊，辦了全羊大餐。殊不知當時在部隊都很清苦，排長一個月才五十塊錢，可是當時克難運動大行其道，軍官士兵，養雞養羊，成為風氣，殺一頭羊容易，要花二十塊錢上館子，反而困難；一頭羊，三斤太白米酒，全排同樂，又為朋友慶生，一舉數得。五十年後回想，倒也是壯舉，無怪允平念念難忘。

允平退役後全家北上，生活有大的改變，潛心蒐集民俗掌故，頗有收穫。後為朋友的出版社編書，一度在報社副刊工作，參與《台視週刊》業務，後來接替我主編《文藝》月刊十多年，與發行人已故尼洛先生合作，將一份青年刊物，辦得十分出色，不但轉虧為盈，還清所有積欠，還買了房子。《文藝》是公家刊物，公款歸公，他與尼洛，功成身退，這份刊物也停辦了，可是至今常被朋友們稱羨。這個階段他的稿費、版稅和編輯費，收入甚豐，平日外出，小背包內總帶小瓶大麯，仍能大塊吃肉，頗為逍遙自得。

允平由於專心掌故收集，著文評析，被評為「怒目金剛批濁世，慈眉菩薩救人心」的兩本力作《勸醒警悟》與《勸醒警語》，均銷售三萬四、五千本，而且還在續銷之中，他立意勸醒世人知福惜福，寡欲少求。也許掌故看多了，近年他也養成嫉惡如仇的風骨，每有不平事，常投書報刊，義正詞嚴，要為社會討公道。

但允平一家祥和，子女爭氣，孫輩已讀高中，而他最大的福份，是俞伯母近百高齡，仍然健在，允平夫婦常率子女回浙江老家探省，伯母健步如常，飲食如常，與孫輩初見，能歷歷唱名，甚是難得。

作錦大筆　如秤如劍

我們中成就最大，當然數作錦（張）。

我認識作錦時，他大約十七歲，在師部當司書，屬文牒人員。當時他在師部小有名氣，他是成功籃球隊中鋒，統帥三軍，運籌帷幄，是一員猛將。其次是他勤讀英文，司書管文案，在營房內有一個小間，他門前掛一塊小黑板，出門時寫幾個英文單字，念幾遍，回來再念幾遍，擦掉再寫，一時傳為美談。那時我們一同讀了不少文學名著，當時都買不起書，台中有位文友萬祖鈞，藏書甚豐，常由作錦借來，看過後轉我看，我再回寄祖鈞，有時由我借來，再由他寄還，可惜祖鈞已過世多年，仍使人懷念。

作錦算是幼年來臺灣，幹校三期新聞組畢業下部隊，軍齡最短。因為他患了肺結核，當時算是重病，送到三峽野戰醫院療養，然後以少尉退役。他是國軍退除役制度下試辦的第一百名入選者，退伍金七千元。退役後他在復興崗待了一個短時間，進中國勞工社，負責編採工作，受到勞工領袖梁永章先生賞識，與章楚業先生同事，因章楚業夫人的關係，認識他的太太鼎方，鼎方的媽媽好像是章夫人的同學，彼此走動，沒想到成就了這段姻緣。鼎方的爸爸是位飛將軍，對女兒交友對象自是十分關心，鼎方大學畢業，作錦乃白天工作夜間進修，再考進政大新聞系，在大二那年，美國總統時任副總統的詹森，來台訪問，劉伯伯時任空軍新竹基地大隊長，擔負空軍迎接護航任務，為了隊員安全，自己先行駕機升空探察，不幸意外失事。一年後他們在台中結婚，兄弟們均從南北趕到祝賀，當時我在光華之聲廣播電台工作，還借台中軍中台一位朋友，趕辦全場錄音，彌足珍貴。

作錦就讀政大時在《聯合報》實習，期滿留任地方記者。他在高雄服務時，我曾到他們夫婦新家作客，認識馮毅、陳亞敏幾位新聞界朋友。後來他調回台北採訪組，由記者、副主任、主任、副總編輯，做到總編輯。他任總編輯時，我辭去《民族晚報》總編輯，擔任《聯合報》編輯部顧問、副總編輯，他赴美進修，由我繼任總編輯，這幾年是我們在一起工作、相處最接近的一個階段，我和他處事方法容或不同，但對新聞的執著，卻完全一致。

後來作錦留任《美國世界日報》數年，回國後任《聯合晚報》社長、《聯合報》社長，申請退休，獲慰留，卸任社長，轉《聯合晚報》副董事長，是聯合報系資歷最完整的資深人員，深受同仁敬重。

內外各方都推崇作錦的專欄，近年他在《遠見》雜誌的「媒體前瞻」和《聯合報》副刊的〈感詩篇〉，對政治的觀察與評論，筆觸銳敏，常見人之所未見，言人之不敢言，誠如高希均教授對作錦的評價：「其筆如劍，其心如秤」，從最早的《一個新聞記者的評言》，到《牛肉在哪裡》、《第四權力》、《誰在乎媒體》、《試為媒體說短長》、《史家能有幾張選票》以及與高希均、王力行合著《三人行看台灣新價值》等著作，繞環新聞與政治為評論主軸，尤見作錦的一片赤子之心。作錦平日勤耕苦讀，近年視力減弱，看書需影印放大，遇有好書，他從不放過，放大影印，所費比原書多好幾倍，他常年如此，他的文章愈見深度，其來有自，自非偶然。

作錦私生活嚴謹，家庭生活美滿，兩個孩子學有專成，均已成家，目前有孫子女五人，後來居上，在兄弟間拔得頭籌。俞府排第二，何、趙兩家就有待努力了。

新聞學徒　自我反省

最後，我自己。我一生在動盪中變遷比較大，工作範圍也很雜，真是乏善可陳。

我的七十六歲人生，明顯的分成三個重要階段，第一階段十九歲離開家鄉之前，十歲即逢戰亂，後來成為流亡學生，高中時從軍來台。第二階段在軍中待了二十五年，無甚進境。第三階段闖入新聞界，如從軍中算起，四十二年服務金門《正氣中華報》，前後已五十年，至六十二年退役正式進入台北編輯台，也整整三十年，至去年七月退休，我在曼谷惜別酒會上向朋友們說：「新聞學徒」正式從「《聯合報》大學」畢業了，結束我五十年的新聞學徒生涯。我說畢業，不言退休，暗暗的希望自己還有一點「前瞻性」的未來。

我進入台北新聞圈，十分偶然。我的金門戰友查仞千結婚，我利用軍中特休假，代他編報半個月，促成一年後我進《民族晚報》的一個機緣，由民族又兼《徵信新聞》編輯兩年，轉到《經濟日報》，同時在《台視週刊》歷練彩色編輯，退役後參與中華電視台創建，擔任編審組長，後重回《民族晚報》擔任總編輯五年，轉任《聯合報》編輯顧問、副總編輯，繼作錦任總編輯，總管理處執行副總經理，派曼谷接辦《世界日報》，初任執行副社長兩年，社長十五年，前年在印尼創辦《世界日報》，兼任社長，川行曼谷、雅加達兩年，至完全退休。我一直以為自己在各個崗位平順過關，實得力於好朋友和好同事的幫助。我有我的行事準則，你有好想法，我聽你的，不會A掉你的功勞；你提不出好想法，你聽我的。一切責任我負。如此，大家都可以充分表現才華。

我沒有進過大學，退役前在國防部一個研究室，待了五年，平時按一般研究所課程排課，算是讀了點書，但我魯鈍，學無所成，所以長期以歷練代替進修，回首來時路，看似熱浪歡騰，內心卻十分寂寞，幸能有兄弟的照應，力爭上游，在寫作上、在工作上，雖是平平庸庸，卻也有不少好的際遇；我得過不少獎，包括國軍新文藝新詩獎、中篇小說獎、新聞文學國家文藝獎、新聞評論金橋獎、行政院新聞編輯金鼎獎，海外中興文藝獎等；這些獎，不過是每個階段對自己發展的一個小肯定，是一個學徒自我提升的一種方法，現在說來，一切歸零，不過是我人生中的幾朵小小的浪花而已。

我這個人，最大的缺點是不甘寂寞，熱情過度，好熱鬧，又好管閒事，做學問心浮氣躁，寫作沒有恆心，所以一事無成。也許性格使然，有時候是個濫好人，有時候又太霸氣，對自己要求高，對朋友、妻兒也是如此，比如三個孩子在美國讀完研究所，我總想他們讀博士，希望他們早點結婚，結果毫無回應，也許是自己失學、遲婚的自然反射，後來我終於明白，一切隨緣就好，我若早些省悟，也許自己的人生有趣得多。

退休以後，心中充滿感恩，對兄弟們的真情相待，對許多朋友的鼓勵，對所有曾經共同追求一個目標，將夢想變成事實的眾多同事。更要感恩的是，有機會認識很多位大學教授、大作家，從他們著作中，從與他們的交往中，給了我很多教示，豐沛了我的人生。最後，我和作錦不能不感謝已故王惕吾先生，他不斷給我們機會，給我們戰場，我們雖也忠心的以工作回報，若沒有他，相信我們很難有如此正常的發展。

妯娌情深　四家融和

今天，特別要懷念我們的另一位小兄弟，他就是英年早逝的胥盛祥，早年在部隊中他和作錦一起，後來與我四人成為好友，幹校七期畢業，校級軍官退役，再上大學夜間部，主修文學，是位有分量的短篇小說作者，先後在《大華晚報》、《聯合報》擔任編輯工作，因癌病去世，享年僅六十歲。所幸他一對子女，都學業有成，女兒留學英倫，獲得博士學位，並將組成美滿小家庭；兒子大學畢業，出國深造，也有很好的工作。

我們由幾個單身來台，現在幾家三代，人丁已達三十多口，第二代都受到很好的教育，看來比我們這一代要強多了，差強告慰。在我們兄弟這五十多年的情誼中，幾位太太，所扮演的角色極不尋常。她們妯娌和睦，相處如姐妹；何大嫂忠厚，秋蘭溫婉，鼎方誠懇，夏封開朗，加上「我家天真老女孩」，長期以來，常有約會，每次我曼谷回臺灣，幾家總要團聚，彼此互表關切，由於鼎方的細心安排，各家情況彼此音信互通，融和歡洽，勝過一般家庭。我個人對鼎方尤多感念，我的幾個孩子出生，都是鼎方陪產，偶有挫折，都是她悉心勸解，給我寬慰。

一切都是緣，我們四個是三百歲的老人了，但仍意氣風發，不知老之將至。記得我七十那年，我在「聯合副刊」生日感言說過：「老是一個忘年的約會，無需嚷嚷，平順自然，只要活出真性情，老又何妨？」寫到這裡，想到又要舊地壯遊，心境也就越加開朗了。

（二〇〇三、一、六，曼谷）

我與尼洛兄弟情

小說家尼洛（李明）先生，走了整整一年，一直想著他，總覺得他不曾遠去，想到和他一生的情誼，認定他仍在我們身邊。朋友們在六月十八日，假台北市耕莘文教院舉行追思會，紀念集也在這天出版。我想很多尼洛的朋友，和我有同感，我們得到尼洛這樣一個朋友，是人生的豐收，他已成為我們心靈的財富。

排長與學兵

我認識尼洛，是民國四十一年，他考進政工幹校研究班第一期，創辦人經國先生推行知兵教育，幹校學生下部隊體驗士兵生活。我當時在陸軍部隊當排長，我們部隊每個連都派來十幾位學兵，我這個排也來了五位。有李明、陳玉麟、陳長春、顧豪等。報到那天，一個高瘦個子揹了一個帆布袋到我房間，說要寄在我那兒，因寄放東西就有責任，我問他，可不可以打開看看，他順手拉開布袋，內面全是稿紙，還有幾篇起了頭的小說和劇本，在文章的首頁有兩個小字：「谷凡」，是個筆名，因為當時我也屬文藝青年，初習寫作，偶爾在報刊看過谷凡的文章，很自然有些臭味相投，親近了不少。

李明，原名李國璠，最早的筆名「谷凡」想是從「國璠」引伸來的，以後長期用的是「尼洛」。他自江蘇東海家鄉隨軍南下，經金門到臺灣，在部隊已幹到師政治部中校祕書，近似副主任，後來正式任官，核成了上尉，他到幹校就是上尉帶職上學。

當時部隊搞戰技訓練，五項課目包括爬桿、單槓、木馬、手榴彈投擲，五千米賽跑和射擊訓練，老大樣樣來得，五環靶步槍射擊還打過十五環滿分，很得老兵稱讚。

老大實習兵當完，忙著學業，偶有書信來往，也不很多，我由排長轉敘政工，隨著部隊調防，兩人見面的機會很少，後來他調林口反共義士戰鬥團工作，服務對象是一萬四千位韓戰的反共義士，後來反共義士戰鬥團演變成心戰總隊。

因為反共義士的心戰運用，老大一度在中央第六組擔任編審，名字則掛在林口，後來一度派到金門做心戰工作，駐在溪邊，但經常到金門城來，那個時代，我人也在金門，先是在部隊，後來調到金門《正氣中華報》，擔任校對兼編輯，有時也客串採訪，我和老大在金門又相逢了，這個時候，他已經小有文名，作品經常在《文壇》等刊物發表，而且得了《新生報》小說徵文的首獎。

後來我趕上總政治部徵選心戰工作人員，又隨張星棠上校到了金門心戰指揮所，名字卻佔心戰總隊的缺，工作約兩年回臺灣，人就真到林口心戰總隊報到，使我和老大，正式到了同一個部隊。

林口的歲月

後來，他回林口，擔任廣播隊長，我是轄下幾個台長之一，孅娟（尼洛夫人）名字還在我台上，算是和老大有直接部屬上司的關係。

當時，因為林口光華之聲尚未設立，但接收了金門台，興建了馬祖台，台北的工作是支援金門馬祖和作業訓練，恰在此時，總隊分配了二十多位預備軍官，又有幹校六、七期畢業生十多人報到，加上部隊調來多位寫手，又有老大作家的盛名，真是生氣蓬勃，活力無限；我奉命帶著預備軍官寫稿支援金馬，這些大學和研究所畢業的青年，都是學有專長，其中如新聞學教授鄭貞銘等名家，老大的無為而治，頗使這些青年受用，若干年還與老大保持友誼。

最值得一提的是當時林口文風正盛，寫小說的有曹抄、尼洛、沙宜瑞；寫詩的有楚戈、張拓蕪、辛鬱；畫家有鄧雪峰、李奇茂、姜宗望、宋建業、鄧國清；區區敬陪末座，成為李明的連絡員兼跑前跑後，工作時熱情高漲，平時小吃小喝，偶然湊上八圈，台北有朋友上山，更是熱騰非常。老大上山之日，楚戈在《聯合報》副刊寫的紀念文章〈一把白色大傘〉，就是記敘這段日子大家和老大的種種。

這段時間有一件影響老大一生的大事，就是他與孅娟認識、相知、相戀而結婚。老大是不叫的貓，他談戀愛突出奇招，第一封情書還是親手交的，我過去也見過他和別的女孩瞎鬧，但這回一看就知認真透頂了，還驚動了他的老師王化公。未久，孅娟上稟高堂，王伯伯戲稱「叫李明寫個自傳」看看，孅娟告訴老大，老大當時正有一本書要出，送他三校，老大靈機一動，把這本三校稿交孅娟帶回，害得王伯伯挑燈夜戰，為準女婿做苦工細心校對，卻也苦中有樂趣，成就了他們的婚姻大事。

李趙張王情

老大結婚了，我也等於有了半個家，逢年過節不少得「酒醉飯飽」。

當時，張天福在空軍編《天視》，我們叫他「張天視」，常請老大寫稿，因此我也自然熟。那時我們都沒有結婚，所以天福也是李府常客，後來每年都在一起過年，湊成了「張王李趙一家親」，因為尊齒序，除夕祭祖，就寫上「李趙張王」列祖列宗的牌位，也巧，正好照年齡排，結成李趙張王情。

後來我結婚，內人姓張，天福結婚，秉梅也姓張，還是李趙張王，有兩年擴大一點，來了王啟惠，有時來了張拓蕪，直到再後，再加上鄧雪峰、余楨國，小吃小談，小牌小吵，多年如此，後來我到曼谷十多年，除夕不能回台北，可是心裡想著這段兄弟情，但有空回台，每次都要聚一兩回，多年不變。老大在《中央日報》寫過〈張王李趙的年〉，就是說這段往事。

其中趣事不少，記一兩樁。記得有一天到李府，老大不在，孅娟買了些小菜，我和天福開了老大最喜歡的金門大麯，吃喝之後，裝上白開水原瓶放回，不久又到李府，老大買了滷味，開了一瓶大麯，給我和天福斟酒，我一仰乾杯，發現不對，老大只是笑，天福是動作慢，還是早已識破。老大說這是對偷酒賊的懲罰。我不知道，也許就是我這一點「實心」粗勁，讓老大看上了吧。

還有一件，老大結婚七年，沒有喜訊，岳老太太王伯母有一天見示，叫我問問他們，要去檢查，老人家說李明兄弟其他三人，家家人口興旺，不能不注意。我遵命忠告老大，不可馬虎，他們也從善如流，孅娟到空軍總醫院檢查，結果什麼病也沒有，幸婦科醫生有小發現，略施妙手，叫他們過些日子再來，再去看醫生時回報的卻是一個大喜訊。小龍就是這樣幸運降生，這次老大有病，小龍在美獲雙料碩士，在美本有好工作，他毅然回來，陪爸爸走完最後的日子，我最滿意。真是好孩子，該是上天賜給李明最大安慰吧！

華視的日子

談到華視，也許是老大這一生最痛苦而無趣的一段往事，他為了華視，離開軍中，放棄了軍中的上進機會，付出最多，回報最少，從整個前程看，應該是負成長，平情而論，實在意外。

華視初創，由教育部與國防部合作，教育部派出次長劉先雲先生，國防部則派出總戰副主任王和璞中將和蕭政之中將，負責籌備，網羅各方人才參與。正式開播，先雲先生任總經理，蕭公任副總經理，和公籌備完成後功成身退。老大以總政戰部二處副處長出任節目主任，王良翰、周奉和、胡嘯虎、曾文偉、葉建麗、徐鉅昌、胡兆陽、趙琦彬等參與籌備，組級人物有石永貴、林登飛、李嘉、華慧英、聶光炎、駱明道、黃家燕、黃天中、張天福等可謂一時之選，我也有機會敬陪末座擔任編審組長，從軍中來的多為幹校出身幹部，和蕭公同出一脈，算是子弟兵，不料未久即傳出蕭公對李明頗有意見，使人大為緊張，原因為何，至今我不甚明白。

只記得有一天，節目部副主任趙琦彬、組長多位齊來舍下，我人在外全不知情，回得家來，琦彬相告：「主任提了辭呈，你趕快去勸回來。」我略一思考，直覺正好，當時李明是資深上校，尚未辦妥退伍，如果回軍中，有化公的大樹，不愁沒有出路，或者少中將絕對有希望，有一個更大理由，自我認識他第一天，就覺得他是軍隊政工人才，屬文武兼備型，心想化公叫他到華視，不幹不行，幹不下去請求回軍中也是正理。當時我隨意說：「很好呀，我們少一個主任，軍中多一個將才。」此語一出，就被大家深責，琦彬還指著說我，頭腦不清，太不識大體，自然我們一同還是去勸阻了，老大也留下了，可是我從那天起，煩憂之極，後來某公得人報告這段過程，終至遷怒我和天福一些人，弄得頗為苦惱。

在華視的日子，左起主任李明、編審組長趙玉明、企劃組長張天福。

辭呈事件後，老大更是戒慎恐懼，默默工作，受了委屈，自己一人承受，從不和我們訴說。有時會議公開場合不討好，也少公開爭辯。不久，在會議上教學部的胡兆陽兄，因事與某公爭辯，彼此言辭激烈，某公突然說：「我不管你是誰的兒子，在華視就要守規矩。」這話可惹惱了兆陽，兆陽是政工前輩胡軌先生的兒子，胡老是王化公的老師輩，兆陽留美回來，以自立謀發展為傲，某公暗指他來華視是受父蔭，他承受不了，當場拂袖而去，離開了華視。這事給我啟示不少，我想已有人認為我是老大私人，且某公暗示我有幫倒忙之嫌，我又不是沒有出路，不如求去，於是自動辭職。第二天某公要赴美，我等到晚上十一點去見他，遞上辭職信，他明知故問為什麼要走，又說他明早出國，可以請劉先生批，我說我從國防部來，要他成全，他問我真不留，我告訴他：「你是我的長官，李明是我的兄弟，衡量環境，我走最好；我認為李明對你很敬重，在工作上無怨無尤……」他表示自己知道好歹，就批准我離職。後來華視人事變化頗大，葉建麗去了《新聞報》，石永貴到了《新生報》，我到了《民族晚報》，曾文偉出國，聶光炎教書去了，李嘉、駱明道回到電影老行，天福調到出版社，但老大仍留在節目部，一直到某公離職，吳寶華先生來，他才順利離開了華視。

《文藝》那幾年

老大離開華視，過了一段很平靜的日子，他潛心讀書，努力寫作，小說而及政論、演講、座談與朋友小聚，每天早上到國父紀念館走路，一切自然開朗，朋友都十分高興。

有一天見召，說化公透過廖祖述先生傳諭，要他接任《文藝月刊》發行人，《文藝月刊》是由國防部、教育部等五個單位籌辦，創刊即由曹慎之教授任發行人，早期兩任主編是吳東權、張放，張放辭兼，我曾應曹師之命，客串過主編，算是臨危救援性質，後由陳篤弘老弟接棒。這時曹師堅辭發行人，化公點上李明，我看化公打「李明牌」，是對《文藝》多年不能理想發展，希望打出一片新天，且他正賦閒在家，沒有理由不受命。我聽他一說，直覺說：「你逃得掉嗎？逃不掉就接！」老大也說：「你說逃不掉就接，好，你也接！」

老大就這樣扣著我，被他逮住又回《文藝》「重作馮婦」，當時我在新聞界初闖出一點門道，實在兩難，想到老大可能實在沒有別的人可支援，也不敢推卸。

改組後的《文藝》，搬到重慶南路黎明文化公司體育用品部三樓，緊鄰樓下是一家西餐廳，不少作家常在那裡午餐小憩，老大文藝圈朋友多，軍中摯友更多，大家對老大接辦《文藝》頗為意外，一伙老友多熱心支持。記得改版第一期，時間緊迫，來不及約稿，我建議先開個「菜單子」，向朋友點菜，先編成目錄，照單限期收稿，再開一個座談會紀實刊登，憑他的大面子，我的小面子，十五天果然出書，這是我們兄弟速成合力的成果。

我到《文藝》第二次「過渡」，我的想法是講實際，以青少年學生與軍中讀者為對象，創作與活動並重，將內容詳劃為傳播系列、理論系列、小說系列、詩散文系列，平衡發展，尤其傳播系列成為文藝推廣，與主辦單位的救國團、教育廳和國軍新文藝委員會結合，不放棄社會參與，走平實路線，節省開支，希望把《文藝》搞起來，救收支平衡，把各單位補助的一百萬賺來，這些和老大的想法一致。

幾期下來，成效不錯，後來在《台視週刊》工作的俞允平兄偶有辭意，我介紹給老大，大家是舊識，加上允平做事，敬業平實，鉅細兼籌，後來我在聯合報的工作責任加重，由允平接手，幾年的努力，《文藝》情況極佳，不但買了社址，還有存款百多萬。後來老大發表中央廣播台副主任，公職必須上下班，他改在夜晚和例假到《文藝》，籌畫一切，至《文藝月刊》正式結束，還清了資助單位的百萬補助，工作同仁也依例發給若干退休金，但他自己則分毫未取。

敬謹傳師道

《文藝》結束，老大專職中央台，中央台對他來說一切熟悉，像大陸廣播部老大，與李明在中央黨部兼任編審期間，多結成筆友，後心廬廣播小組和林口的一些老人併入，不少是老大的子弟兵，如王啟惠、王迺威、劉亞軒、小葉、蘇偉貞……駕輕就熟，主任陳霈生兄是他同班同學，公私情誼無話可說，更網羅了不少文壇新秀，所以老大對大陸廣播投入更深，而他多年在反共、反台獨的「戰場」練就一身本領，所以能推陳出新，節目上大有改進，在意識形態的鬥爭中，融現代於傳統，化高深為平實，創出新的一格，這是中央台同仁所深知的。

幾年後因年齡關係退休，可是並沒有閒散下來，寫小說、散文，也寫評論，還參與團結自強協會的工作，報國之心從未稍減，熱愛朋友兄弟，更勝往昔。那段時期他出奇的忙，我從曼谷回台北，都會不上面，有一次還是約在國父紀念館在團結自強協會演講時，匆匆見面，這陣忙碌也許是種下他身體警號的遠因。除外面的工作，他還在為化公成立的「促進中國現代化學術研究基金會」辦事，敬謹傳播師道，負責《現代化研究》季刊全盤事務，將化行先生的思想行誼與服務社會人群的理念，化成具體的行動，我每次回台，他總會簡述一些情況。這個時候的最大工程，是為化公立傳。寫這本書對李明而言，有很大的壓力，因他在化公身邊很久，很多事知道來由，且一度在固國小組工作，不少誤傳的事，他是旁證。最重要的是他對老師的思想、行誼、學術，景仰彌深；也了解化公對經國先生的師生情誼，由他主筆寫《王昇傳》，應不作第二人想。

《王昇——險夷原不滯胸中》書成排印後，承他信任，將一分三校稿，寄來曼谷，希望我看看，有無修正意見，我連夜挑燈拜讀，先粗讀，再細讀，又選讀其中某幾章，連續三四天，讀來不無激動，且多有感嘆，讀這本書時我們所認識的化公，躍然紙上，化公的謀國之忠，敬事之誠，一切盡其在我的大胸懷，令人敬仰。而對李明的客觀言表，平實文筆，也十分佩服。

溫馨的牽連

和老大相知四十八年，受到鼓勵很多，比如早些年我有兼差，收入不少，總是鬧窮，我進《聯合報》後，他告訴內人凱苓：從現在起趙玉明在《聯合報》的全部薪水獎金都歸妳管，他要用錢自己寫稿、演講去賺。事實上我已先如此做了，內人聽了大笑起來，我們兄弟「人同此心、心同此理」，後來房子分期付款還清，還有些節存，與後來小兒出國留學，大有幫助。

我離開華視，到《民族晚報》任總編輯，老大幫我寫小說連載，還寫過專欄，熱情支持。有一天在外面的場合，我碰到王化公，化公一再叮嚀我要「謹慎」、「忍耐」，當晚見李明，我轉告與化公見面的這一段，他正色的告訴我，他正說對了你的毛病，可見他是真「認識」你。他說：你算老幾，大學的門都沒有進過，憑什麼人五人六，不要太天真，要扎實幹事，認真做出成績，不要辜負人家用你、關心你。老大耳提面命，時刻難忘。

後來我到《聯合報》，他總說：「大總編輯」小心爬高跌重，《聯合報》人才多，專家多，你不能只憑一點編輯技術唬人，你在心廬研究幾年，也算上過研究所，要活用所學才是。

後來，總編輯下來，王創辦人讓我來曼谷辦報，當初我意願不高，知道《世界日報》過去的背景和多年的不景氣，老大知我在猶豫時找上門來，說應該義無反顧，當過河卒子。他說：「環境不好？環境好，叫你去做老太爺，享福呀！就是不好搞，王老闆點你，是相信這一套會搞得好，你是他軍中老部下，知道你的斤兩，才選你。你不是總是自覺不錯嗎？去把一個爛攤子搞成大報，才顯出你的本事。」後來他還親自來曼谷看過我，看過報社，也聽過外面的風評，他十分高興，我們還為此多喝了幾杯。

最後的告別

那天，我從曼谷趕回送老大上山，這一切的一切，一幕幕在心上翻動，很多的無奈，很多的結，還纏得很緊，但一切都成過去，李明美好的仗都已經打完了，走進一個未知的平靜世界去了。

靈車到達國軍公墓，我一直尾隨在後面，因為我是第一次到國軍公墓，十分壯觀，我細一觀察，是按階級分區的，高級首長、上將、中將、少將，而後校官、尉官……井然有序。公墓空位極少，據說李明在上校區能找到一個上好位子，而且高瞻遠眺，風水不錯，算是他有福分。我卻十分黯然，我一直在想，如李明不去華視，應和他一些同學一樣，少將、中將或者更高；如果李明在華視第一次提辭呈的那次，照我的思考，回到化公身邊，他又會如何？如果不留軍中，轉入黨政界，又會是什麼造化？總覺得他在這高山上佔那一個位子，位不副實。肯定對他是個無奈的「註腳」。

尼洛的一個鏡頭。

入葬的禮儀已經逐步完成，我拉著凱苓擠向墓前，去行最後的致敬禮，一位法師問我貴姓，我報了姓名，他就朗聲唱喊，由我主持最後的告別儀式，敬謹行禮，執事的先生引導孝家，放了幾包木炭，撒了幾包雄黃，而後是鮮花、黃土，我木然的流著淚，直到整個棺木只剩下小小的角，我終生不會忘記那紅銅的棺角消失的剎那，我痛聲大嚎，這才真實地明白，老大真的走了，我們將他一個人留在這高山上了，我久久不忍離去。

我一直以為如果真有天堂，真有極樂世界，像李明這樣純真可愛的人，應該上天堂，登上極樂世界，縱使離我們更遠、更高一些，我們仍可仰望，與他同在。

（原載一九九九年七月聯合副刊）

消遣張拓蕪

——代馬輸卒的書和人

在臺灣，我不算是張拓蕪最早的朋友，甚至記不起我和他到底怎麼認識的。早些年月，大兵們在槍桿之外再搖一桿，筆便成了某些大兵們的一個未知世界；世界雖屬未知，他們在「同溫層」裡，彼此還真有自己的一點氣候！

我和拓蕪是同溫層，又屬同一象限的人，「等等兵」出身，照拓蕪自己的告白，我比他稍高半籌，我和他的「提燈者」許甸侯一樣是青年軍，那個年代，和青年軍一同服役的老班長和傳令之類，稱徵集兵，青年軍是志願兵，因為這麼一點差別，拓蕪是丘八，我好像只能算丘九，他在軍中三十一年，我也待二十多年。所以他的代馬輸卒生涯中一些趣味話題，在我，和許多朋友一樣很有新鮮感。現在代馬輸卒五書完成，據他說我夠資格說幾句話，如若不說，好像見外，且說幾段張拓蕪自己的事，消遣消遣他，也算是代馬輸卒書外的一點話題。

聽來的傳說

我沒有十分認得張拓蕪之前，曾經聽到一個傳說：

早年有一名軍曹，在要塞部隊服務，好像屯軍左營、楠梓一帶，不知怎的一時想不開，自覺大限已到。

說死，也是唬人而壯烈的，他大江南北，世面見得不少，想到如何死，卻也苦思終日了無所得，在他「千古艱難惟一死」的當口，一輛火車呼嘯而過，強烈暗示他尋找歸宿之處。

那日，烈日炎炎，軍曹死意已決，偷偷進了楠梓站，沿著軌跡誓「死」北行，他告訴自己，只要有火車從後面來，立即臥上軌道，不需半秒鐘，人間事一了百了，果然火車來了，他用十分制式的優美姿勢仆倒下去，說時遲，那時快，卡軋卡軋……火車來了，先是聲音，然後是鐵軌的顫抖，火熱的煩躁，軍曹不能容忍那麼響，那麼熱，他不知所以的站了起來，火車是不等他的，他懊惱的看著火車遠去。就這樣，火車仍然陸續的來，他也不停的仆倒和立起，不知走了多久，過了多少趟車，楠梓、岡山……台南到了，他這才明白，閻王不收他這號人，於是他自我解嘲的說：「不讓我死，老子就活給你看！」這個人就這麼哲學般度過了生死關。

這是一個純傳說，有人說這名軍曹是張拓蕪，後來我幾番「考問」，拓蕪說：「造謠啦！那有這種事！」就算是謠言，我也是先從這件事認識他，再交上他這個朋友的，卻是不假。

又一個傳說

這個傳說，是我吃張拓蕪的閉門羹那天聽來的。

四十七年我在鳳山受訓，得羊令野、葉泥諸兄「飛鴿傳書」，指定赴台南一個汽車部隊去看「一品上士」張拓蕪，據說當時張某「虎落平陽」，再不去救他一救，少不得屍骨不全。可憐三伏大熱天，找到那個部隊，卻找不著我們「待救」的張上士，我在門外聽到張上士告訴衛兵：「你說，是個上尉？你去說，張班長不在！老子沒有當官的朋友！」

熱汗加上悶氣，我幾乎全身沒有幾根乾紗，就在這個進退兩難的時候，一位認識我也知道張某的人，給我說了一個故事：

張班長每每不快樂的時候，勤擦卡賓槍，有時還「盲目拆卸」（這原是軍事教育的一個課目），口裡總唸著：

「槍子兒可不長眼睛噢！」

「兔崽子坑我，媽的你狠。」然後是一陣拉動槍機的音響：「槍子兒可不長眼睛啊！」

張班長「公館」在雙人床的上舖，鄰近軍官寢室，他居高臨下，可以窺視兩位軍官的動靜，據說這兩位軍官，對駕駛班長「寫文藝」，很不開心，有時候可能「陰損」一兩句，惹火了張班長；加上，較早幾年正逢兵寫兵、兵演兵、兵唱兵當道，張班長「安徽老姆子」，導演編劇演員一肩挑，少不得也有一點「戲油子」，戲油子加駕駛兵油子，可能隨便一點是事實，吊兒郎當看在正宗帶兵官的眼裡，自然是格格不入。

張班長的「唬牌」是不是有效，無從查考。第二年這名「頑劣」的「一品上士」被救上了林口，那時候野戰部隊的人調機關比上天還難，他那麼容易，想必有人害怕槍子兒真的不長眼睛吧！

自然，這也只是一個傳說，有幾分可信，現在已經一點也不重要了。

詩人叫他毒公

張拓蕪由代馬輸卒調到林口，粗中變細，他「寫文藝」有了出路，外帶幾個毛筆字也派上了用場，他不再「擦卡賓」，改「喊」平劇，也許真的「人逢喜事精神爽」，除了平劇，他還是麻將的教師爺，小說家尼洛，詩人楚戈、辛鬱，都「寄」在他門下，那段時日，他的電影票外加牛肉麵，都是來自麻將的「純所得」。新近訛傳我是教師爺，不敢掠美，特此一表。

人到林口，拓蕪算是真進入台北詩人圈，識與不識，「報上名來」就成了朋友，當時詩人圈子裡時常往來，也真人多勢眾，中有「四公」頗為親近：辛鬱表情凝重，除了唱民謠之外，不苟言笑，封為冷公；楚戈嘻嘻哈哈，說話帶一點半點斯文，見了女孩子只笑不說話，封為溫公；商禽羅馬，說話喜使嘴角，那麼歪一下嘴打點什麼似懂非懂的暗號，封為歪公；只有拓蕪尊為毒公，別具風貌，他在文章中，從蘇州到臺灣，寫盡了第三類風月，照我的體會，這方面他可能是言行一致的人，這毒與風月有多少可以聯想的，留待考證。這毒公二字，在早些年詩壇，和他今天的文章一樣，也真名重一時啊！

毒公有毒公的美德，嫉惡如仇，他的朋友做錯了什麼，他生起「毒氣」，一點也不留餘地，當面開消；如果沒有錯，別人要說他朋友半個不是呀！嘿嘿！他會轉八十九個大彎，也要拿回那點面子，一旦列為他的朋友，也是「終身職」，他找你，理直氣壯，如果該他辦的事不去找他，你也就有得活罪好受！

馬祖那串日子

他有時候叫我長官，其實還真有那一點影子。

民國五十年，我擔任馬祖廣播電台台長，張上士成了「豆腐乾」，官拜准尉編撰官（早年准尉軍階是一個方塊兒，綽號豆腐乾），說良心話，他還真管用，十幾個節目，我和他二人寫了一大半；可也有一個壞處，習慣晚間寫稿，常常凌晨四點半，台長大人給他敲醒：

張拓蕪（左一）赴泰演講。

「看稿囉！」不看不行，早上六點要播；算他大牌，後來乾脆，我也半夜寫稿，兩人變了馬祖夜貓。

他對我這麼多「不便」，總要找個機會修理他一下才甘願，事有湊巧，馬祖幹訓班成立，電台有一個名額可以送訓，已內定一位播音官夫，要整整他，到司令部爭一個名額，讓他去受受罪，為什麼要訓他，想必他也明白，按軍中規定不受六個月短期訓練，准尉升不了少尉，准尉只是兵頭官尾，後來拓蕪上尉退役，全在這一訓之功，按這也是他的最高學歷啊！

拓蕪在幹訓班糗事不少，當時我們叫幹訓班為「馬祖大學」，教官和隊職官，都是新制軍校廿六期的優秀畢業生，課程除了三操，倒也不止兩講，術科拓蕪不怕，學科可完了，英文、數學全要了他的命。尤其上英文課，跟得上的不多，教官查名冊叫學員試讀，一查廣播電台張編撰官，喝！學問一定很大，誰想到他的「陰溝流水」一竅不通，每每乾晒在課堂上。有一天他問我這可如何是好，我叫他找機會直接「訴願」，外加台長大人去「公共關係」，也算過了關。

送他受訓，原想害他，反而坑了自己。那時候，馬祖修路比賽，幹訓班以及營地四通八達沙石子路，要整修，路兩旁用空酒瓶子倒栽著，形成兩道圓圓的路基，幹訓班規定學員要繳瓶子修路，每次要繳瓶子，他的「極短篇手諭」準到：「台長，瓶子一百」，我就得全台動員，搜兩百個瓶，幫屋及烏，台內另有一名播音員在訓，自然也在「支援」之列，好像六個月內搞三四回，最後不足之數，花一元一個到處收買湊數。

他的寫作祕密

幹編撰官，拓蕪算幹出了頭，回到林口以及後來我們到台北，他的稿很受播音小姐的歡迎，口語化、有感情、外加字寫得清晰，後來他對大陸問題也懂得較多，諷喻和對比妙趣天成，在那個圈子已「卓然成家」，有一年新聞局廣播金鐘獎，他寫的節目得了大獎，他自己得了個人編輯獎，這算肯定了他對口語文學的成就。

他的代馬輸卒五書各篇散見報刊的時候，讀者被他文中的小故事所吸引，文字優美自然，也得受讚美，這文字美，和他幹編撰官長年歷練有關，一個人每天寫一二千字的「純散文」，熬他十年，這工夫又豈止熟能生巧？！

拓蕪散文自然流暢，還有一個祕密，早年大兵作家苦讀，看到好文章，一句句一段段的抄錄熟記，碰到一本好書更是愛不釋手，對詩和散文，背誦默寫，也是常事，多少年後這些「收藏」已溶入了自己生活之中，潛能激盪出來，就成了他自己獨創一格的新語言，每一個字，每一句話，都載負張拓蕪的時代生活，而成為大兵文學的佳構。

愛就是愛啊

拓蕪認識桂香（他太太）以前，有沒有談過戀愛，我不知道。我卻深知他的女性兩極論，好或壞，完美與醜陋，在他的兩極化是非標準苛求下，可能難被別人接納，而他也難接納別人。

在我們女同事中，有不少人對他不錯，他對她們也會好上加好；也有些人他一律排斥，見了這人有說有笑，看到那個卻視若無睹，他若批評誰來，可真有得受的，我常以為他是戀愛的絕緣體，因此我們在一起只問他的「風月」，不談他的戀愛。

好容易，有一天他休假回來，說在中壢偶然認識一個純樸的女孩，在他的女性兩極論中，應是好的、善良的一型，我知他心已動。這個女子就是桂香；不久，同事告訴我拓蕪有女友來奔，我也極力慫恿，他們很快就結婚了，婚後，張府也常是朋友集會之處，尤其孩子出生之後，真是和樂一堂。

不幸，拓蕪中風，個性和心態大起變化，桂香撫育小旌，還要照顧拓蕪，她表現了中國女子認命的那種婦德，受氣挨罵，每每我看到桂香，深覺不忍，我和一些朋友總是安慰桂香，勸告拓蕪，我相信苦難中滋生的戀情，會有醫療效果，好在他們愛過、鬧過，甚至短暫的分離過，現在他們終於一同走進「后山居」「艱辛的鴿子籠」裡，開始了他們的「二度蜜月」，更難得的是桂香的寬容，拓蕪也從女性兩極論中升高了層次，愛就是愛啊！

因為拓蕪不少文章說到自己的婚姻，惹得讀者一頭霧水，藉此向關心他的人，報個喜訊。

代馬輸卒五書

談到他的書，我不止一次說過，摔死了一個張拓蕪，摔活了一個散文家，平心而論，他這一系列的散文，除了極少數幾篇，繁雜了一點，實在寫得真好！當讀者知道，這些文章出自一個僅僅讀過兩年小學，當了三十年大兵的殘障人的手，就應該給他更高的評價。

寫這幾本書，不，當初誰也不奢望他寫什麼書，只希望他用寫作「麻醉」創傷，實質上弄幾個生活費。他中風出院後的生計問題，在朋友間引起廣泛的討論，在百般無奈中想起他的筆，我和他談到試著賣文為生的時候，兩人相對哭泣，他哭他的不幸，我哭我的無能啊！後來他真的試著寫了，最初還是寫廣播稿，再就寫一點短文，一直到〈代馬輸卒手記〉連載，漸漸他又拾回了信心；可是那個時候錯把別人約他寫稿，看成是朋友的救濟，幸蒙讀者和許多著名作家一再推薦鼓勵，到手記出版，洛陽紙貴，他才稍稍好了一些。他現在雖「殘」而散文自成一格，比諸我擠身新聞圈庸碌半生，已經好得太多了。

說起出這套書，也有一點插曲，有一天詩人景翔老弟希望我陪他去看拓蕪，推介他的書

趙玉明（右二）在泰國接待詩友遊芭達雅，左起張拓蕪、張默、楚戈。

給爾雅出版，那時景翔和隱地合作經營爾雅，我聽了十分興奮，極力贊成，但我不敢陪景翔去，於是我寫了地址，還畫了拓蕪七虎新村住宅的關係位置圖。我告訴景翔說，拓蕪患了疑心病，我去他會懷疑我利用友誼關係勉強朋友為他出書，直接闖去，比我陪更好，不但可以談出版，便中還可以扮演一下治療疑心病患者的醫生。

匆匆數年，《代馬輸卒手記》發行二十版，續記發行十三版，餘記發行七版，補記發行四版，現在外記又出版，這對一個「半邊身子殘了」的人，實在是可喜的成就。現在五書出全，我特別敬佩隱地的眼力，〈代馬輸卒手記〉刊出，立即決定由他出書，而且信心十足，連張拓蕪本人，都感到驚訝。

在五書一氣呵成之日，我們這才認識出版家之所以為出版家了，因此，祝賀拓蕪代馬輸卒五書出版，也要向隱地、景翔兩位致敬了。

（原載一九八〇年十二月二十八日聯合副刊）

仞千七十大壽詩

揚州查氏仞千，今年欣逢七十大壽，其子查查（少翔博士）夫婦，專程自美返台為父慶壽，查公約少數老友與席，數月前我回台北，慨允專程赴會。十月初赴美將壽訊告知洛城唐達老，達老即席揮毫，書大「壽」字，託轉查公為賀，當夜返回兒子住處，輾轉不得眠，起而作打油詩，歷述與仞千相知近五十年事，成詩三首，回曼谷再續一題，共四首，一氣相連，製成金箋，以為祝賀。

我與仞千，在金門相識，時在民國四十二年，同由部隊調《正氣中華報》，危樓共處一室，丁字竹床，陋室論詩談文，別有風味。我們在報社任校對兼編輯，我因在部隊主編油印報，以中尉政工官調往報社，仞千初為上士，繼升少尉，屬軍中文牘，兩人氣味相投，相互扶持，其時原有老人因調訓台北，我二人代理編採工作，時報社撰稿素無記者署名，亦少專訪，代理期中我與仞千，極思突破，創新編採，兩人自採自編，大展新風，同事多稱我

查公（前排右三）七十大壽，高朋滿座。

為「老虎」暗譽勇猛。亦我和仞千，從事編採之始，結成與報業的文字因緣。後調訓人員回到金門，對我倆創新視為「叛逆」，而致我二人憤而回部隊，我即行返台，仞千在防衛部人事處工作短時間，再度回調《正氣中華報》，而有機緣，受聘為《聯合報》特約記者，稍後我二度回金門，在心戰部隊工作，我一人駐在金門城「鬼屋」，職司總連絡，得又與仞千朝夕相處，仞千為《聯合報》寫稿，我自然鼓勵與支持，在金門這段日子，頗堪記憶。打油之一〈新夢〉，即記其事。

後我隨軍返台，仞千仍留金門，與台北各通訊社駐金記者相友好，仞千謙和，與人為善，大家樂與交往。至金門砲戰爆發，台北各報僅《聯合報》有仞千一人在金門，且仞千好友于靜波在防衛部侍從單位工作，戰訊靈敏，且常駕車協助仞千提供珍貴圖片，深入砲火中採訪，撰成戰訊，在《聯合報》刊出，且有專欄配合，風雲際會，仞千一時成為戰地名記者，使人稱羨。打油之二，〈出鋒〉即記其事。

金門經砲戰洗禮，成為全世界的新聞焦點，時人政要往訪，更是無日無之，時副總統兼行政院長陳誠（辭修）訪問金門數日，原訂某日返台，仞千將陳此行新聞，搶先撰稿，寄回台北，《聯合報》重點處理，不料陳副總統延後一天回台，新聞見報，國家副元首仍在金門，在對岸砲火範圍內，金門當局緊張萬分，乃以洩漏軍機，查辦仞千，消息傳出，台北《聯合報》緊急向軍方高層求助，合眾社駐台北記者蕭樹倫，立即趕往金門交涉，以軍方如要辦仞千，必影響「國際觀瞻」，在多方努力下，仞千被「驅逐出境」，免除一場牢獄之災。按彼時是威權統治，一個少尉小官涉案，後果當然嚴重，幸仞千吉人天相，得道多助。回到台北，時任總編輯的劉昌平先生禮遇仞千，詢問仞千做記者還是作編輯，仞千衡量台北環境不熟，選擇擔任編輯，如茲三十九年多，在報系受各方敬重，尤其查氏標題，成為後進學習榜樣，可謂桃李滿報系。仞千受惕老善待，平日相處如家人，習稱仞千為「老千」而不名；仞千也受知第二代，他本誠以待人，敬以奉事，無怨無悔，實在難得，打油之三，〈誠敬〉即記其事。

仞千在《聯合報》先後擔任各版編輯，後接替王潛老主編三版，當年三版為《聯合報》「招牌版」，頗見智慧，後任編輯副主任、主任、副總編輯、執行副總編輯、泰世辦事處主任、美世辦事處主任、北美《世界日報》副社長，總共服務聯合報系三十九年半，以迄退休，在報社參與各種大小戰役，新聞主編三版十又五年，標題出神入化，傳為美談。

仞千一度在《民族晚報》兼差，擔任編輯主任，主編社會新聞，此一經歷與我進入台北報界有關聯。仞千在「民晚」工作時，認識當時台大法律系畢業的陳麗華，就是今天的查婆，他們戀愛，我是軍師，他們結婚度蜜月，我被他徵召在《民族晚報》代班十五天，當時我在軍中，任廣播電台台長，請准休假，代他作工，因而認識老闆王逸芬先生，後調台北工作，晚報增版，王逸公主動找仞千，要他找那個「胖胖的朋友」，他不知我姓什名誰，憑代班那些天偶有碰面，受此重視，也是人生機緣。我也真的進了《民族晚報》，當時我在國防部一個「研究室」，研習大陸問題；中午抽空出來「作報」，成就了一段「因緣」，也是我後來擔任《民族晚報》總編輯及到《聯合報》的前奏。

仞千五年前時年六十五歲即表示要提前退休，我是反對的，因為他春秋正盛，而且是人生最成熟的階段，朋友也多有勸阻，但他立意甚堅，想做自由人的意願極高，退休之後，家中常高朋滿座，他的一家之「煮」的廚藝，也頗受朋友喜愛，閒來麻將八圈，老酒三杯，瀟瀟灑灑，讀讀閒書，他身體一直很好，望之若五十許人，像他這樣清靜無求的人，一定是很長壽的。打油之四，〈圓融〉即表達滿心的祝願。

老友七十榮壽，內心十分喜悅，寫成打油四首，因內中諸多「內幕」，略作詮釋，報系多數年輕同事，認識查公，但對查公頗為轟烈過去，知之不詳，希望本文能供朋友們加深對查公的了解，並請大家一起為這位老朋友祝福。

賀仞千七十大壽　打油四首，特錄如下：

一、**新夢**

老千有詩笑我狂　我敬此君性善良
金門識荊半世紀　危樓共室丁字床
且編且採開新夢　亦師亦友論文章
猶憶當年虎風在　互相扶持亮新光

二、**出鋒**

砲戰風雷震九天　隨軍大筆著先鞭
揚州才子大無畏　恩尼派爾不專前
字字璣珠英雄業　處處危厄血淚篇
戰地名記驚報界　大塊文章競相傳

三、**誠敬**

新聞搶先涉軍情　英雄無淚出金門
聯合報內添健筆　編輯台上出新軍
查氏標題傳心法　滿門桃李望春風

受知兩代誠敬事　無怨無悔不朽功

四、圓融

七十初度賀壽辰　笑傲江湖自由人
各方高誼無虛席　一家之煮有薄名
八圈麻將三杯酒　幾本閒書一世情
心曠由來春不老　清靜無求百壽徵

（二〇〇〇・九・廿八洛杉磯　二〇〇〇・十・十二曼谷）

我與唐達老詩相往來

達老遊興即韻

筆墨豪情不足誇，行年七十走天涯；
舟車一萬三千里，聽水看山處處家。

和遊興詩原韻

七十健朗足堪誇，筆墨因緣夢無涯；
晚得白球追逐樂，一桿進洞唐大家。

奉達老兼七十自況

筆墨辛勤志可誇，深耕終識學無涯；

查仞千夫婦（左前）、趙玉明夫婦（右前）兩家訪美，與唐達老夫婦（右後）及姚志剛（左後）及姚父（前中）餐敘合影。

浮生七十憂患過，倦夢依稀兒時家。

我和達聰唐氏，是同鄉兼同事，以文字結緣，彼此惺惺相惜，友情彌篤；且我認識唐夫人趙堡女士，早在她肄業政大新聞系時，以幼獅電台記者來金門採訪青年暑期戰鬥訓練新聞，當時我任金門廣播電台台長，其採訪所得，託我整理錄音，送幼獅台播放，創有佳績。由此一短暫合作，因屬同宗，承她以大哥相稱，數十年如茲，我家孩子都叫她姑姑，而稱達老為唐伯伯，結成兩家親緣。

趙堡為一優秀記者，政大新聞系畢業，婚後赴美深造後留美工作，心牽兩地，幸達老後赴巴黎協力《歐洲日報》創刊，再轉洛杉磯美洲《世界日報》，夫妻乃得團聚，成神仙眷侶。我們睽違相當時日，後長子惟真赴美讀大學，學校在聖塔芭芭拉，洛城唐府即成惟真的家，後來惟光、惟文赴美，我夫婦每年定期前往探視小孩，唐府亦成重要落腳處，原先還住旅店，後承懇邀，多次住在唐府，晚近幾年，達老和我，老興不淺，迷上小白球，每次到洛城，我倆和世報兄弟總得一起揮桿，徜徉於青山綠水之間，怡然自樂。

達老長我兩歲，精神體力均佳，追逐小白球，有一桿進洞記錄，甚是可喜。前年他以七十之年，夫婦情深，結伴壯遊大陸十多天，舟車一萬三千多里，返美有詩即興。達老對書法、攝影、詩詞、譯述，都極為專精，而其編輯生涯，尤可圈可點。我有此良友，多年策勵扶持，受惠殊深，終身感佩。

達老的尊翁，是我國著名的金石家，是中華民國之璽的鑄刻人之一，達老曾編印其尊翁金石作品全集，並多次赴大陸會晤金石界人士，弘揚乃翁先德，受各方推崇。

我前年赴美，達老親書〈遊興即韻〉一詩相贈，奉為至寶；因去年我未去洛城，未及將奉和打油兩首，捧呈求教。今年正值我六輪龍壽之日，特製黃金詩箋，一式兩牒，以證友誼之深長綿密耳。

二老球敘，達老（右）有一揮進洞紀錄。

趙玉明家人一行四人在洛杉磯唐達老（左）家門前留影。

我家天真老女孩

現在寫的是一位相知五十年的朋友，相依相惜一輩子的人，她就是賢內助：「我家天真老女孩」。

我是標準的晚婚族，軍中蹉跎歲月，在愛情與婚姻的路上，一再徘徊，不是沒有女子接觸，是沒有機緣，認識過一些女孩子，多數是知難而退，不敢持久追逐，有些還沒有開始，就黯然結束，也有些發展成純朋友，到今天還時相聞問，十分友好，就是不來電。

情愛路上歲月蹉跎

好像在自己三十二歲那年，認識過一位學音樂的女子，很自然的熟悉、很自然的交往、很自然的相知起來，好像真的戀愛了，真的受到異性的垂青，一起走過很長的一段美好的時光。她不但成為我的仰慕者，她也很自然地成為我一些朋友的朋友，在我的生活圈裡的一夥人，幾乎都認識她，有幾個調皮的小弟兄，都叫她大嫂，她總是用傻笑回答，甚至狠瞪一眼，表示回應。

她是獨生女，父母十分珍視，起初她帶我到他家去，只說是同事，後來發現我們好像在戀愛，就關心起來，自然地有些反彈，升高為反對，他們搬出很多反對的理由，結論總是「不合適」。

當然，我知道我面臨考驗，有些不知所以，我發現：

「她父母希望找一個兒子，我怎麼看都像個父親。」

我大她將近十歲，在軍旅生活磨得老態，體型瘦小，加上地位不高，收入不多，甚至有些自殘形穢，總覺得已敗下陣了，又不願放棄，五六年流水歲月，變成浪擲。我警告自己：快些冷卻。理智的告訴她，請她長考，這是錯的，可能動搖她的信心，她反叫我長考，這是考驗，是試探性考驗，我卻不知曉，傻罷！

更傻的，兩人決定什麼冷一冷，都自我考驗一下，自然等於後退了好多步，釋放了很大的空間，好像我要放手了，事實不是如此，這真犯下了不可原諒的錯誤。其實，她對我是有心付託的，她是高個子，比我高，我們一起的時候，她常說：「完了，我一輩子不能穿高跟鞋了」，這是多麼明確的暗示，她不是打算和我過一輩子嗎。最後的拔河，她父母勝利了，我們真的在友善而互諒中分手了，婚姻無緣，卻成一生的朋友，應該是命，她不屬於我，六年蹉跎，如此落幕。

大約半年以後，我在楚戈家裡認識我現在的太太。那時她從花蓮到台北，在天鵝公主時裝學縫紉兼打工，不小心跌了一跤，患了輕微腦震盪，被一位在藝專上學的小學同學，接到藝專宿舍養病，認識三十七歲才考進藝專的楚戈，那時楚戈已結婚，女兒阿寶三四歲，他太太陳守美，就是西蒙，要到美國讀研究所，需要找人看顧阿寶，她同學和楚戈商量，請養病的這位小姐去照顧阿寶，同時在楚戈家繼續養病。

那時候，我在林口工作，下山時常到楚戈家走動，自然認識了她，她有時候跟楚戈一樣，叫我老大哥，有時候跟阿寶一樣，叫我趙伯伯，我也把她當成小朋友、小妹妹。

佳人探病滋生愛苗

有一天，她忽然說，要為我介紹女朋友，就是她在藝專讀書的那位小學同學，她已畢業，在一家雜誌工作，我看過她寫的報導，文字不錯，也很有想法，那時我正患了愛情倦怠症，很害怕，不敢再愛，她說見見面有什麼不好，就這樣約了那位小姐見面，談了一會話，談不上印象，事後，我問她，那位同學說了什麼，她說不知道，我明白這意思表示，對方對我沒有什麼印象，她要再約，我告訴她不必，事實上就不了了之。

但這件事，變成了我和她以後見面時的一個新話題，她好像還去找過那位同學，想做一個盡責的愛情推銷員，當然我和她就多了一些話題，兩人見面說話就多一些。

這個時候，我突然生病，住進中心診所，經診斷得的是「德國麻疹」，住隔離病房，不能接見外人，也許是她急著趕來看我，沒有看到病房外的禁見公告，她小姐一推門就進來了，手上拿一枝玫瑰花，我傻了，護士趕來，也不知所措，我請她坐下，我告訴她，德國麻疹會傳染，謝謝她來看我，請她回去，她說，已經進來了，就不在乎了，對病人來說，當然感動。

她離開後，我猛然想到，這女子溫厚樸實，涉世不深，十分青春，才二十二歲，我已過了三十八歲，她開始進入了我的世界，我有些動心，一再告訴自己，我野性放縱，她的柔性溫順，是良方良藥，在病房兩三天想的就是她，自然反覆思考，如何給她一個表示。

出院趕去看她，什麼也說不出來，只是問問她的家庭情況，當然也問起她的病情，林口下山都會去看看她，楚戈反應靈敏，他認為很好，有時候他接手自己看阿寶，讓我陪她到外面走走，我覺得她也開始投入，我出院大約二十幾天，我對她直接的說：「我三十八歲、想結婚。」

她只是笑，靜靜的看著我，我想她在奇怪，這個男人怎麼直接對她說想結婚，她也許認為這是一種簡單方式，向她求婚的暗示。

驚動泰山成全喜事

泰山點頭，趕忙辦訂婚。

「我對戀愛沒有信心，我太老了，不想再談什麼戀愛，想結婚，要結束單身，開始我的新生活。」

「我要問問父母。」

大約二十天後，她老爸真來了，見到我也很少說話，因我不懂台語，他不會說普通話，溝通都用寫的。我們會面兩天，老人說：「你們要好，就訂婚吧。」喜訊來的突然，我當然高興，急忙通知幾個朋友，訂餐廳，我陪她到衡陽街的金店，找訂婚戒指，正好有一對白金小對戒，一個五分一、一個四分九，配成美好的一，我兩秒決定，買下它，請金店打上我二人英文名字的簡寫CYM／CKL。又趕到一家服裝店，發現掛著一件淺紅色的洋裝，我一再覺得真巧，問老闆能不能試試，老闆說可以，一試真巧，如同量身訂製，我說我們買下它，老闆說，不行，是人家訂作的，我問他什麼時候交貨，他說明天下午，我說，先賣給我，我們今天訂婚，很急，你今天趕製一件，趕工的費用我付，老闆看是喜事，竟然同意了。

戒指、禮服有了、場地訂了、人約了，而後，我送她去做頭髮，我自己也去理髮，安心快樂，辦訂婚喜事了。

從她來病房看我，到決定訂婚，不過二十三天，到決定結婚也不過兩個月。多年期待婚姻，快步前行，喜事來得真快。

結婚時我在軍中，申請很快就批准了，宴客、發了四百五十張請柬，到了四十桌，出席率百分之九十幾，對一個少校軍官，是大場面，喜宴在實踐堂，由王昇上將證婚，那時我已決心退役，已在外有兼差，中午利用休息趕《民族晚報》，晚間到《徵信新聞》，很忙，但收入不錯，她雖嫁給軍人，卻不曾過軍眷般的清苦生活，我發現遲婚也有遲婚的好處，那年我獲國軍新文藝中篇小說銀像獎，獎金三萬元，正好派上訂婚、結婚的用場，算是十分圓滿。

結婚之後，她很自然的進入我朋友世界，範圍不是很大，我認識的詩友、文友、戰友很多。最先進入我最早「四人幫」何坦、張作錦、俞允平四家、作錦、允平已經

喜酒四十席，佳美齊祝賀，紀弦先生（左圖），劉昌平先生（右圖）都來祝賀。

結婚，也有了孩子；而後是查家，仞千也已婚，再就是李明、張天福和我結成「張王李趙」兄弟，都已結婚，每年過年，三家一起，十年如一日，各家做拿手菜，共慶豐年，當然還有林口「同溫會」兄弟、拓蕪、辛鬱、楚戈，除楚戈已婚，二人都是光棍，彼此往來多，樂趣也多，我因工作奔忙，她和我朋友各家，時相往來，倒也不寂寞。

孩子出生一家圓融

後來我到華視，《民族晚報》、《聯合報》，工作多了，朋友也多了，她的生活圈沒有改變，我向她表明，她不准來我辦公室，如果有事找我，華視在咖啡座等，報社在樓下接待處見，但還是有很多同事認識她，尤其是女生，都叫她「趙媽媽」，她也親熱叫每個人的名字，有時候有些同事也會到我家來看她，她的生活圈無形中大了不小。

這段時間，我忙著賺錢，總不夠用，尼洛發現不對，他當著我面告訴她：「玉明不能管錢，從這個月起換你管錢，他幾份薪水都繳庫，他要用錢，自己寫文章自己賺。」從那天起，我的財政自主權沒有了，幾份薪水原封不動，交到她的手裡，等於進鐵桶，沒有幾年，房子的分期付款交清了，還有一些存款，後來三個兒子赴美留學，她的存款，都派上了用場，這是後話。

結婚第一年，我們有了第一個孩子，我一直疑慮，我年近四十，怕不能生育，現在憂慮一掃而空，覺得自己一切正常，兩年後有了第二胎，是女的，不幸患了腦水腫，就是大頭症，八個月夭折了，所幸兩年後又有了第二個男孩，當然高興，不知怎的，我們想有個女兒，四年後又懷了一胎，一直希望是個女兒，我出國訪問，買回來的都紅色花色的童裝，生了老三，還是男生。生孩子，男人笑，女人受罪，我三個男孩，都剖腹生產，自然更辛苦，那個討債的女孩，採納女醫生的建議，自然生產，可能接生不順利，或者被夾傷，出現後遺症，而致失去了生命。

四個孩子的妊育，歷時長達十年，而且正是我一生最忙、最關鍵的求生奮戰階段，家事完全靠她，阿媽、姨妹的幫助，當然也很大，朋友太太的協助也很多，我幾個孩子出生，都是張作錦夫人凌鼎方在醫院陪產，她們妯娌情切，幾十年不變，這不也是人生的豐收。

她本性善良，熱心正直，愛家、愛丈夫、愛孩子，也愛朋友。可是急性子、口無遮攔，也容易使朋友誤解。有一次一位朋友約我喝酒，正好我先一天醉過，她聽朋友說喝酒，火冒三丈，直接了當的回答：「喝酒，喝死好了」，後來朋友間傳開，說「趙老虎家有隻很兇的母老虎」、冤呀！還有一次，我喝多了幾杯，回家路上碰到三位主編，好心送我回家，進得門後，她看了很生氣，對三位很不客氣說：「你們愛喝，喝吧，還送回來幹嘛！」三位都是老實人，弄得不知所措，倖倖而去，我事後連忙向他們道謝道歉。多年後我告訴我家這位天真老女孩，說她不明是非，亂得罪人，她竟理直氣壯的回說：「誰叫你喝酒！」

後來，我去了泰國，前幾年，她帶著孩子在台北，分居兩地，彼此懸念，那時老大讀高

一、老二念初三、老三小學四年，老大十六七，已很懂事，對我總編輯調職，很不平衡，學校有老師談過香港回歸的事，對我這個兒子影響不小，他有些叛逆性，不太聽話，功課退步，做媽媽的不知所措，也不敢告訴我實情，而且三個孩子各有各的想法，為難了老媽，多蒙同事阮肇彬兄、劉芳枝小妹悉心幫助，幫我家人度過這段艱苦的日子。

「玉婆」（右四）在曼谷與外交官夫人和僑團夫人，打成一片。

玉婆芳駕、驚艷曼谷

終於，全家都到了曼谷，新環境自然有新問題，太太人生地不熟，不懂英文、不會泰文、行動不便，自不在話下。所幸孩子們順利進了國際學校，老大從十一年級ESL（高二）開始，老二原大華初中畢業，從十年級ESL開始，順利跟上，老三念完光復小學四年級，進入五年級ESL班順利跟上，全是英文教學，太太問不上，我也管不了，只有信賴學校，後來都順利在十八歲時赴美讀大學，再上研究所，我本來希望他們讀博士，我自己因失學自苦，希望孩子受很完整的教育，這一點內人和我，看法完全一致。

在曼谷男人忙工作，女人也有自己的生活圈，台商太太、僑團太太、外交官夫人、女教師也形成團體，報社社長夫人也不能自外於很多活動，大家都叫她「玉婆」，不是她明豔比美伊麗沙白泰勒，而是「趙玉明之婆」也。她不會唱歌、不會跳舞、也不會虛假應酬，她平實自然，衣著樸實，不多嘴，安於做觀眾，會傾聽，真心實意，贏得很多友誼。在外面久了，也會有官式應酬，尤其在高級官員來訪時，如果有夫人相陪，她陪我出席，也很得體，她不多嘴，微笑是甜美的語言，她的沉靜，展示風範，我想她是我的「加分」，我最喜愛她與人

夫唱婦隨

向王儲妃呈獻給小公主的禮物。

為善的好性子，在她心目中，世界沒有壞人，別人對我的瘋言瘋話，傳到她那裡，一點用也沒有，她從來不懷疑我在外面做了什麼，一味純真，一個天真的老女孩。用這種心思去參加慈善事業，如佛光山、慈濟的法會與捐獻救苦，如僑團的文教活動，自然有效果，她更多時間參加我工作上的外圍活動，如送棉被到泰北、送文具到泰北、送字典到泰北，又如台商捐款買四百本《辭源》送泰北華文學校，發動捐建回莫「自強之家」，勸募捐助成立泰北文教基金會，幸有很多台北新聞界前輩的子女在泰國，他叫我「趙叔叔」，內人自然就成了「趙媽媽」，她是我的分身，辦起事來比我還有效。

她學開車、客串司機

在曼谷工作，總會出些狀況，報社深夜出狀況也是常事，有狀況，半夜也得去，司機不能來，只有叫計程車，那時候常鬧新聞，說有不肖警察謀財害命，叫人害怕，因此有狀況她也同進同去，一路相陪。後來她回台半個月，名為探親，實際上是去學開車，半個月學車，還考上駕駛執照，變成我的備用司機，半夜有急事，她開車，自然平安無事，她很用心一切為我，得妻如此，自是暗喜。

後來，我學打高爾夫，工忙時作運動，凌晨四五點由她開車到球場，我打球，她走路，在球場午餐，她開車回家，約好司機下午上班，到深夜我下班，她學開車派上了大用場。

在我到印尼的時候，她也跟著空中飛人，川行曼谷與雅加達之間，奔忙於兩個廚房之間，人到印尼，一切以簡便為主，為節省開支，我夫婦和台北來的女生，住一個單位，還在一起用餐，趙媽媽負責燒飯，成了負責廚工。

就在我七十五歲那年，申請退休，報社留我，叫我少管些事，放手讓年輕人去做，我堅持退休，內人最高興，她覺得自己要回了自己的丈夫，她趕回台北，整修舊公寓，而且將五樓加蓋的十四坪房，改成書房，希望我安心寫作，一切回到從前，職場一陣喧嘩，一切歸零。後來報社希望我每天看一下社論，掛個顧問兼總主筆，有一點車馬費，她也大為贊成，因為醫生告訴她，老人有些事做，不會老人痴呆。

回到台北，朋友相約參加他們的山行晨運，每天她也起大早相陪，過了兩三年山客愛山的日子，不料，某夜跌了一跤，到榮總檢查，竟然是嚴重心臟病，而且動了「開心」大手術，她與小兒子，日夜相陪，感謝醫生的回春手術，她的支持鼓勵應是第一功。這五六年多次進出榮總，她是我的救助天使，醫生的飲食規定、生活要求，由她和小兒子把關，我常開玩笑的說我養病，身邊有一個憲兵、一個警察，警察管我，是勸告，憲兵介入，就是強制執行，所幸有他們，慶幸自己復原快速，生活起居正常，行動也較靈活，她的心力顯然有奇效，她的純真直率，也是特效藥。

病中呵護、有她真好

有時候我想，她的直性子也沒有什麼不好，她一片純真，直來直往，比悶葫蘆好。她最在意的是自己沒有上學校，總覺得自己不夠。本來，她小學畢業，考上中學，阿媽不主張女孩子多念書，也許因為這個緣故，她養成買書讀書的好習慣，我記得我們結婚的時候，她的陪嫁是一紙箱書，包括《簡愛》、《戰事與和平》、《安娜卡列尼娜》和全套《讀者文摘》。她也喜歡看報，尤其副刊。文章和熱門話題，有時候還會「為愛朗讀」，念給我聽。

一家五口樂遊美國。

五十年前美麗的新婦。

在我生病養病的時候，她看書的性向，轉為醫療與保健，我看那一科，她就買那一科的書來看，還會找醫生討教疑難，她成了「醫事百科全書」，尤其照書作業，強制推銷，這招特別有效。

我生性懶散，心浮急躁，幸有她的幫助；我為生活奔忙，在職場拚搏，幸有她的支持，使我後顧無憂；至於家事管理，子女教養，有她盡心竭力，我也沒有什麼不放心。

五十年相敬相隨，我家天真老女孩啊，有妳真好。

（二〇一五年六月，台北完稿）

佛緣至善．慈濟最美
——趙賢明慈濟新著北京出版

趙賢明先生的新著《台灣最美的人》，簡體字版在北京出版，是一件大事，更是一件美事。書中主人翁廣受信眾禮拜，是慈濟的創始人，是世界級大人物，作者以一個退休新聞記者，一個專欄作家，用了近二十年心力，研究慈濟、關心慈濟，更身體力行的加入慈濟行善的行列。他寫《台灣最美的人》，可謂鍥而不捨的宣揚慈濟志業，崇敬證嚴法師的慈悲救世精神，我因為陪他走過來時路，尤其在他前一本書《大捨無求》的出版，譯成泰文版在泰印行，又節印簡體字本分送大陸相關人士，我受他精神感動，協力幫他完成心願，現在新著在北京出版，要我寫序，我十分樂意在書前說幾句話，我和所有讀者朋友一樣，敬服慈濟人的精神，此刻我的感受是：「佛緣至善、慈濟最美」。

用二十年心力關心慈濟

我是先認識賢明的人，好多年以後才讀到他的著作和專欄，其中的情緣，成了珍貴的回憶。我認識賢明，是他由花蓮一家報社，派他擔台北特派員的那個階段，那時我擔任《民族晚報》總編輯，一個偶然機會認識他，由於地方報特派員在台北採訪，政治、經濟、社會一肩挑，在一些公開聚會的場合，經常有機會見到他，由於我二人的名字看似有些緣份，不少人誤以為我們是兄弟，時間久了，他叫我「老大」；交往雖不緊密，彼此留有很深的印象，因為他不菸不酒，形象新清，格外使我留意；不想，後來突然失去他的消息，從朋友口中知他已離開新聞圈，在國外謀發展，而且結婚生子，生意上也有些成就，只是彼此間很少連絡。

後來我由《民族晚報》，轉往《聯合報》工作，由編輯部顧問、副總編輯而總編輯，始由同事唐經瀾兄處得知賢明的一些消息，至七十二年我交卸總編輯，有機會赴美國、日本考察，我和內人、經瀾、譚天、范增福五人赴紐約參訪時，原來行程是由紐約搭機直飛華盛頓，在紐約得悉賢明在費城，夫妻經營餐廳，於是決定改租麵包車，專程赴費城，與賢明夫婦見面，同時參觀費城自由鐘等名勝，由賢明招待午餐，速食加大杯啤酒，其樂何如？因得悉賢明在國外艱苦奮鬥，已略有成就，既感且佩。

後來賢明夫婦回台北，由於自己精明靈活，他夫人也會理財，恰在此時得到家族一些餘蔭，景況轉入佳境，他順勢投資，不幾年即發利市，薄有資財，他捐巨款成立「賢志文教基金會」，結合文化界一些朋友常年參與兩岸文化藝術活動，我也受邀為基金會董事，經常參加某些活動，聊表精神贊助。

他的專欄文章小有大觀

後來我去了泰國，代表聯合報系接辦《世界日報》，一天他夫妻突然來到我辦公室，驚喜之餘，得悉他忙於經營商業，而未忘筆耕，承他出示在香港《星島日報》所撰「冷眼旁觀」專欄，細讀後大為感動，不想他在銅錢堆裡打滾，仍然保有純潔的心靈，寫出叫好叫座的專欄。

他的專欄文章，平順自然，每篇文章都是一個醒世小故事，據以引伸，情節感人，可讀性很高，照他自己的說法，他有一個討巧的方法：「大處著眼，小處著墨」，這正是寫小品文的奧祕。更難得的是在他作品中，洋溢著愛，夫妻間的情愛、兒女間的慈愛、朋友間的友愛，深情款款，著墨最多，是最成功的地方。

看了他的文章，立即興起我職業性的敏感，覺得這些文章應該引進泰國和印尼，我立即提出「邀約」，希望他同意這些文章能在泰國「湄南河」副刊刊出，後來創辦印尼《世界日報》，他的文章納入印世副刊，他也十分樂意，為迎接他的專欄登場，我在副刊寫了短篇推介文章，以〈隨緣隨意、小有大觀〉高度評價。專欄刊出，甚獲佳評，不少讀者來信推崇，尤為家庭婦女所喜愛，還有一些朋友誤以為是我寫的，實因我二人姓名僅一字之差，還有人說，我弟弟的文章寫得真好。

所著《大捨無求》譯成泰文

他有一段時間常來曼谷，好像有些投資，我們見面的機會較多，對他的了解也較深。很多新的感受，從他送我兩本書開始，一本是《台灣三巨人》，一本是《大捨無求——證嚴法師的慈濟世界》，《台灣三巨人》中文版在臺灣發行，又譯成日文，暢銷東瀛；《大捨無求》，記敘證嚴法師創立慈濟的整個過程，三百多頁，是一本大書，由他精印出版，捐給慈濟作為推廣之書，後來他在曼谷看到慈濟人在泰國的活動，深受感動，託我找人將《大捨無求》譯成泰文本，仍由他捐印轉送泰國慈濟分會，分贈信眾；稍後，他人到北京，配合賢志文教基金會在大陸活動，又出版簡體刪節版本，也由我代為編印，轉寄北京，他這種默默行善的行動，使我感動，他為當所為，得到圓融自在，印證他做的每一件事，都緊守自己的座右銘「做每一件事都認真」，從早年做記者，而後經商、闖天下、寫專欄、著書，甚至為家庭、子女、朋友都本著「認真」二字，而見其真情真性。

賢明崇敬證嚴法師和慈濟人，發願最早，他在新書的後記中說，一九六六年證嚴法師和慈濟人走上大愛之路，他正弱冠之年剛踏入社會，就在花蓮地方報擔任記者，慈濟積沙成塔的善行，點滴都流入他的心田，無論在花蓮、台北、泰國、香港、日本、美國、歐洲和中國大陸，所見所聞，對他影響最深刻，也從而發願在有生之年，推崇證嚴法師，心中嚮往的臺灣願景，就是慈濟世界。新著簡體字版在北京出版，對賢明而言，是一份美好景願的完成，對慈濟人而言，讓十三億大陸人包括受過慈濟恩惠的人，也能一起進入「慈濟最美、佛緣至善」的世界，自然更是好事。

豪俠輕財重義知恩必報

賢明原籍潮州，在臺灣成長，早年在泰國待過一段時間，重遊泰邦，舊識不少，情況各有不同，他在力能所及的情況下，總給予支助鼓勵，他輕財重義，帶幾分豪俠氣，頗使人敬服。他念舊而不忘本，人家對他一分好處，請他一頓小吃，總是念念難忘，他對朋友的付出，從不企盼回報，以我為例，當年我們到費城看他，他當大事緊記，請他一碗魚翅，也常在念中，他為我做過什麼，從不在人前表露。這種美德發乎自然，只有當事者能夠感受。那年他來曼谷，問我在泰居留辦了沒有？我告訴他由報社一年辦一次，他說為什麼不辦永久居留，當時外人到泰國，存款一千萬就可得到永久居留，我個人要辦，報社可以付錢，家眷則不便要報社付大錢，他明瞭真相，說不用報社麻煩，由他借我兩千萬，我覺得不好，有些猶

好友齊聚用餐，右起林信雄、趙賢明、趙玉明、黃根和、唐經瀾。

豫，不想一星期後，他太太從香港匯來兩千萬，而且幫我找好了承辦的人，我夫婦和他夫妻一同辦好永久居留，三年後存款由銀行璧還，但這份情意，十分珍惜，這件事知道的人不多，而我對他可份珍貴的感情，留下很重的分量。

最近一次見他，他說人過花甲，從此不再為賺錢拚搏，要好好生活。讀了他的一些專欄作品，猛然省悟，原來他真的「用心」生活了，家居、旅遊、閱讀、寫作、交遊，處處顯現他充實的生活景況，深一層想，作為他的親人、朋友和讀者，都分享了他生活中散發的快樂。想來，一個人必須自己懂得生活，別人方能分享他的生活，一個人必須自己享有快樂，別人才能分享他的快樂。賢明有豐富的人際關係，從學校、從報社、從商場，從社會，從各個不同的角色中，一路走來，一步一腳印，甜酸苦辣，百味盡嚐，終而凝聚成豐美的人生大餐，請人分享，至於五味雜陳的人生，你能分享多少，領受多少，則在每個人自己的心中，自有一把天秤。我的感覺是：賢明用智慧的筆，給了我們一個感性的「有情世界」，他的精緻小品，提供的就是一個很不同品味的、愛的果盤，豐碩、華美、受用無窮。

新著佛緣圓融慈濟最美

這次我讀賢明的新書，和過去看他的專欄文章，感受完全不同，他以佛緣圓融崇高的境界，寫出自己對大愛精誠的感受，他的筆下環繞著至善、最美的感戴，使證嚴法師和慈濟人的救世精神，言行舉止，都躍然紙上。賢明不但深入觀察，而且親身參與，他深懂奉獻的真諦，過去寫的幾本有關慈濟的書，捐出所有的版稅，在泰國出版的泰文版，也由他捐印贈閱，這種行事準則，實已成為一個有佛緣的慈濟人。

本書的主人翁，在臺灣家喻戶曉，世界知名，在大陸信眾對慈濟人的善行，也應該知曉。當然，在海內外中國人的心中，證嚴法師是知名度最高的人。《天下雜誌》票選「臺灣最美的人」，證嚴法師第一名，慈濟人列第二名；《讀者文摘》公佈「臺灣最受信賴的人」，在各個領域人士八十位中，證嚴法師還是第一名；在國際社會她也是知名度高的人，獲獎無數，包括麥克塞塞「社區領袖獎」、「艾森豪國際和平獎」、日本「庭野和平獎」、世界佛教友誼會「全球佛教貢獻獎」以及「志工金像獎」，其他獎項更不勝枚舉。最值得大家崇敬的是一九九三年被提名角逐「諾貝爾和平獎」，雖未得獎，卻使全世界了解到臺灣有這樣一位宗教家、慈善家。近年來，證嚴法師仍然是諾貝爾和平獎的最熱門人物，美國僑界去年仍發起連署爭取提名證嚴法師再角逐諾貝爾和平獎，多位大學校長參加連署，法師本人雖以平常心看待這件事，但全世界各地對她崇敬禮拜的心情，一直保有最高度的熱點，受她善心的感動，大家一起來感恩，對她以最熱切、最崇敬的「加持」，期待她獲得「諾貝爾和平獎」，讓證嚴法師的臺灣之光，照亮世界和平之路。我深信中國大陸讀者讀完這本書，必能深深體會：佛緣至善，慈濟最美。

（二〇一一年九月二十七日完稿）

楚戈藝術迴流長沙

楚戈和我是湖南湘陰小同鄉，是小學同學，是軍中同事，我大他五歲，他一直叫我老大哥。由於去年四月一日楚戈在上海劉海粟美術館舉行二〇〇六楚戈個展，我和國內外五十多位朋友專程參加，所以這次到家鄉長沙辦展覽，他認為我應該去，而且要講話，我想兩個湘陰（他家現已改屬汨羅市）鄉下孩子，在外浪蕩了六十年，現在一起回去，楚戈藉一個畫展，「迴流」家鄉，向闊別的家山，呈現苦難中累積的些許成就。少年子弟江湖老，我的感念，應該不比楚戈少。

這次畫展由湖南省博物館主辦，由於早些年楚戈在故宮博物院工作時，曾來此交流訪問，並作演講，所以在安排上多了一分「自己人」的親切。展場是博物館一棟長廊型的建築，六大間連接，右三間，左三間，每間三面掛畫，靠窗是走道，觀眾右進左出，十分方便，布置也很雅潔。

楚戈喜歡迴流長沙，我與幼子惟文陪他一起。

畫展六月一日上午十時揭幕，文化新聞界、長沙藝術界、博物館負責人、陪楚戈去的鄭愁予夫婦、蕭瓊瑞夫婦、趙玉明父子、陶幼春、白丰中多人，楚戈鄉下趕來的家人和觀眾，有近三百人到場，由博物館和省台辦負責人簡要致詞，肯定迴流現代水墨畫展的意義和價值，都說楚戈藝術充分表達湖湘文化的精神，由到場首長和楚戈、趙玉明、鄭愁予、蕭瓊瑞七人共同剪綵，揭開畫展的序幕。

下午二時起，有一場「楚戈藝術研討會」，湖南文化藝術界、傳播媒體和遠從汨羅趕來同鄉一百多人參加，研討會首先由蕭瓊瑞教授發表論文：〈從「人間漫步」到「滿園花開」——楚戈的藝術思維與成就〉，趙玉明談〈楚戈的成長與發展〉，鄭愁予教授的〈楚戈個展，用詩剪影〉，而後聽取湖南藝術界人士的發言，展開熱烈的討論。我在曾提到建立楚戈藝術館的事，楚戈告訴我，他的各方面的作品，可以放三層樓，他擔心作品流失了很可惜。

楚戈藝術思維和成就的六個重要時期

蕭瓊瑞的論文，對楚戈的藝術思維和成就，作了系統的研究，除早年的生活和學術略有表述外，將楚戈的藝術成就，分成六個重要時期：

一、詩畫時期（一九八四以前）
二、線畫時期（一九八四～一九八六）
三、石濤與文字畫時期（一九八七～一九九一）
四、線與無限時期（一九九二～一九九五）
五、結構與符號時期（一九九六～二〇〇二）
六、報緣與多元時期（二〇〇三～二〇〇七）

楚戈大約三至五年間，就會有一次較明顯的變化，他相信二〇〇七以後楚戈必然還會變。

蕭教授在結論中說，面對這樣一位嚮往「水墨式」生活，出入六合，游乎幽冥，並身體實踐、真力瀰漫的藝術家，刻意去分析他的生活和作品，恐怕都不是一個恰當的作法。以美術史研究的立場，楚戈這種集文學、評論、研究、創作於一身，且吾道一以貫之，以線條吞吐大荒、萬象在旁，落實他人文造型的獨特風貌，確是現代中國文化史上無法否認的一座堂皇巨石。

彭定康認為楚戈足堪媲美布萊克爵士

愁予是楚戈的老友，致詞十分感性，即席朗誦了〈祝福楚戈〉和〈美來自八方〉，而且以兩次親身的經歷，說明楚戈的藝術受到國際推崇，一次是在香港個展，當時香港總督彭定康，花了一個多小時看楚戈的畫，愁予幫楚戈翻譯，愁予告訴彭定康，這位畫家也是帶領風騷的詩人。彭定康看完畫，留下感言：楚戈先生和英倫的William Blake爵士足堪媲美。布萊克在彼邦受崇敬的程度，可能僅次莎士比亞，但莎翁不及布翁之處，是他不畫畫，不雕塑，生平創作事蹟也存在於傳奇狀態；布翁貼近時代，史蹟完整，所以彭定康並未過譽楚戈。另一次是在美國，愁予也是客串翻譯，那年楚戈應美國耶魯大學藝術史主任、講座教授班宗華（Richard Barnhart）之邀，到耶魯講學，那天藝術館大禮堂坐得人頭滿滿，楚戈發揮他從容的魅力，學生們如醉如痴，楚戈談到他用藝術醫治絕症的時候，許多女生都為之動容，抹淚不止。班宗華的按語十分中肯：楚戈先生的藝術是中國傳統藝術的現代表現，他的人則具有現代藝術的傳統靈魂，給人不可置信的感覺。

鄭愁予夫婦、蕭瓊瑞夫婦、楚戈、陶幼春、我和幼子惟文，遊張家界。

影響楚戈一生的五個因緣

我的講話，著重楚戈這個人，就是他的成長與發展。楚戈的成長和發展，有許多奇特的因緣，大兵生活是他最早的因緣。楚戈和我在小學以後分開，我進了湘陰縣中，他讀汨羅中學，抗日戰事中發生湘北會戰，家鄉淪陷，我做流亡學生逃到湘西，一九四七年高中時從軍到了臺灣，大概一九五二年前後，在臺灣又遇到了楚戈，他也從軍到了臺灣。那時候許多青年學生隨軍到臺灣，許多愛好文學藝術的大兵，自然結成了一個社會，寫詩、散文和小說，也出現不少畫家，這些人因愛好而結緣！當時軍中生活清苦，沒有錢買書，大家都是休假日上街，早上看勞軍電影，而後上書店，一次看兩三本書，誰有一本好書就傳著看，有點小錢，就買瓶酒，買包花生，在一起「花天酒地」，這樣成長友誼，相互切磋，寫了作品，彼此欣賞。當時有幾個詩刊，最早是《新詩》週刊，而後是紀弦的《現代詩》，覃子豪的《藍星》，可以發表作品。後來又有李辰冬的中華文藝函授學校。當時的軍中作家，寫小說的如朱西甯、司馬中原、尼洛，寫詩的瘂弦、洛夫、張默、辛鬱、羊令野、張拓蕪、向明、羅馬，畫畫的如李奇茂、鄧雪峰，搞戲劇的如張永祥、趙琦彬等等，楚戈無疑是其中出色的一個。後來又有許多學生作家湧現，如白先勇、陳若曦、楊牧、葉維廉、許世旭、尉天驄，這次到長沙主持楚戈研討會的鄭愁予也是，畫家如劉國松、李錫奇、秦松等，這些朋友對楚戈的影響很大，這是楚戈成為楚戈的一段極珍貴的歷史，讓我們終生不能忘記，朋友之間相互激勵，彼此光耀，成就自己。

楚戈的第二個因緣，是認識一位大和尚，也是湖南人的道安法師。楚戈隨道安法師禮佛、學佛、研讀佛經，聽道安法師開示，加入修行，他一度剃光頭，著短裝，同門叫他小和尚，他真的差一點出家做和尚，他對師父執禮甚恭，還一度參加佛教刊物《獅子吼》的編採工作，寫過一些弘法的文章，這段因緣對他後來在大病中起死回生大有關係，我不知道楚戈的道行，是不是能看破生老病死的大關，他的慧根種下善果，該是他人生中重要的一步。

楚戈的第三個因緣，是他認識儒學大師俞大綱教授。俞教授精通國學，對古典文學與藝術，是大學問家，楚戈是俞教授的私授弟子，受到的教誨和啟導，使楚戈對文學、藝術有深一層的了解，那段時間楚戈熱中寫藝術評論，在報上寫「視覺生活」專欄，可以看出他美學與繪畫的見地，這次因緣，使楚戈對中國傳統文學與藝術的深一層探索，奠定了很好的基礎。而且在俞教授引領下他有了到大學講學的機會。

楚戈的第四個因緣，是他進藝專。楚戈進藝專的時候，好像已經三十七歲，是退伍結婚以後的事。他這段婚姻女方家庭的阻力很大，可以說是一場「愛情大革命」，最後是兩老讓步，他的岳父是清華大學校長，國際著名的數學家，老人家同意楚戈娶他留美學西洋文學的詩人女兒，但希望楚戈能夠「升學」，看上去是一個大難題，當時臺灣大專聯考很難，楚戈於是選了藝專，當時藝專加考術科，得分比率很高，楚戈那時已小有名氣，早開過畫展，可是我們這些旁觀的人有新憂慮，因為楚戈考的是國畫科，那些教國畫的教授，在畫展時都被楚戈在「視覺生活」中大大的批評過，所幸這些老師大人大量，楚戈不但過關，而且往後幾年學習中得到很好的指導。楚戈在藝專，是帶著問題學，是深耕，使理論與實際結合，自然收穫也大，最值得一說的是，那時他是藝專的學生，同時也是一所大學的講師，這也是難得的因緣。

楚戈到故宮博物院工作，應該是影響他最大的一個因緣，他經歷學人、學佛、學儒、學藝的四個因緣，新的機緣將他丟進了古物堆裡，他在器物部門專攻銅器，後來成了青銅器專家，而且有專業著述發表，近年著力研究「龍」，花近十年的工夫，探究龍的傳說，新著《龍史》，二十七萬字，有數百張圖片，是一本大書。楚戈天資聰慧，博覽群書，又有博聞強記的本事，最近在臺灣報上常有他為古籍古物作詮釋的小品發表，當然在故宮這幾十年對楚戈畫作和書法，有很大的啟發。

霸蠻好強，且頑強的活著

楚戈有好因緣，但是也有不斷的災難，三十多年前他患鼻咽癌，受了很大的痛苦，先是手術，後是化療，照鈷六十，使健壯的身體瘦弱下來，所幸他有過人毅力，借助針灸、氣功和打坐，抗癌成功，一度如常人能自由行動，能吃能喝，後來食道又出了問題，現在還只能用插管進食，三年前偶然他感到周遭寂靜無聲，原來他突然聾了，可是十分奇怪，他生命力極強，反應很敏銳，創作力也很旺盛。去年一月，就是上海畫展的前四個月，我去看他，和他筆談，他像是自我消遣的攤開雙手，寫著：「我又聾又啞……」我說：「樂得清靜，少聽許多雜音。」他笑著，指著紙上，寫道：我現在反孔子之道而行了，三十未立，四十常惑，五十不知天命，六十耳不順，七十而從心所欲恆踰矩。

而後他向我介紹已完成的三十多幅畫作，和他自創噴墨法，而且試作給我看。二〇〇六上海畫展就名叫「恆踰矩現代水墨畫展」。楚戈雖然身體弱，還很健談，歡喜和朋友在一起，很多朋友都認為楚戈是生命的奇蹟。有些從外地來臺灣的朋友，聽人談到楚戈，還有人會反問：「楚戈還在嗎？」在，不但在，而且頑強的活著。

楚戈自己說他不是畫家，他只是喜歡玩，我同意，他真的會玩，而且都能玩出一些名堂，早期他寫詩，畫插圖，臺灣不少詩人好友早期出書，常請楚戈插畫。楚戈從一九七〇年在台北咖啡屋開第一次個展，到這次二〇〇七年長沙迴流現代水墨畫展，有紀錄的大展共二十二次，包括台北、香港、漢城、巴黎、巴塞隆納、德國、瑞士、美國、上海和長沙，每一次畫展都有展出的特色，如一九八八年漢城奧運美展作品〈花季〉是水墨，由韓國現代美術館收藏，一九九二年巴塞隆納奧運美展，作品是版畫，現由瑞士奧運博物館收藏。一九九四年香港「線與無限」現代畫展，一九九六年台北「觀想結構」展，二〇〇三年「人間漫步」大展，以及二〇〇四年「繩之以藝」的結繩雕塑展，顧名思義，看出他在變。他的創作有傳統文人畫、潑墨、現代版畫、陶藝、雕塑、結繩和現代水墨，作畫的方式也不斷變化，潑墨、揮灑、疊印、噴霧等各種嘗試，工具也即興變化，從傳統毛筆、排筆、報紙當刷筆，這次長沙畫展有多幅作品嘗試用檀香當筆，這種隨興而玩，在在顯現他的鬼才。我們湖南人叫有鬼才的頑皮小孩作化生子，楚戈是一個不折不扣的化生子，他霸蠻而好強，永遠有夢，終生無悔。

（原載二〇〇九年七月二十、二十一日聯合副刊）

楚戈的最後十年

——七十而從心所欲　恆踰矩

二〇〇一年四月，朋友們發起辦過一次楚戈七十慶生會，到去年再辦八十大慶八十大展，時間恰好是十年，是楚戈最後的十年、豐收的十年，更是超越的十年，也是他自己說的「七十而隨心所欲，恆踰矩」的十年。

我大略記得他這十年的一些大事，而且親自參加過大部分活動，和一大群愛他的朋友「都和他一起走過」，請看下列紀錄：

二〇〇一年：繼巴黎秋季沙龍展之後到瑞士個展。

二〇〇二年：美國加州大學、舊金山文化中心兩地邀請展。

二〇〇三年：台北「人間漫步」創作大展與楚戈藝術討論會。

二〇〇四年：台北「繩之以藝」結繩藝術創作展。

二〇〇五年：上海劉海粟美術館「恆踰矩」水墨畫創作展。

二〇〇六年：長沙「楚戈藝術迴流」現代水墨畫展。散文集《咖啡館裡的流浪民族》獲中山文藝獎。

二〇〇八年：「是偶然也是必然」油彩畫，在台北、新竹展出。

二〇〇九年：二月《龍史》出版，並在交通大學舉辦畫展與討論會。

二〇一〇年：楚戈八十大慶八十大展，板橋林家花園文字畫展，以及多次小型畫展。

這份成績單是楚戈在與病魔奮戰中創造出來的成果，上列所有活動，除了歐洲我沒有去，多數展出和新書發表，我都參加，包括去美國和大陸。我覺得是他了不起的成就。他自己一再說自己又聾又啞，但他的行動和思考，一點沒有停步，他對藝術創作好奇、求變，他一再說自己不是畫家，只是好玩，可是他都能玩出個名堂來，他好奇，他全心追求那個奇，就像畫油彩畫，憑他的一句：「畫油畫有何不可？」，就全速上陣。

楚戈說過：「對我一切都是偶然，一生都秉持以下原則，凡是你想怎麼樣，絕對不會怎麼樣，凡你從來沒想過會怎麼樣，反而會意外地怎麼樣。」楚戈又說：「雖然我給人的印象是一個無所謂的人，但要養成一個無所謂的人這個個性，一定有潛在的原因，我到老年第一次迷上色彩鮮豔油彩畫，自己又畫了一生的水墨畫，潛在的原因，當然不止一個，主要的或許和我研究中國上古美術史、文化史有某種關係。」

楚戈也說過：「我也嚮往過『世界大同』的理想社會，繪畫若劃分為東洋畫、中國畫、西洋畫、現代西洋畫，人類理想『世界大同』的社會很難出現，畫西方觀念的現代國際畫，

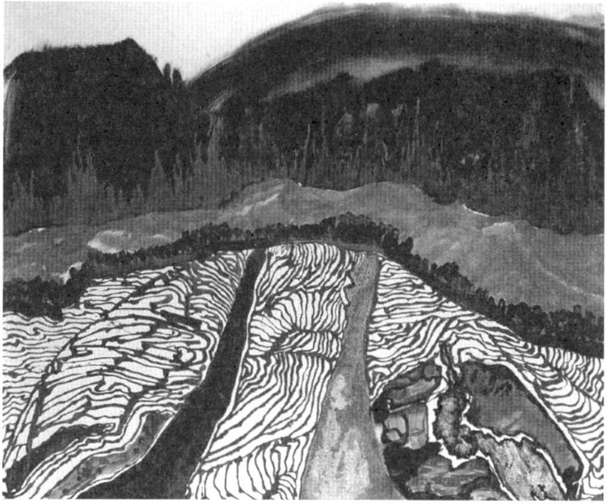
楚戈油彩畫作品〈遠方在下雨〉，130×162cm，2008。

也很難達到『大同』的未來理想。」這不但說明了他快八十歲，仍然像小孩子一般喜愛新奇，瘋狂的迷上了油彩畫，其實這些好新奇、好玩、無所謂……的性格，加上湖南人霸蠻的脾氣，是一股力道，推動了他的文學和藝術創作。

我有些時候想，這十年是楚戈與病拚搏最苦的十年，他的生命力和爆發力，是他有很多想做而沒有完成的心願，激盪他，不能放棄，這是寫詩、寫散文、畫水墨、寫字……就是他說的「一生玩水墨」而不能完全滿足他的新奇世界，你看最後十年他年年在變，創作的方法、使用的材料、作畫的工具，都到了「隨心所欲」而能「恆踰矩」，衝破一切的框框，別人的看法如何，就真的「無所謂」了。

看他最後十年的活動，一兩年就有一大變，先是水墨、繩之以藝近似雕塑，而後是現代水墨，再是油彩畫，到文字與繪畫的融合，他自己也說：「在技法上用潑彩、用膠帶、用網格、無所不用」，就像他畫現代水墨，用壓克力顏料，不全用水墨一般，就像八十歲還像小孩子一樣追求新奇，玩出來的藝術創作。

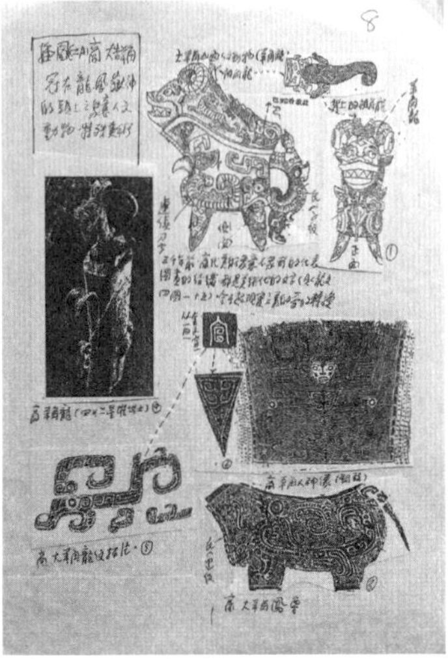

畢生研究心血《龍史》出版，完成了楚戈的大心願。圖為《龍史》寫作手稿。（文訊資料室）

當然，這十年他最大的壓力，來自《龍史》的著作，他從動筆到完成初稿，花了十五年工夫，最初原稿多達四十七萬字，他一刪再刪，一改再改，有些等於重寫，最後成書約廿六萬字，為了找圖片更是千辛萬苦，記得陪他到上海劉海粟美術館展出，有一個下午去豫園，他發現豫園圍牆有一條長龍正是他書中沒有的，他第二天和幼春再去，攝影帶回加入書中，這只是一個小例子，《龍史》於二〇〇九年二月出版，他了了大心願，似乎也放下了大心事。

去年提早辦八十大慶八十大展，他從醫院病房請假，到了現場，他雖然不能說話，也聽不到聲音，他還是喜孜孜地寫些感性的話，由辛鬱幫他朗讀，從此，好新奇、歡喜玩又無所謂的楚戈，就很少在公開場合活動，而且多次進出加護病房，這段時間我自己也因心臟病開刀，住進醫院，有很長一段沒有能看他，有一天幼春說他情況好一點，我趕去看他，他鬧著要回家，他看著我，而後在他的談話手簿上寫著：「大哥，我們是親人……」

我直覺，楚戈看到我，牽動了他的鄉思，他在想親人骨肉，在他最後的日子，守美趕回來，和子女安若、安素多次到病房看顧，主導後事，也是人生的圓融。至於我也是啊，我們

2008年，楚戈在名山藝術台北館舉辦油畫展，昔日林口四人幫合影。前排左起：張孝惠、張凱苓、楚戈、張拓蕪；後排左起：辛鬱、陶幼春、趙玉明、陳淑美。

都是湘陰鄉下孩子，白水中心小學同學，都是中學生從軍，後來在臺灣重逢，在一起五十多年，尤是有緣，在林口同一個部隊生活，尼洛、辛鬱、拓蕪、李奇茂、沙宜瑞、他和我，有很長一段「在林口的日子」，為了陪辛鬱養病，我們更在「同溫層」一起生活一些日子，台北很多文友也到過「同溫層」小屋，如今一切都成追憶，楚戈走了，我的一個親人走了，我覺得：楚戈了不起，臺灣文學史、藝術史，一定會有他一個肯定的位置。

二〇〇六年五月我和楚戈一起到宜蘭傳統藝術中心，參加一個詩畫慶端陽的節目，他精神特好，當眾揮毫，朋友都有所得，他拿了一張大宣紙，寫了一幅字：「咱們少年狂放情堪憶，如今已屆古稀可隨心」，而後題著「昔日少年故友，相聚蘭陽有緣，寫贈趙大哥一夫」，參加完治喪會回家，我特別找出這幅字，看字如看人，更想起一些往事，商禽走了，許世旭、周鼎走了，現在楚戈也走了。此刻，我想起我的朋友張作錦，訪問大陸到過湖南，他看到一些在台湖南人類似紀念館的建築，他問我：「為什麼沒有楚戈的，楚戈的成就還不夠大嗎？」公道自在人心，楚戈藝術基金會有過建立楚戈美術館的想法，二〇〇七年楚戈藝術「迴流」長沙水墨畫展時，在「楚戈藝術研討會」上，我向長沙各界提過這樣的建言，不過回響不大，楚戈走了，現在想來，這還真是一件大事。

（原載二〇一一年四月《文訊》三〇六期）

詩生命永不止息——送辛鬱

接德屏電話：「辛鬱過世了。」一時會不過意來。幾個月前，辛鬱心臟病發，孝惠向我轉述病情，很是焦慮，我說轉榮總看看，心臟病我是老病號，而且動過大手術，所以對病況稍有所知，於是約定我陪他到榮總找醫生，轉院就診，傳來好消息，他不用開刀，也不要裝支架，更不用換心瓣膜，一週以後平順出院，一切平穩，朋友一伙多表慶幸。病後多次與孝惠通話，得知他生活起居正常，暗自慶幸，不料不過半月，突聞大變，林口老友繼尼洛、楚戈、沙穗之後，又少一人，老邁之年，驚逢折枝之痛，人生無常，不竟唏噓長嘆。

我與辛鬱相識，早在民國四十三年，但接觸較多，則在民國四十六年以後，我第二次隨心戰單位，派往金門工作，因為我在金門做過編輯記者，環境熟悉，所以派駐城區，職司聯絡；時金門城有一棟空屋，一房一大廳，外加一個小院，自成一格，據傳此屋鬧鬼，俗稱「鬼屋」，我單身一人有點不信邪，欣然進駐，時近春節，自製對聯一副，用兩句成語，各

辛鬱夫婦，早年與內人合影，時長子尚在襁褓中。

加一字，而成「返春回大地，揮筆掃群魔」。我擔任對敵心戰工作，住在鬼屋，一語雙關，我駐此寫過一些散文，名之為「鬼屋手記」，這是閒話。

那時在金門的詩友很多，辛鬱、梅新、沙牧在部隊，羅馬（商禽）、流沙在憲兵，戰鴻和我在心戰單位，魯蛟當連長，因為我駐金門有個小院，他們進城常來小坐，有時也會「花天酒地」（吃花生喝老酒），還曾結伴到魯蛟的連長室豪飲，那段時間大家寫得勤，羅馬和辛鬱寫過很多好詩，戰地生活見真情，最堪回味。

後來，我調回臺灣，落腳林口，一待就是十多年，除出任馬祖、金門廣播電台台長，兩地五年，其餘時間因貪圖安樂，都在林口，後來張拓蕪、楚戈、辛鬱都調來林口，加上原來的尼洛、曹棋、沙宜瑞、李奇茂、姜宗望、鄧國卿、屠申虹，林口變成軍中文學藝術的一個很重要的點，我與辛鬱、楚戈、拓蕪，結成「同溫層」兄弟六十年，真是人生興事。

說到「同溫層」，還真有一串美好的回憶，很多詩友來林口，都到過「同溫層」，地方小，天地可寬，各路人馬聞風而來，最多一次有十多人。有「同溫層」這碼子事，與辛鬱有直接關係，那年辛鬱突然得了肺病，需要找地方靜養，楚戈、拓蕪和我討論，決定合資租一間民房，我們四人的伙食費用「情商退伙」，這樣讓辛鬱安心養病。正巧在竹林山寺後面有這一間房子出租，而且不貴，這樣辛鬱一個人在這裡住了下來，我們三人準時去吃飯，辛鬱包辦廚務，這樣維持大約一年，我去馬祖廣播電台當台長，帶走了拓蕪，袁寶（楚戈）生病療養，藉故退伍，辛鬱的肺病也鈣化好了，人也調到台北，「同溫層」也就成了我們友誼的歷史證明。

我和辛鬱有三次工作關係，如果這也叫「領導」，應屬不假。第一次直屬工作關係，是在林口，後來到台北，我們一起寫廣播稿，我做多年台長，寫什麼我決定，怎麼寫他自由，我負責把關，後來我調台北心戰研究單位，有一個廣播小組，負責「中韓越」三國聯播節目，我是召集人，他是撰述。我和他自覺文字通順，與常寫廣播稿有關應是事實。第二次工作關係是在華視，我擔任編審組長，他參加編劇，時間不長，後我轉到《民族晚報》任總編輯，他和幾位作家朋友受邀寫專欄，包括尉天驄、尼洛、辛鬱、亮軒等多位。最有意思的一次共事，是創辦《科學月刊》。四十多年前有一百留美學人，在美國籌創《科學月刊》，女詩人王渝小妹引介，希望我和辛鬱參加編務，我有編報經驗，也編過雜誌，但對科學完全外行，辛鬱開過出版社，對編務卻是門外漢，可是遠在美國的朋友找上門來，只好做一次完全門外漢的工作，我看稿、畫版樣、找印刷廠，辛鬱、張拓蕪校對整理，老實話，科學符號我不認識，我請寫稿的朋友在圖片上畫↓↑，生恐搞錯，我負責主編七期，由辛鬱接手，我因

我與詩友合影，後排右起許世旭、趙玉明、葉泥、羅行，前排辛鬱夫婦。

報社真忙，後來轉《聯合報》，更無暇再管，辛鬱接手，做了不少年，直到退休。《科學月刊》四十社慶，還請我出席慶祝大會，對「創刊主編」以表敬意。

三年前，辛鬱八十大壽，他公子設宴，席開六席，都是老友，公推我致詞，我記得我對辛鬱有所評析，他面冷心熱，敬愛朋友，寫作勤奮，涉獵廣泛，民謠小調，獨步詩壇。一生最大成就，娶了一個好太太。我最高興的是他樣樣比我強，有一樣，編雜誌他是我的徒弟，論年齡他是我的弟弟。

辛鬱老弟啊，你人生美好的仗已經打完了，你豐沛一生，你的著作、詩，乃至你歌聲，必將不止息的流傳，遺愛永不止息！

（原載二〇一五年六月《文訊》三五六期）

六月十三日下午，文訊舉辦「冰河下的暖流——辛鬱追思紀念會」，我在會中說了話，附錄如後，藉表紀念：

福祿壽考、辛鬱不朽

好久以前，有人感嘆「死亡有了豐收」，這幾年，它真的豐收了，接走了楚戈、許世旭，接走了商禽、紀弦，現在又接走了辛鬱。今天我們紀念辛鬱，在場的都是他的親人、詩友和文壇兄弟。我認識辛鬱時他二十二歲，我二十八歲，一晃六十年，我們自然是兄弟，更加不捨，我也要抗議：「死亡，你不必驕傲」，你奪走他的生命、奪不走他成就、奪不走他的名望，更奪不走他創造的輝煌。

我們中國人，不管信不信佛，總希望能得到福緣福報，每一個人心中期待有一個極樂世界，作為自己最好的歸宿。那天辛鬱的告別式，用基督教儀式，沒有哭泣、沒有哀號，教友唱聖歌，牧師講聖經，會場奏聖樂，寧靜平和，講道者用神的旨意，歌頌亡者的功德，是平實的讚美，用喜樂送亡者，入主懷抱，推崇教友一生的成就，強調他「美好的仗已打完了」，回歸天國，蒙主寵召，縱使他兒子秉中的告別私語，也平和至性，向爸爸告別，我這才了解，辛鬱信教以後，喜樂安和過著晚年的歲月，孝惠和兒孫們都是教友，相信他們一定和樂安祥，辛鬱必然會與他們長相左右、無所不在。

我們中國人，講最後的歸宿，不外是四個字，福祿壽考。像辛鬱一生，這四個字都很美滿，表示他一生的圓融，他吃過苦，受過累，但最後是成功的。先說福，福是指人生綜合考評，他在大陸兄弟很多，都有很大的成就，還是高級主管，他回家看過哥哥嫂嫂，他幼小來台，自力更生、成家立業、孝惠賢慧、孩子成才、孫子乖巧、一家和樂，這不是福是什麼？第二講祿，祿是地位，他只是一個軍曹，後來升官，也不比芝麻大，可是他在寫作上、在詩創作，他是世界級大詩家、著作等身，是詩上將、一級上將！這等地位豈是一般人所能得到的崇高地位，這不是祿是什麼？再說壽，他八十二歲，以中國人積閏的算法，還要加兩三歲，是八十四五，人生七十古來稀，八十四五，不是高壽是什麼？最後說考，他雖然生病在醫，最後的日子在家裡平和安祥，走的那天早晨，沒有任何痛楚，稍一偏頭倒在孝惠的肩上，沒有任何痛苦，就平靜的走了，回到天主的懷抱了，如此圓融平和，安然而逝，難道不是很好的完美結局嗎？

辛鬱有福了，我在他八十歲生日那天，曾經對他有過評析：他面冷心熱、喜愛朋友、寫作勤快、涉獵廣泛、民謠小調、獨步詩壇，最大的成就娶了個好太太，他樣樣比我強，編雜誌他是我徒弟，論年歲他是我弟弟。今天我說的是兄弟的話，他圓滿一生，是喜樂，我相信他的詩生活是不朽的！

最後，祝願孝惠一家節哀順變，和樂平安，也願各位朋友惜福大吉。

第二輯

戰鬥的火花

（詩）

編者的話

這一輯是作者學習寫作一些詩作品，這些作品從參加函授班詩歌組開始至最近，長達六十年。中間因為各種原因，很少寫詩，自謔為「沒有作品的作家」，最近因為想出書，想到詩是他大兵習文的第一步，就開始他尋找曾經寫過發表過的詩作，發現還不少，選一部份輯成一輯，古物出土，一個紀念而已。因為詩人瘂弦，早年寫過〈閃爍的星群〉，介紹軍中二十位詩人，點到他，小題是「戰鬥的火花：一夫」，對他的詩風陽剛，有所嘉許，所以本輯特別以「戰鬥的火花」為題。

早期短詩九葉

這輯前面的一些短詩，是我學寫詩的嘗試，有些是函授班的作業，信手寫來，留下這類的詩作不少，特以〈早期短詩九葉〉、〈理想及其他〉八首，作於四十一與四十三年之間，從這些小詩中（均發表《新詩週刊》，《藍星週刊》），可以發現我們那個時代學寫詩的軌跡，收集一部份，用作紀念。古物出土，讀來倍感親切。

學詩是一條險路，不容易走向康莊，可以說，詩道難行，但一路走來，因知難而怯步，做了逃兵，現在出書，不忘舊情，留個紀念，以不負當初。

筆

吸吮我的血

瀉在白紙上
再讓人家笑嘻嘻
淚盈盈……

長不過五寸
包羅著宇宙
人生……

（四十、十、十一）

燈

夜的孤寂伴著我
我伴孤燈如豆

吐出黃色的霧
我在黃色的室內喘息

黑魅望風而逃
我留戀失去的流水年華
你是株堅強的生命的樹
我是樹上的一朵蓓蕾

（四十一、十、十五）

牛

犁
拖過去的
翻新的土地懷孕了
新青
碧綠
金黃
……

莊稼人衣暖飯飽
裂開嘴巴
永銘神的庇佑
可也曾記起
那疲憊的牛

（四十一、十二）

途中

車窗外
雨絲拉長
我的懷想
迷濛於灰色的霧

聽火車軋軋
權當時鐘滴答

路正長
暈沉不得

（四十一、十二、一）

不再沉默

我本山之子
吃泥巴長大的
生成山樣的沉默
沉默裡
我寫首小詩

藍天會更深湛
晴空會更爽朗
生我育我的
秀嶽靈鍾的山
不再沉默了

不再沉默……

（四十一、八）

苦雨

流不盡的淚
流啊，流啊……

不是蟄居的甲蟲
佝僂於滿擠的煉獄
自然是窒息得很的
我厭倦於虎視我的
一張張無表情的面顏

苦雨
禁錮……

（四十一、十二、八）

失題

酷烙之刑我何所懼
奚落我早已領有
不企求於獨個兒輝煌
何惜粉身碎骨

與生俱來的「烏鴉」個性
我何能抹煞良心討人喜歡

謊言

如今我是謊言者
我說：我心底搏動低吟
我心底患的是燥熱症
世界上沒有不洞穿的謊言

何必貪圖暫瞬的得意

冬青樹

雄偉而蔥翠的
帶笑的展開了枝葉
向青空至深的凝望
走進她如走進生命的核心

青蔥一瞬
我心圃成長一株冬青

（四十三、六、廿四，《藍星週刊》二期）

理想及其他八題

理想

現在我有新發現
發現自己沉醉了
如果沒有妳
我是一窪死水
而妳偏偏在我的血裡肉裡沖激
親愛的，要來就來吧
如果妳我無緣，就請別招惹
好讓我傾心於妳

那怕人儘笑我癡戀
來與抉別由妳揀吧
反正我已為妳沉醉

矛盾

飛得太高
我怕捽下來不幸的結局
如果我是爬行動物
又何忍匍匐的窒息

收音機

悠揚的
甜蜜的
流淚的

朗聲笑的……

然而，這些我都不要
都不要啊

我要的……
一聲春雷傳給我春的訊息
一個振奮全心神的捷報

永恆之生

不經心的撒下一把種子
流光一閃
　門禁之鎖拚開了
大地輕披綠裳一襲
去你的！虛無的拜倒者

我只信任永恆之生

無題

我花瓶插一把玫瑰
日夜注進清水一甌
是想一敞心的柴扉
誰知她越來越消瘦
今兒已低頭不起了
我心死了一株蓓蕾

驛站

走著　走著
日已西沉了
身力空乏了

我需要暫時的停留
旭日東昇了
精神振奮了
踩著健壯的步子
走著　走著……

人情味

冰天雪地裡我滾過
零度下我　曾歌唱
怎的，熱帶的風風雨雨
賽過北極寒流
冷啊……冷啊
關上門我要把烈火

（四十二、三、二《新詩週刊》六十八期）

自卑感

無由的結識　妳這不貞潔的潑婦
我在人前　恆吻夕陽的紅暉

我心中央的菊花園凋殘了
青松兩行也已枯黃

別再牽絪我罷
（委實憎恨你了）

我不能失卻菊樣的堅貞
我不能失卻松樣的驕傲

（四十二、一、廿六《新詩週刊》六十四期）

鷓鴣之歌

林子裡，
畫眉，百靈鳥的歌遠去了，
只有鷓鴣的聲音，
像一支憂鬱的笛子，
不停歇的吹奏。

牠棲止的地方，
單調而幽暗……
牠孤獨的聲息，
淒清而動聽……

鷓鴣不是歌唱的鳥兒，
瀝盡心血的叫著，
甚或些哭哭啼啼的，
是難於忘情闊別的藍天！
鷓鴣　你繫念什麼？
比起我來你不該如此傷情。

那淒涼的調子又唱來了，
遠而又近的；
近而又遠的：
「不如歸去，
不如歸去……」

（四十二、四、廿七，《新詩週刊》七十五期）

老漁夫（外二章）

烟捲是我的密友
海鷗是我的至親
青煙嫋纏在海上
酒激著血液循環

我長成在海上
海是我的家鄉
我懂過海的秘密
我熟悉海的語言

一葉帆，一張網
送走我少年壯年
如今說我老了
不，只因我太熟悉海

詩人說我是健者
我怎比得橫過大洋的海鷗
如說我是一把賤骨頭
那也不，因為在海上我甚高貴

人之定律

除非堅硬的岩石
不能寂寞的埋在荒野
除非天上一片雲
不能在青空飄渺
人是實實在在站立著的

不是岩石，不是雲
一把希望的火
一股創造的熱
完成人生一切的美

燕石

呼嘯著來的銀色的潮
狂一般地轉而去了
於是，我貧乏的多憂鬱的軀殼
長躺在沙灘上

我寧靜的沉思著
回憶像一尾甲蟲
爬行於無際的海之領域
希冀如爆開的豔抹
輕風乃有醉人的音樂

（四十二、七、十二《新詩週刊》八十六期）

路燈（外二章）

夜來了
路靜靜的躺著

一線光亮
一隻夜螢
墨黑的袋子撕破啦
我邁著有光的步子……

夜

混濁夜……
夜風打我窗前唱著歌
極盡諛媚誘我墮落
法官犯罪啦
維納斯學會了毒惡
（誰說沒沾染我）
我用千張嘴咀咒夜的渾噩

距離

想獲得的
總姍姍來遲
不想要的
像一枝藤纏著了

何必嚮往於難得來的
何必拒絕你不想要的
由他去罷
來來往往的——

（四十二、元、廿六《新詩週刊》六十四期）

陋室之抒情

我們的宮殿是茅屋
賽過一切建築中的建築

茅屋像負重的一個巨人
長年沉默著蹲在山的腳下
任憑我的喧鬧
雨的淋浴
五月風的輕撫
驕陽火熱的吻

生活在陋室裡
我培育一份濃烈的熱情
我得到一份鄉村的快感
我對都市的煩囂漠然
我高唱起陋室的歡歌

我靜靜地躺著，
怕人的沉思於你我的簡陋
其實璇宮喧鬧又算得什麼
你不就是座天然的留聲機
晚風路過
鍵盤上奏出悠悠的夜曲
賽過一切建築中的建築
我們自造的茅屋如宮殿

（四十二、六、三、夜雨港和平島克難營房，四十二、八、十七《新詩週刊》九十期）

生命

一

從前我歌唱愛情
現在我歌向戰鬥
明天我該怎麼樣
蒼天答我以沉默

二

我想活著
勇敢的活著
只是為了壯烈的死

死活幾近沒有隔離

三

自從善良來了
魔鬼也跟著來了
沒有魔鬼
便沒有善良

四

你說：見了大海
不要忘了在小河裡划船
我想：小河裡划船的人
他心裡也有片遼闊的海啊

五

我們說聰明人
「聰明反被聰明誤」

可曾聽過聰明人的聲音
「笨蛋如你也太可憐」

六
想到過去
愚昧與自私常使你反悔
想到將來
就恨不得飛了起來

七
海岸屹立的燕石
任波浪激情的狂吻
人生海裡的燕石是毅力
同樣要熬受得起一切的打擊
（四十二、五、十三雨港和平島，四十二、五、廿五《新詩週刊》七十八期）

港之夜

港的夜
是燈的世界

海面的燈
如天上的星
港岸如雙多寶氣的手
擁抱海程甫歸的船隻和擁抱著深邃的水

燈塔上吐出一顆綠色的明珠
港灣和港岸的人感到安全而自在

驚悸的　乃是港的衛哨
小炮艇升起紅球向港外駛去

深夜的港沉沉的入睡了
除了塔上的燈
對巡艇上的
密密的吐訴柔情

（四十三、二、廿七《旭日新詩》創刊號）

兩個海洋

宇宙有兩個海洋
一個在地上
一個是無極的穹蒼

地上的海洋
掌握地的動脈　人的動脈
從此　海上揚起長帆
人群開始追覓海神的心臟

星星　月亮和雲

是天海的山脈和島
覓不到一絲帆影
除了雲雀和金色的陽光

地上的海洋
劇速的跳躍心房
急浪捲洗海底的巨石
高吭的聲音無休止的飄揚

上天的海洋
一片安祥
微風奏起神奧的音樂
輕雲是海神折疊的衣裳

這兩個海洋
分展在上天和地上
拋一個神秘的王子在地上

留一個多變幻的女神在天堂
從此天堂滲了憂鬱
人間的建築雕塑瑰麗的理想

如果有一天
兩個海洋合成一片汪洋
如果有一天
王子擁吻女神走出絢燦的宮庭
如果有一天
兩個海洋都在我的心上

那時　我是一座燈塔
豎在兩個海洋的中央
天堂的路徑我很熟悉
我指你們通人世的方向

（四十三、七、廿九《藍星週刊》七期）

寂寞

誰能道出我的寂寞
當風在夜的鍵盤上輕彈夜曲
當月亮在穹空憂鬱的凝望

誰能道出我的寂寞
當古剎裡迴盪子夜的鐘聲
當深林播放悽楚的牧歌

誰能道出我的寂寞
當盛開的百合花快凋謝了

那些遺忘了的戀曲偶而悠揚繞過

誰能道出我的寂寞
當美好的田園在大海的極岸消失
驕傲，青春和夢幻都已失落

誰能道出我的寂寞
當一切我該保有的不再保有
一切我該忘卻的不能忘卻

誰能道出我的寂寞
如果我不能植根在妳的心圃
如果我的寂寞不能向妳道破

（四十三秋季號，《現代詩》七期）

海誓

自從有了海航
就有了燈塔
和守夜的老人

自從有了戰爭
海岸就有了堅固的碉堡
同一群守衛自由的人

海面縐起了
一個緊接一個的

白色的浪潮
像永無休止的音樂
急急的啊

「祖國的孩子們呀
奮勇的幹吧」

這呼聲把我叫醒了
把所有守衛自由的人叫醒了
一次，　兩次被叫醒
二次，　無數次被叫醒
一次比一次激昂
一次比一次嘹亮

醒過來了
醒過來了
剛健的碉堡

像泰山石
永遠不可搖撼的
豎在那裡

我的心靈的碉堡
永遠不可搖撼的
必勝的信念啊
豎在那裡

不管在白晝，在暗夜
每聽到切切的呼喚
不厭其煩的
用「誓死拚到底」的歌音
再宣誓

我要像守夜的老人
守衛著燈塔一樣的

守衛著我們的海洋
守衛
聖潔的自由和平
和每一寸
祖先傳下來的
黃金的土地

（四十一、三、廿八，《金色的陽光下》）

記憶之死亡

一升弧
躍起
在尋覓不著的
頂點而下　而下
沉深了記憶

舉杯　醉了一些
昨天已是很久以前

教我以遺忘

一升弧　頂點而下
記憶好像是個有意思的名詞
自升弧而下
春天已遠　已遠……

（五十二、七、十，林口，《六十年詩歌選》）

太武山

太武山，靜靜地
一個堅強的男性體
火樣的熱情潛藏在心底
千萬的語言流轉在心底
沉默地，
寧謐地，
升起戀慕的旗，

絮絮雲羽
是他懷念的船，戀的船

澗流滾滾
是他的音樂，他的歌。

山上有一兩片碑碣，
刻著今天的標誌；
山下是忠魂的家鄉，
寫下忠勇流血的故事。

粼粼青石，浩浩蒼穹，
山上的人個個是自然的城堡；
閃動的金蛇帶著一串響聲，
山上的人永遠不會沉默。

蒼穹打著他藍色的旗幟，
海洋奏著他藍色的音樂；
太武山給藍色的流體擁抱著，
這透明的色調呀，是我的歌。

來了我，太武山永遠不會寂寞，
我要喊，要喊「從金門出發！」
像惠特曼唱著，
從巴門諾克出發的長歌。
我看見每一撮泥土的飛躍，
我看見每一片綠草的歌唱，
我看見每一座山巒的手勢，
我看見每一個村林的歡笑。

太武山呀，一種力的標示；
多少眼睛在看，多少耳朵在聽，
他們聽什麼？他們看什麼？
看你動情的眼神，像一團火，
燒過海去，燒開冰封的泥土，
聽我用生命譜出的從金門出發的歌
唱醒火線上的寂寞

（四十六、五、十三、金門・《藍星週刊》）

戰士的遺言

在這靜謐而美好的時光，
我輕輕地去了，靜靜地躺下；
豔陽沐浴著，蔚藍的天是靈幔，
風，輕移黃沙將我護蓋。

我的形像如彩雲　如流星，
飄渺在無極的穹蒼，
穹蒼有條超脫的路，
路上　我聞到前人的慾望：

「在祖國的土地上我流血，
在太空我放歌，
在時間和空間的海洋，
留下一個神聖的意志。」

聲音是悽愴而豪放，
宛如血液怒灑在戰場，
我雖也死於戰鬥，
我徘徊　羞於走進神的殿堂。

冥冥中的仙境，
賽過人間的高樓，
熊熊的聖火，燐燐的靈光，
是　靈安養的聖潔之鄉。

「跟著我們與生俱來的　純的血液，
這條路上，意志發了光，

來！我的孩子，我的弟兄，
在這裡永生息養。」

安逸我無心領享，
金劍和盾都遺落在地上；
我不入聖殿，不進英雄的墓床，
戰士的家，就在戰場。

戰場是善惡的界碑，
魔鬼擁吻的只有死亡。

我看見我的戰友一個個自在安祥，
他們都說：這兒躺著的是灑過熱血的英雄。
他們一個個在我躺著的地方繞過，
摘下軍帽，唱著輓章：

「他曾經說過，他必須好好地活著，

有一天他會壯烈的死為國殤；
現在他如飲下醇酒，
帶著彩夢如虹的生命，安安靜靜地長眠。」

不要墓碑，輓章，不要花果酒香，
只要在白雲底下枕青山　呼吸泥土的芬芳，
青天是幕帳，碧海誦優美的詩章，
我要安靜地在這裡躺著，守護自由的海疆。

啊，我的弟兄，除了鮮血我沒有財產，
鮮血也豪爽地一次支付在這戰場，
我留什麼給你呢？
有甚麼我能留下呢？

輕輕地來，
轟轟烈烈地我去了，
作別這美好的世界，

我的血漿，來自胸膛。

（四十五、七《藍星週刊》）

大膽之歌

島的尖端豎立著一面旗，
大膽是島群前衛的勇士。

我的叩訪是最最單純的，
正如她默默地武裝自己。

如果岩石層也成了有機體……
如果泥沙鍍上光輝的彩色……

這裡的人是實實在在存在著的，

一個理念永遠永遠地年輕起來。

（四十六年六月作外島行，恰逢匪砲九千發射小金門，
我正在赴大膽海程中，歸來遂成此章。四十七、三《現代詩》廿一期）

我的世界

我們的同類們一個個是勝利者
他們炫耀他們光榮的戰績
一如數歷史上優美的故事

我是一個義務的聽眾
任由他們用多種不同的彩色
渲染我單調的生活

常常我是默默地
像白癡，但是誰也不知道

有一幅美麗的風景畫在我心中

此刻，四圍所有的一切是平和的
只有孤燈微微有些嘆息
門外的月色，抹上了淡淡的憂愁

而，我何嘗沒有抑鬱
但是，我會思想
想到甚麼地方，有一個絕美的世界是我的。

（四十六、七、十九《藍星週刊》一五八期）

別金門

我依戀的島啊　再見了
你的青蔥和濃綠
曾經一次又一次的注滿我的生命
而我如一砂礫　如一片小小的葉子
能有多少　能有多少意義

太武山的堅毅
陽明湖的柔和
以及那激動我心的浪層
授與我無窮的恩惠

而我輕輕地的揮起衣袖
一回頭　再回頭

再見了　無限的依戀
寫我永生的懷念在心上
寫我永恆的仰慕在心上
啊金門　英雄雄偉的屹立在心上

一旗　一號角　一震動的鼓聲
金門啊　你高踞於全心靈之上
而我滿意於自己
曾經是你群體中的一粒砂礫
曾經是你濃綠中的一片小小的葉子

（四十五秋）

零之告白（外一章）

我是零
不等於甚麼

任由最敵意的剖析
二重奏　三重奏
成束的白晝
無值　無感覺的游

只是一個小小的假定
在太陽底下

在追索證驗的夢中

棋到終局
劇場的面具們遂活生生的了
我著了魔
無可藥救的我是無

整天的浮著
整天的喘息
整天的啃自己的情緒
一點也不實在的

飢餓
仰視魔術的演出
Bye-bye! 數字　數字的數字
Bye-bye! 我不等於甚麼

終結

麥加在那裡
印度在那裡
耶路撒冷在那裡

好像我曾經在聖殿前說過些甚麼的
此刻我正欣賞這遺忘的日子

羅馬青年時候的日記呢
安徒生明天的希望呢
謝幕的鑼聲
敲醒現代的莊嚴
一切就簡化而美了

（五十、十《文壇》十六期）

獵命者（外一章）

死亡是一個陌生的獵人
牠的出狩時分
十分神經質的⋯⋯

然而，死亡這傢伙
有時也十分君子
總給些真實的信號
使生命的攻防對抗
處於對等

也許，有人迷戀愛情
那十分古老的傳說

也許，有人迷戀財富
甘於為僕為奴

也許有人迷戀權勢
不能忘情重疊又重疊的掌聲

也許　有些人了無牽掛
對生命偶然有些倦怠

這才明白
死亡經常總是豐收
如果勇於與這惡客
訂個約會
我敢打賭　他會爽約

（七二、十、廿一，凌晨四時）

不可說

當沉寂的火山迸發烈焰
熱情奔流
追自己年輕的歲月

一場追逐
一抹虛有
一陣急促的爆裂……

那愛　或有逾越
看在真情而激越的份上
第三者儘可視而不見

年輕人的日子
也許　有一些例外……

不可說。

（七十二、十一、廿三，即興）

海上的我

再見　沉寂的港灣
再見　栓我船鍊的石柱
再見　和我打過私語的燈塔
再見　那港灣裡已沉寂的風帆

我的船　要出海了
載著我生命的歌

海上的我
緊偎著藍色的流體

船　升起了滿風的帆
分出一條水路
衝向一個宇宙
劃破綠波　航向遠方

向遠方　海上的我
超越於一切的綠波之上
載著我的歌優遊自在
俯看墨色的魚群
享有飄泊中的靜默

海上的我　載著歌
我原本是漂流的王
遠行的漂鳥向我招呼
流動的雲絮　向我私語
滾滾的浪　向我訴說海程的失落

有時候　我也期盼
會有一個無人島　供我休憩
有時候　我也想有
一個寧靜的小港　供我停留

海上的我　與船同行
陸地遠了　愛海的心深了
還想朗誦一首讚海的詩
船和歌　我海上的兩個世界
我的人生　我的夢啊

我的船　我的思念
我所迷戀著的海啊
我要唱我海上之歌
唱出海底的奧秘
唱醒我生命的沉默

（四十六、五、三，舊作改寫）

苦悶一九五九年的末梢（三章）

冰雪的懷念

雪球　雪人　雪獅子們
童年的朋友　久違了
在多彩色的春之後
在明潔的秋涼之後
紅紅的鼻子
雪橇和笑聲
我們在冬天的雪地裡
如同躍進夏日的河床

小雪橇呢　稚氣的回憶呢
冬天如今和我是太陌生了

中年的列車

中年的列車
載滿了憂鬱
那奇怪的輪子
碾碎了一串彩色的時間

曾經我委託雲的手
想一顆小星星　想一小片月亮
長滿藍色葛藤的海
也曾為我開一些白色的花兒

這真是再美不過的了
而這時候　匍匐在窗外的夜
問我的驛站或終點
能說甚麼呢　車子正在前行呀

煩囂季

被錘鍊的生命
釘於現實灰白的牆頭
墜落棲息於想飛躍的翅膀上

貝多芬向所有的聲音告別
一八四二年世界最美的語言誕生了
寺院的石獅子被囚於靜的牢籠
不能動的苦悶是怨艾而不落淚的啊

我生長在一個煩囂季

冷的時候不冷　熱的時候
像給赤道那條火帶子綑綁了一般
難於忍受好長的日子啊
……日子真長

（四十八、十二、十六《中國勞工》半月刊二一九期）

自剖

我常在深夜喝一杯酒
向濛濛的灰色的夜舉杯
我不是我　夜亦非夜
於是，我屈服在夜的莊肅裡

孤獨的活著　像在聖的界地
昂昂地數夜空的星星
明亮的像天海的燈
陰暗的是我的化身
失落了笑浪和歌

沉默地　沉默地走陰沉的路

我不憂慮　我亦無病
我的血是原始的見證
現在的我　像岩石
沉默的被棄在荒原
風來　雨來　捲不走我的寂寞
若果我厭倦山野的沉寂
找石匠們吧　而後我便消失了

山野該有一條不沉寂的路吧
於是　我去了　像流雲的旅行
我開始尋找我的失落的夢
希望我　成為個整體
完整的絕不會有完整的完整麼
缺殘的絕不是單色的生之幻滅

於是，我絕不能有沉默的意念了
我的心海上也該揚彩色的帆　戀的帆
我有深沉的夢　像我的生活
我的生活　是最完整的夢

於是，我有岩石般沉寂的願望，
於是，我有流雲般躍動的願望，
於是，我有夢般戀的願望；
於是，又有平凡而沒落的我活著。

（四十四、五、九夜，金門，四十四、五、廿六《藍星週刊》五十期）

滑落的記憶

且憶起昨天吧
看海　追逐遠方的藍天
看海　追逐遠方的藍天
一個藍色世界在前伸展
天　海　此刻我的心
無極　無涯　無限伸延
遠方的雲　不規則的行走
一些線條行走　成方成圓

還有一些些不規則

在無極無涯的遠方
橫亙著而多色彩的一些線條
那天之涯
感覺上不過一絲兒
線條　線條　以及線條

橫的　縱的　不規則的混凝
滑落了的看海的記憶
縱使鮮活的那女子的畫像
一點兒也不實在

且憶起昨天吧
看海　看藍天
昨天的故事　躍起又滑落
再去看海又有甚麼意義

記憶滑落，滑落而已

註：偶然發現六十年前的舊作殘篇，細讀再三，回憶當年，甚為不捨，乃於修補，當年一絲記憶，油然而生，回首前塵，頗多省思。（一〇四、六、九）

山行三題

一、山與山客

山客近山
向著山　心中就只有山
山　順勢的擁抱和歡迎
山客也自然的滿心回抱

山是一本深奧的大書
多深　多高
幸有親山步道的導讀

引領山客激情奮亢
全心進入　攀升　飛躍

一步一攀升
一步一飛躍
登頂
一個驛站
另一個起點

二、山與峰

山　以恆止
展示靜美的戀愛

或躺或坐
總以盼顧　仰望
長年承接那峰的虎視

而那峰也敢於
高舉自己的手
坦然回應
廝守是終身的承諾

我常從山與峰之間走過
無法學山那種靜美的愛
又無法像峰那樣
敢於高舉自己的手

三、**山與我**

如果山也真有戀愛
為什麼能如此靜默
春以新綠

她綻開懷情的笑靨
夏以青蔥
傳開她全新的雀躍
秋日的楓紅和火熱
又燃起她全身的焦躁
等到冬來　一陣冷冽
她又收藏起滿懷的期待

春夏秋冬
我都伴她走過
細嚼她的靜默　悄然醒悟
原來她是我老來最後的愛慕

（一〇三、二，《文訊》三四〇期）

第三輯

仰天居隨筆

（散文）

編者的話

這一輯的一些作品，都是偶然促成的。作者從《民族晚報》轉到《聯合報》，正忙著的時候，詩人梅新也在《聯合報》工作，他接編南部一家報紙的副刊，邀作者寫「方塊文章」，說每篇千字以內，每週一次，作者推拒，梅新死逼，才有這些散文作品出現，本來忙亂的生活，增加一個沉重的負擔，可是朋友有求，應該支持，就打著鴨子上架，「仰天居隨筆」諸篇的出爐，意在對梅新的支持，朋友有好發展，何樂而不為。

課外之課

前些日子，念國小一年的老二，要買一本《三字經》，說老師指定為課外讀物，回得家來，琅琅上口。將日子拉回到自己的童年，那個年代國民教育不普及，私塾成為鄉學的「標準形態」，《三字經》、《百家姓》和《論語》，是我的啟蒙書，還有一本常識書《幼學瓊林》，而後是《大學》、《中庸》、《孟子》。下午放學前，則是一本《千家詩》。後來進了小學和中學，假期隨一位同學的爸爸讀《詩經》和《史記》；這是四十多年前的舊事。在當時十多歲孩童，白天進「洋學堂」，晚間念舊書十分普遍，一般清寒家庭，能讀完這些書，已算不錯了。

我讀古書不算太多，開過講的只有《孟子》和《史記》，但這幾年私塾對我這大半生的工作與生活，有相當大的影響，甚至我能初通文墨，也與這個大有關連。因此，從老二要《三字經》，聯想到老大前一陣要《唐詩三百首》，目前不少小學教師，為學生加了些課外讀物，低年的選了《三字經》、高年的選了唐詩，不知道別人怎麼個想法，我倒是很贊成，這些對孩子到底有多少好處，雖難定論，至少可以使他對中國詩文有一丁點兒認識，我看孩子們認真吟誦，想必對他們很有吸引之力。

談到孩子讀詩，我試過一陣，選了廿幾首唐詩，五言絕句，教他們背誦，好一陣子兄弟兩個自己假日以背詩為一種娛樂，比賽誰背得好，錯的受罰，每有朋友集會，老二當眾背詩，常是大家取樂的節目，後來又覺不對，怕影響孩子的正常課業，再加自己懶散，沒有再繼續，事過數年，那些詩孩子們仍然熟背如流。

在過去的年代，小小年紀能詩能文，被捧成神童。而老一輩人都信奉言語詩教，讀書人家固然如此，一般莊稼漢也希望子弟從初識文字中，洞悟做人的道理和生活的常識，我幼年時讀過的《三字經》、《千字文》和《幼學瓊林》，正是這一方面的書。日前重讀胡適之先生裱裝成冊的《學為人詩》，是他爸爸鐵花先生手寫他自己做的《學為人詩》一卷，做胡適三歲時的教材，鐵花先生為子課讀，寫成的四言詩，共八十句，不過三百二十字，將做人、為學、事親、以及夫婦、兄弟、朋友相處的道理，簡潔扼要的表達出來，無疑地這一冊小詩，影響了一代學人的一生。

這首詩前面談做人和事親的道理：

為人之道，再率其性。子臣弟友，循理之正；

謹乎庸言，勉乎庸行；為學為人，以期作聖。
凡為人子，以孝為職。善體親心，能竭其力；
守身為大，辱親是戚；戰戰兢兢，淵冰日惕。

胡適三歲時所讀的第一部書，就是這樣的一部四言韻文，照胡適的敘述，他不到四歲入學，已識得一千多字，這與他後來做學問到底有多少關連，無從考據，他承襲了他父親的思想，應可推斷。這首四言最後三節，胡適認為是代表他父親思想的中心，也錄在這裡：

五常之中，不幸有變，名分攸關，不容稍紊。
義之所在，身可以殉。求仁得仁，無所尤怨。
古之學者，察於人倫，因親及親，九族克敦；
因愛及愛，萬物同仁。行盡其性，斯為聖人。
經籍所載，師儒所述，為人之道，非有他術，
窮理致知，返躬踐實，黽勉於學，守道勿失。

無疑地，胡適先生畢生盡瘁學術，「師儒所學」、「返躬踐實」，所以他一生治學，都強調「拿證據來」，即所謂「大膽假設，小心求證」，三歲孩提時代的第一部書，似乎即已

開始塑出一個當代學人來。

當然，現在時代不同，有很多事情都要有現代人的觀念，相信熱心的小學老師為孩子們安排課外讀物，還會編一些有趣的故事，加深孩子們的印象，特引述胡適先生的一段故事，為熱心國小學生課外讀物的老師們加油。

愛擇之間

多年前，花蓮女中一位退休的女老師，從事教職三十多年，在她告別杏壇那一天，學生們為她舉行盛大的惜別會，一大群年輕的女孩子，在驪歌唱起的那一刻，問了老師一個非常嚴肅的問題：「是什麼力量使妳三十幾年為一日，獻身教育，樂此不疲？」那位女教師回的話非常簡單，只有八個字：「擇汝所愛，愛汝所擇」！

這八字訣，道破了一位女教師的人生，也為後繼者立下了一個典型；這八個字在時下，尤其珍貴，君不見，見異思遷的人，充斥我們的社會，一曝十寒的人，在我的四週也屢見不鮮，好高騖遠的人，更是比比皆是，至於徬徨無依的人，又何止千萬？如果大家有心，參悟一下這八個字的涵義，也許就不會有這許多「飄著的一代」了。

擇汝所愛，是人生的起步，慎之始，如年輕時代立下的志向；每一個人都有年輕時代，年輕人有十幾個甚至更多的可能志願，但終身的宏願，應該歸於一；這個話是鼓勵年輕人，選擇自己工作、生活、家庭和終身伴侶，一切要基於愛，在工作和生活上也許可以解釋為興趣與愛好，在家庭和愛情上，則應詮釋為情有獨鍾；從這個角度看人生，人生的一切基於愛。相反的，也是一面鏡子，不愛不擇，自己對某一件偶然而產生的情況，無法決斷的時候，可以思考若干時間，而勇敢的擇自己所愛，包括志趣在內的一切；敢於選擇自己所愛，是勇者，是性情中人，不如此，何能為自己的一生，作這麼奢華的豪賭！

愛汝所擇，是對人生追求的執著，是理想的持續，也是對自己信心和決心的一次「信用投票」，選擇只是一個點的標定，一以貫之的信守自己的決定，勇往直前，自然是一種豪性的自我肯定，常聽到人們說「擇善固執」的話，一個人為著某些問題，如何能作明智抉擇和堅持信念，是一件難事，如照這位女教師的話，愛擇之間，界限分明，什麼問題都迎刃而解。

自然，這兩句話的中心是一個愛字，擇則是因愛而偶發的一個行為，所以無論任何人，在擇業、擇友、擇鄰、擇偶，都要懂得去體現愛，喜愛、敬愛、和愛、情愛，表達出來雖然是不同的感情，對自己、對別人產生的影響，自然也不同，但有一點絕對相同，那就是真實，你的愛是真實的，那末你以愛為中心的選擇，必然也是真實的；今天社會上很多人飄浮不定，職業生活隨風飄蕩，社會生活虛無飄渺，情感生活夢幻一般，都是因為他們的愛不真，情不切，憑著個人一時的假象，作了原不該作的抉擇，少不得會走錯路，少不得一生空忙碌。

真實可以見真情，古往今來偉大的事業，多少偉大的愛情，多少偉大的友誼，全都成就在一個真字上，這位女教師三十多年如一日獻身教育，不改初衷，因為她篤信真實的人生，乃能化成一般真情，將全部愛，貫注在她自己的選擇上，她的行為，實現了自己的理想，她從踏入社會開始工作的第一天，到屆滿六十五歲退休離校的最後一天，正是一個美好的完成，這雖然是一個十分平凡的故事，而她的偉大處，正在平凡中。

這位女教師，平日在校，常為同學題座右銘，將她自己的人生閱歷，提煉成簡潔的語言，留給學生，作為人生的指導。據說，她三十年來最常用的一句話：「我是主角」，鼓勵年輕一代從根本上去認識自己，讓自己主宰自己的命運，成就自己的事業。這在自我訓練上是獨立，在社會意義上是參與，在人生過程上是奮鬥，也許這句話也正是她三十多年的教學生涯中的一股動力，使她更真切的體現「擇汝所愛，愛汝所擇」的真實人生。

生命線（四題）

生命線是一個服務專線是人所盡知的事，因為它給失意人勇氣，使人敢於面對現實，它給失戀的人智慧，使人敢愛敢受敢想，有一個多夢的世界。

我很佩服當年將「張老師」專線命名為生命線的人，因為生命是一個無限長的世界，每個人的一生，從呱呱落地到他「人生的仗全部打完」，誰知道這會有多長。如果是意志力強的人，這條線是無限長，如果意志力薄弱的人，這根線就會顯得十分的短，所以生命可以有永恆，但這個永恆是考驗一個人意志的試金石；以此來看生命，生命線的主宰是人，是每一個有生命的個體，這意味著人生的大道，可能通達，可能險阻，惟有意志力的人，如一勇者，無畏任何橫逆。

不信？試舉兩例：

散文作家張拓蕪，數年前因中風，在病榻前，只剩一絲遊魂，半個月不省人事，朋友們已準備為他辦善後，但半個月奇蹟出現，以他必死而未死，是生命線的哲學意義放了光彩。朋友們高興之餘，有人遊戲這個如今已經能健步的「死者」說，一摔死了一個張拓蕪，摔活了一個著名的散文家；拓蕪之不死，是一種他在生命大的發揮，所以他有筆如椽，大寫其「代馬輸卒」時代舊事，而成熟了「大兵文學」的經典之作，此生命線之不容中斷也。

其二，陳恆嘉乃本省作家，因車禍，左腿骨碎裂，送醫後痛楚如何，可以想到，但他的生命線也放射光曄，而致不死也是奇蹟，最後傳出他的喜訊，他已不需手杖，而能進出自如，他主編的《書評書目》，常有佳構，他以「人毋負所生」的敬業精神，耕耘一本高水準的雜誌，樂此不疲，令人敬佩；又聞他重拾小說之筆，欲暢其所見，尤其高興。

可是，不容諱言，我們今天社會，也有不少生命的「軟體動物」，不會珍惜自己的「生命線」，因此打鬥者有之，戕害者有之，輕薄生命者有之，尤其教人不能容忍的是青少年們那種玩命或不要命的「愚笨」，這些「浪費生命的人」，是人生的敗筆。俗云「君子有好生之德」，又有人說「身體髮膚，受之父母，不容毀傷」，以此看那些「活得不耐煩的人」，真是人生的罪過。

我毋須多言，青少年們的荒唐並非罪惡，但蔑視自己的生命，則萬萬不可取，我舉上述二人為人生做證，如果你的人生可愛，就不知道有多可愛，此所謂生命線是也。

隨風而逝

朋友和親人，突然從你身邊消失，常使人難於相信。有時候你看見某人三兩天前生龍活虎般在你四周活躍，陡然傳來消息，說他已「隨風而逝」，作了古人。同鄉楊海宴兄，三天前有說有笑，甚至當天晚餐後還有朋友和他談天，十點半還有人從報社下班，到醫院去看他，誰能料到十一點，一個小小的血瘤爆炸，竟然奪走了他的生命，人事無常，生命脆弱，竟至如此！

我和海宴是小同鄉，少小來台，由於彼此愛好文學，雖不謀面，彼此倒也知曉，少年時期他在南部我在台北，兩人無緣結識，後來他北來工作，得以會見，近若干年見面時間較多，但也少深入的敘談，去年秋天，他來約我共進午餐，說有意辦一本雜誌，徵求我的意見，也希望我幫他一點忙，寫稿或拉稿，我聽了他的話捏了一把汗，我勸他多考慮，不宜貿然決定，我當時提出最根本的思考原則；目前辦雜誌已不是小本經營可能奏效的，最起碼要有一伙志同道合的人，要有半年甚至一年無憂慮的財源，要有立即支援的廣告，說得更簡單，少不得人緣和錢財。他當時似已下定決心要辦，但對我的意見口頭也表重視。

事後我一想再想，還是希望勸阻，不想他已在報紙上登出廣告，我知道他「不信邪」的騾子脾氣發了，再也不能說什麼，只有照他的意思寫點短文，也發出幾封拉稿信，但反應不熱烈，朋友們都說等雜誌出來，再看情況。這本雜誌就是《清流》，照他自己的意思，樸拙一點不怕「土」，不講排場，不市面發行，只徵求長期訂戶，第四期後，又徵得幾位教授一起，共同奮鬥，我因事務忙，反而支助得少，他自己編輯、撰稿、校對、發行、跑廣告、送書、捆書，除了太太和女兒幫忙之外，一切事必躬親，最大的問題還要找錢。他白天辦雜誌，夜間在報社編報，如此緊張忙碌，勞心又要勞力，其艱苦可知。

海宴有相當的自信，他寫詩、寫小說、寫政論、他的短篇小說在文藝界很有聲譽，《二楞子》、《絕唱》所收集短篇小說，很有水準，如果他堅持寫小說，很可能會有傳世之作，近年小說作品極少，我不十分清楚原因。但他對時政的關切，比往日更強烈，中美斷交之後，美麗島事件之後，他壯懷激烈，他辦《清流》，用他積存極少數的錢，和打的一個會款，作為基金，說來少得可憐，但他毅然決然要幹，就是這股激情所鼓動，他一再向我談到他的努力目標：誠實、愛心、理性、勇氣。而且他自己信守這些原則，我曾細細思量，他內心可能有一股不平之鳴，《清流》創刊號他選用了齊白石的一幅喜鵲，白石老人題「所鳴何事」，似乎正是海宴當時的心態。

海宴少小離家，從軍中到社會，在寫作、工作、生活，並非事事得意，想必有不少委屈，我常想，如果他專攻小說，鍥而不捨，可能有很高的藝術成就；或者安心做一名新聞記者，或者一名新聞編輯人，以他的能力，也可以出人頭地；誰教他熱血滿腔，時時想為一個夢、一個理想而獻身呢？誰教他不能忍受寂寞，作這樣孤注一擲的全生命的震撼呢？但是我想，如果不是這樣，他也就不是一個自負、狂狷的楊海宴了，只可惜他生不逢時，更可惜他對辨雜誌這件事估計有錯，或者對外來廉價的承諾看得太認真。我雖不能肯定他是為一本雜誌而捐出了生命，但長期的勞積使他原本不甚好的身體，受到損傷應是事實。

人生的際遇各有不同，幸與不幸，實在不是一兩句話可以肯定的，一個靠腦力勞動的人，他竭盡自己所能，獻出了自己，他得到的回報又是什麼呢？以海宴而言，他「隨風而逝」，突然從我們身邊消失，除哀傷和感慨，我又能為他作些什麼？

十大死因

早些年余光中寫過一篇弔亡文章，有一句很使人難忘的話：「死亡有了豐收」，誰會想到若干年後，死亡竟然張出各種殺手，強橫的獵殺生命。每當走進殯儀館，向「隨風而逝」的友人「告別」的那一刻，總覺得死亡竟然是嗜殺者，他無情地追逐我們每一個人。

死亡獵殺生命，先給你「疾病輸入」，每一種疾病後面都有一名追魂使者。據統計我們中華民國的死亡率是千分之五，與新加坡、香港同列為第二低，也就是說我們對抗死亡的力量增強，使「死亡殺手」得手的機會減少，而且死亡原因的型態，也在改變，以下是十大死亡原因的演變：

民國四十一年：胃腸炎、肺炎、結核病、心臟病、腦血管病、生產、腎炎或腎水腫、惡瘤、支氣管炎、瘧疾。這個期內，傳染病佔多數，貧窮和營養不良的因素也很大。

民國五十一年：肺炎、腦血管病、胃腸炎、心臟病、惡瘤、生產、結核病、意外災害、自殺或自傷、腎臟病。死亡原因仍然在慢性傳染病範圍內。

民國六十七年：腦血管病（腦中風）、惡瘤（癌）、意外災害、心臟病、肺炎、肝硬化、高血壓、結核病、支氣管炎肺氣腫及氣喘、自殺或自傷。傳染病被控制了，相反的受了工業化的影響，大家忙亂一團，人們愛吃不愛動，或是吃得太好，沒有時間動，營養過剩也在身內起變化，和早年的營養不良恰成對比。

目前十大死因，係腦中風、肝病、心臟病、高血壓都與吃有關，民國六十六年起，糖尿病在台北市已列入死因第十位，也屬飲食過度，這些病沒有預防注射，一定要靠日常生活上注意營養均衡，照醫生們的說法，這種病的藥物控制，不及食物控制，只有在食物控制不能達到目的的時候，再用藥物，或者病情嚴重非用藥不可的時候。

教一個好好的人——慢性病患者——誰承認自己是病人，你自己承認了，別人也不肯相信。教好吃肉的人不吃肉，叫喜喝酒的人不喝酒，難啊！在應酬場合，常常聽見「有酒傷肝，無酒傷心」，傷肝是未來的事，傷心就在此刻，因此不乏有人「喝了再說」。再說越是胖的人，越愛吃肉，紅燒肉類一上桌，他什麼禁忌也忘了，照樣狼吞虎嚥，把問題留給醫生去！

殊不知閻王使者隨時都在你的身邊，默默地唱著「總有一天等到你」！如果不小心，就正好中了他的「鬼計」，據統計每年死在腦中風的人，多達一萬二千人，六十七年，死在中樞神經系血管病變的人，高達一萬三千二百四十人，你說可怕不可怕？每當我們身邊有人「隨風而逝」，只覺十分突然，其實由來有自，就怪他沒有注意拿自己生命開玩笑，或者他家人有了疏失，甚或朋友們沒有盡到勸告的義務，等「死亡有了豐收」，再來弔念，豈不太遲。

如果人人談病色變，自然不必，各自小心，倒也應該。如果可能，每年能夠作一次定期健康檢查，對自己身體機能有全盤的了解，作為整補的依據，比較妥善。除了體檢能做到「知病」之外，切記醫生們最常用的忠告：「注意飲食，多多運動」，想來想去，還真的是一劑萬靈的處方！

節食多動

吃得好、動得少，使現代人患各種富貴病。中老年人患高血壓、糖尿病、血脂病、膽固醇、以及心臟機能病痛的人很普遍，多半與吃得好、動得少有關，每每求醫之時，大夫在非不得已時施以藥物治療之外，最常用的處方是「節食與運動」，目前醫院有營養科，照大夫的安排為病人開菜單子，根據人體的需要開出的「營養菜單」，常見這幾片、那幾塊；肉類多少、水果多少、主食多少？哪些可多吃用，哪些根本不能沾。如果細心評估一下，營養菜單和我們平常大快朵頤時相比，簡直少得可憐，你便可以立即明白，我們平時吃的真的是太多太好了。因此也常有人疑慮：「就吃這一點夠嗎？」醫師護士幾乎眾口一辭：你就是平常吃多了。

飲食可以照營養菜單安排，儘管有人違規「吃了再說」，畢竟是偷嘴，「做賊心虛」，無形中有一種自我限制，對節食大有助益。但對「動得少」的人，要讓他動起來，卻全靠每一個人自己，比如說：散步、做體操、團體舞、練太極拳，儘管每天早晚到處都有人在活動，但要持之以恆並非易事。我們常見一個活動，最初是人頭濟濟，而後隨時日以遞減，到後來只剩下幾副老面孔。自然選擇運動，和個人的體能也有關係，以前甩手運動流行一時，有一段時間大家熱衷快步運動、爬山和遠足。本來運動運動，一種就有效果，但要量力而為，太勉強反而有害。有人主張增加走路的機會，這倒是一個好辦法，像一般電梯大廈五樓以下走樓梯，節省能源，增加運動；除特殊必要，短程不坐計程車，現在計程車起步二十元，安步當車，不僅省錢，還賺來運動；自己做家事，拖地澆花，增加生活情趣，亦有運動效果。

運動也要切合需要，中年以上的人，不可貪戀強烈運動。目前正流行一種外丹功的運動，電視上有過表演，在南北各地都有傳習的場所，是由一位國校的張志通老師傳授的，這位張老師在他的一本《外丹功淺說》中說：

「外丹功，先藉鼻孔呼吸調節肺呼吸，逐漸使肺部呼吸由緩慢而細長，徐徐注入小腹。呼吸下至橫膜上下活動，腹部之力緊切，壓迫腹部鬱血返回心臟，復由心臟逼出心血，輸送週身，使心身舒適，心平氣和，全身血液暢通。」

簡單的說，就是利用器官的「外呼吸」和人體內在的「先天氣」，全身灌溉以氣鼓盪血液暢通，以養息為延壽之道。照張老師的說法，外丹功不但強身，而且可以卻病，習外丹功的人，都明白它不是「中國功夫」的武功，而是一種柔和養氣的運動，「養氣息如松柏，日不見辰，月有所增。」因為外丹功特別適合中年以上的人練習，所以目前風行一時。

外丹功和任何一種運動一樣，也要有恆心，從最基本的訓練起步，共有十二式，學會以後天天自己在家裡練，成就如何，雖各有不同，但動則有益，應是事實。

機會・機會（四題）

機會之外

人常有難以理解的性格，其中之一是滿足於自己的成就感，卻不樂意認同別人的成功。當一件事情和自己的切身關係越大，一種不自覺的「排他性」，就會立刻滋生，相信不少人有這樣的經驗。

最近我的一位同事，為了工作調整的事，心中氣憤不平，因為一位新同事「後來居上」，佔了上風，他跟我談起他的經歷，認定對他太不公平，我問他為什麼會這樣，他很簡單的說他的主管不給他工作機會，自然沒有可表現的，我再問他為什麼不給你機會，他說他的主管只用自己信得過的人。我再追問：那位新同事以前跟你主管很熟？他說不熟，不過一年前才考進來的。我這才有些明白，問題不是在他主管或那位新同事的問題，而是我們人那麼一種難以理解的性格在作祟，經過我細查那位新同事的工作情況，他真是十分努力而盡職，有時候甚至工作到了忘我的程度，我對他的那位主管敢於擢升新進，由衷的欽敬，可是很不幸，在其他同事中間，有著兩種十分矛盾的見解，普遍的認為這個人有能力而且肯幹，但因為他太能幹了，叫大家黯然無光。

這只是一個普通的例子，如果要真的做到「樂觀其成」的那種唯他境界，確實不是容易的事。照一般的了解，一個人在任何一個崗位，要想有表現或做得很成功，一定要有三個條件，第一是機會，包括應試、求職、選擇工作、受人注意、偶然的奇蹟等，機會給你的是一個一試身手的環境；第二是能力，有了機會要能抓住這個機會，就像別人傳來一個長球，你要穩穩妥妥地接住，漏接和誤投是人生常有的事，如何才會不失誤，全靠個人學養和經驗所累積而成的能力，有能力失誤必少，「非才之難，所以自用者實難」，古人得明君賢相提攜而「不能自用其才」的人，也比比皆是，所以有機會還要有能力。第三是努力，機會是成事的第一門徑，能力可以使我們打通第二門徑，但若要事業「終底於成」，還得靠自己鍥而不捨的實幹，能力差一點的可以「勤能補拙」，能力強一些的還可以「事半功倍」，所以任何人要貫徹最後的目標，必須要「持之以恆」，使自己的意志力，得到最高的表達。

我不知道我那位同事的問題出在哪裡，在這三個環節中間，他一定在那一個地方有了失誤，他才會有自己「自認不公平」的不快樂，那位「後來居上」的人，必是在機會、能力、實幹三方面都有均衡表現的人，以此看來謀職與做事，成敗之數，幾乎可以自我判定，而不必須我們的主管大人操心考績，如此，還有一種醫療效果，使我們心中的那種不可理解性格，得以恢復正常。

機會再探

人要成事，行事的時機重要，機遇時會，可藉以行事的時機成熟，成事的可能性就大；因此有人把機會看成是幸運之神，儘管有人苦盼而不可得，有人輕易而得緣，兩者的差距很大，但人們對機會的企盼，無不熱切而心嚮往之。人在得心順手時都希望更上層樓，就是一些寂寞等待的人也都深信「總會有機會」。

我在隨筆中有感而發〈機會之外〉，實際討論「機會」對人在事業路途上雖有關鍵作用，但人的配合條件必不可少。個人的條件一般而言，包括一個人的學識、性格、修養、技能、體格和工作性向等等，現代人講求均衡發展，一個人的能力評鑑，憑的就是某一個人諸般條件的總和，誰的條件切合一件工作的需求，他獲得這件工作的機會就大，每一個人在群體中生存，也是如此，有無進境，能否被發現而被擢拔，都看自己所展現的條件而定，這也說明了一個事實，機會和條件是成功事業的兩件法寶，機會是外求的，條件是內求的，機會在於他人，條件成於自我，從這層意思引伸的說，條件好的人，獲得某些機會也就越多。

從機會和條件配合的觀點來看問題，也可以發現幾種不同的層面。有些人會創造機會，他在自己工作環境中，常會發現他自己獨特存在的意義，他勇於將自己的能力投入這個環境，他像一個發光體，他身邊的人很快就會感到他的熱力，很自然地他就有了施展才華的機會，從大處言，這些人是「英雄造時勢」，他很可能是「服千萬人之務」的領袖人物；從小處言，這些人是「社會改革者」，他自認為有社會責任，則可能是群眾的前導者。又有些人會把握機會，他在自己的工作環境中，積極而熱情的工作著，他肯定自己在這個環境的地位，有一分熱發一分光，平時小心謹慎，一旦有了機會他從不放過，做一個公平的競爭者。還有一些人會適應機會，他在自己的工作環境中，穩定而忠實的工作著，做一名「沉默的大眾」，他不自外於自己的社會，懂得適應自己的環境，用中肯而盡責的態度，獻出自己的棉薄力量。

除此之外，還有一些人侈求機會，創造機會他沒有智慧，把握機會他沒有決心，適應機會他又不甘平淡；機會以外的條件他可能很好，他又不肯將自己根植在某一個機會，他自己生活在一個等待的世界裡，他不珍惜已有的機會，機會也就毫不留情給他白眼。請不要說「總會有機會」，當心機會不再！也不要怕沒有機會，但看你伸出一隻什麼樣的手去接受每一個希望。

去留之間

一位朋友來說，他要辭職，這年頭找一份事不容易，辭一件事也有相當的困難，就經濟觀點來說，少了一份收入，就生活的觀點來說，又要換一個環境，然而他還是辭職了，相信他有他的理由。照古老的說法，合則留，不合則去，也是很自然的事。現代人的職業選擇，對去留問題的決定，可能不如此單純，不是一定的現象產生一定的結果，常常發現「合」不一定能「留」，不「合」也不一定非「去」不可，因為影響去留的決定因素可能一籮筐。

但有一點得承認，現代人追求理想的工作目標與環境，去留問題時常的就會碰到，求職與求才是雙方面的「飢渴」，使就業與離職成了平常事，一個機構人越多，送往迎來的場面也越多。新來的人總是滿懷希望而來，他可以歷述他對這個機構早有的仰慕，如願以償，自然喜悅；要走的人總有那麼一分失落，他也不避諱他對這個機構的冷漠，內衷滋長著新的期盼，追求另一個未來，更有人將這類的感情，歸納為「有所為有所不為」，自是棄之在所不惜。這正是自由意志的表現，選擇職業兼顧自己如夢的理想，二者兼得，自會感到這份職業對他的真實意義，做起來常能到忘我的境界。如果不是那麼一回事，希望落空，自然只好另找機會。

去留問題，也可能是人才供需的適應問題，不少人初入社會，自己的才能和性向，經過職業或工作的歷練，使潛在的能力發揮出來之後，對職業選擇自然發生新的需求，希望有適合自己的機會，但到底如何，是未知數，再加上自己對自己的評估，可能不如現實那麼冷酷，常見的是十九不如意，所以有人動來動去，每下愈況，有人越動越好，節節攀高，這絕不是命運問題，需要每一個面臨去留的人去深思。在常見的說法是「一動不如一靜」，甚至更直接的忠告「不輕言去留」，可是更現實的是今天的社會繁榮，純為討生活的人雖有，但若有人真要「不為五斗米折腰」，倒也真餓不死誰？

去留看似兩個問題，其實是一回事，考慮去留，多數重點在去，也就是辭職，照常理是要拿留和去作比較，現在的情況和未來的情況對比一下，供你做一個決定。今天也有不少人自己不能做決定，現實情況擺著等於「奉命辭職」，比如換一個你根本不喜歡的工作，換一個偏遠的工作單位，使你意想不到的投閒置散沒有事故，自然也可直接了當的找一個人暗示你辭職算了，賓主關係到了這個程度，留之何益？多數人是「偽造」一個健康不佳的理由，不歡而散。

也有賓主歡洽，喜劇收場的；某人有了一個好的或新的機會，主動找老闆討論，開明的老闆有時候還為職員創造機會，自己發現池小養不了大魚，聽到某人「另有高就」，不但不阻止，還樂意成全，這是聰明的人，不但永遠留住了一個人的心，還能慷而慨之，說他舉拔人才，放眼天下！

還有人「留書出走」，自己有了一個新的職業選擇，不敢向主管或老闆講明白，自己又十分中意那份工作，於是留下一封情詞懇切的信，說明自己的苦衷，自然對過去的垂愛，「容圖後報」，而後一走了之，這些人原本是害怕相對無言，場面尷尬，說也是那幾句話，尤其主管人發現某人是要到一個敵對企業或機構去，去留之間，總是有許多牽扯，不如「不見而散」。

自然還有一種契約行為，約滿不受束縛，電影演員、歌星等，常鬧「跳槽」與「挖角」的新聞，自然也是去留之爭，現在有些機關招考人才，規定訓練期滿，需在本機構服務多少年，多數建教合作的學校與企業之間，也有約定服務年限的規定，約滿續約就留，不續約就去。

面臨去留，難免涉及情感，不是你欠人情，就是人欠你債，如何做到兩無遺憾，確實不易；為了去留，爭吵、打鬥，鬧上公堂不是沒有；為了去留，私心記恨，終生不忘，不是你罵他不仁，就是他罵你不義，想必也大有人在；古人信守，君子絕交，不出惡言。在情感範圍中排斥與接納之間，應有一個媒體在兩造之間溝通，那可能是同一心態、同一目標、同一個夢和願望，同是兩個人，有人越來越近，引為知己，有人格格不入，形同陌路。每見人批評誰「財大氣粗」，銅錢味重，其實不然，以今天社會結構而言，所有權人如果沒有經營者和生產者，他一個錢怎麼會變出十幾個錢來，所以任何有頭腦的人，都知道要找人才，人才和錢財有輔成之功，所以去留與銅錢關係不大，甚至有些職員根本上接觸不著那種滋味。

去留是一個抉擇，但很傷感，尤其是某些人獻出自己心血而發現回報的報酬率過低的時候，難免有些不平。我常勸朋友，一場戀愛結束少不了一些糾葛，但一到了絕情的時候，不妨回味兩句話：「當你恨他的時候，想想他曾經對你的好處，當你愛他的時候，想想他現在對你的壞處」。自會心平氣和，我借用它，送給面臨去留抉擇的人。

機會絕緣

機會對某些有「奇遇」的人，也許終身難忘；但有些人例外，我將這些寧肯相信自己而不相信命運的人，封之為「機會絕緣體」，機會對這些人沒有作用力，因而不發生命動力。

譬如說，時下流行青年才俊，有人就說啦，想當初我們年輕，社會迷信老成持重，現在我們勉強可算老成持重，卻又流行青年才俊，兩頭都沒有攀上，機會絕緣啦；還有在報社的人也流行一句話，想當初我是作家的時候，編輯先生可神氣得很啊，現在我作了編輯，作家先生又神啦，求稿難，拉稿奔忙，如果言語之間有點不怎麼樣週到，作家先生來個冷卻對應，你越急他越冷，也是兩頭攀不上，機會絕緣啦。過去是這樣，今天是那樣，偏偏像這樣那樣兩頭攀不上的人，多到無法統計，不信，請大家心裡琢磨琢磨。

不相信機會，只信得過自己的人，他相信一種人同此心，心同此理的邏輯，你有錢，我可以不賺你的，你有官，我可以不結識你，我有那麼點學問，同時也有那點學問等高的傲氣，像這樣的人他不與機會絕緣，沒有別的辦法孤獨自己的那麼一點執著。我有一個朋友，十二年之內，辭了十三次職，最後還有人「重金禮聘」，這叫做絕緣體遇了不絕緣的社會，通氣了什麼都好辦。

還有一種永遠慢半拍的人，機會來的時候他說那是一個機會，然後計算計算，他的智商成了自己的電腦，比如說報紙的分類廣告有什麼「事求人」，他也常常心動，就是下不了決心，等待再等待，等到他決心去應徵，別的先生早已到職上班了，到了這地步，他會自我解嘲，這算不了什麼，也許為了下一個更好的機會，才使我失去這一個機會，這叫做絕緣體碰到了絕緣體，完全搭不上線。

更有一種人，條件很好，人也積極進取，可是機會對他就像一道牆，如果照數學或然率來排比，實在沒有理由讓他失去這個機會，也許太宿命論一點，謀事在人，成事在天，他不知道天不過是充滿了大氣的無限空間，他用人生有限時間去和老天別苗頭，其自討苦吃，實不待言，這種自我絕緣的人，在今天社會也不在少數，他不在乎外在影響力，一切反求諸已，機會過了也就算了。

又有一種人，不學有術，迷信機會，他把自己的人生當作「賣獎券」，永遠有一個希望，獎券不過是一個希望，這種人失望的時候懊惱，可是他會立即滋生希望，比如說買愛國獎券，不中獎他會大聲叫嚷「又愛國啦」，然後他毫不在意的又去買兩張，「一券在手希望無窮」，這種人多少有那麼一點希望幻想症，這種人似乎可以叫做希望絕緣體。

不管那一種情況，做一個機會絕緣體，也許太悲壯了一些，如果以現代人的標準，寧願做一個導體，使一切通達，也不必做那孤芳自賞的絕緣體，我這樣說，唯一的理由是不能讓絕緣體否定了你我之間的和諧。

呆人作保（四題）

早有人說「呆人作保」，我沒有悟出個中道理，到三年前我一時迷糊，幫人作了一保，賠了一點小銀子，這才明白，原來在下果真是呆人一個。

話說三年前，不才混到了一個丁點大的頭兒，在文字堆裡煮字療飢，有一天一個年輕小子進得屋來，說出他的百般苦楚，說要到合會借點銀子，可是循例要有三個保人，他已找到了兩個，欠「長官」我敬陪末座，賜上一印，等我私章拿了出來，糊糊塗塗蓋了幾方，再看借銀子數量，呆了一陣，還自我嘲弄，像不才我也能保他三個二十萬，豈非笑話，窮酸文人，身價幾何，早有定論，似乎不值這多銀兩，然後哈哈而散。

三個月後，那個改了什麼企業銀行分行經理來了電話，先禮後兵，他說你那位朋友借錢不按時分期付款，如再不付，你老人家可要如數照付，我告訴他，我三個作保，不才排名第三，請先找老大老二研究研究，經理先生說話啦，銀行規矩不分大小，可以只認其中一人，前面兩人一個是他太太，一個是支票拒絕往來戶，你有正當職業，跑了和尚跑不了廟，我反駁說，當初對保你們為什麼不徵信調查，他的說法更妙啦，查過了，先生你有房子一棟，座落某地，沒有抵押，如果法院拍賣，還可以剩上百二八十萬。我楞了半天，我本無罪，房子有罪，一想到房子變別人的，老妻小犬豈不要流離失所，經理看到我心急，他又說啦，問題當然不希望這樣，你三十多萬也不是賠不起，何必如此緊張，聽他說話，好像銀子是他的，猛然省悟他在銀行，作過路財神作慣了，鈔票大綑大綑自然不在眼下，他不知道煮字的人，寫一百萬字，也不過三五十萬，國家文藝獎每次也不過新台幣十萬元而已，誰也不能一年之內三次得獎，如果年年連任，必被同文抗告，因此，我告訴經理先生，真要賠，當然，如何賠法可以研究，我又請出他們總行副總經理出面商量，還是非賠不可，不才有些不服，回得家去，請朋友顧問顧問，眾口一詞我賠定了，這時老妻幾乎心臟病發，我的高血壓自然升騰。

一位朋友一看不好，如果老夫妻同時一命嗚呼，豈不糟了，其中一人慨而慷之，掏出空白支票，去找那位經理先生論理，支票雖然未收，卻也弄出一個兩全其美的辦法，尾數外加訴訟費照付，整款三十萬，分三十個月攤還；這位朋友回來勸我，要保老命，只有認了，不認？除非你有本領讓銀行比照大人先生們一樣，給你呆人除呆賬，我一聽完了，煮字的那有這麼大的來頭啊！

去年除夕之日，付款三十期屆滿，三十萬元從湯裡滾滾而去，可是愚夫妻三十個月身體平安，老妻心臟病雖非霍然而癒，但大有進境，不才高血壓降低，我這才明白兩句俗話，一曰破財消災，一曰傻人自有傻福，傻者呆人也，不才正是。

保人難做

做保是一個人為另一個人連帶擔負責任的意思，被保人無法履行義務時，他要承擔責任，代人還錢，代人受過，甚至情況嚴重還要坐牢。

有些保人還有資格限制，如文官多大，武官多大；又如鋪保，資本額如何，甚至有某些公司不得為保證人；再如財務保證，需要有產業的人始可承保；然而也有因規定自然成為保證的個案，如連坐法，連帶責任產生於自己存在的小社會中的每一個成員；又如早年在抗戰及剿匪時期流行過的「連保切結」，幾家幾戶具結保證每家的人都是善良的人，不資敵，不窩匪，出了問題大家負責。

保的流風所及，幾乎所有事都直接間接與保有關，最常見的是人事單位對新進人員任用之初，少不得是自傳一份，保證書兩張，保證這位先生在這個單位，愛惜公物和財產，以及他在職期間的錢財清楚，將來在其離職之日，如有缺少或虧空情事，要負責賠償；更有些單位超越財務之外，加有「思想純正」，這個保證在層面上就完全不同了，因這是思想保證，這年頭除非自己十分熟知的人，很少人敢保這個「險」，因為涉及思想問題，就會感覺茲事體大。

承擔他人思想和行為的保證，當然是大事。尤其是被保證人遠走他方，或者是遠方來客，縱是親友和舊日戚誼，如果多時疏遠，為他做保，也難免心中疑惑，擔心離開的日子裡他的內心起了什麼變故，可是礙於情感，又不得不保。這種情況，如沒有開放觀光期間的出入境保證人；本地人出國或僑胞來國內，彼此都需覓保，以赴香港或港僑入境為例，出境前要在香港找到保證的人，香港政府才據以批准入境；港僑來台亦然，問題是如果沒有關係人怎麼辦？於是出現了旅行社代辦手續，專門找人幫人做保，甚至論人計價，保一人入境收多少銀子，前些時候，高雄地區就偵破了一個「人頭保」的案子，涉案的人很多，有不少人因而被判定徒刑；這就是思想保的一個大變奏，到底會有什麼樣的後遺症，警方表示要追蹤調查，結果如何則不得而知。

還有一種保，是被保人有一定身價，而且有質押在卷，如購屋分期付款的保證，目前建築公司委建住宅，分成自備款和抵押貸款，有些建築業以貸款多為號召，自備款少，購屋者分若干期繳納，負擔輕，比較容易成交。留下的貸款，再用房屋的產權作為第一順位設定抵押，所有權狀和土地權狀都押在銀行，而且自備款已繳多在百分之六十以上，可以說萬無一失，但循例銀行也要有保證手續，如果申請第二順位抵押，加貸一點錢，則保人就更加重要了。一般機關福利單位也辦購屋貸款，定出一定的數目，作為銀行分期付款以外的第二順位抵押，照例也是要找幾個保人，儘管是意思意思，也是照找保不誤。

那麼，有沒有不要找保的例子，有，早幾年有一家美國大縫紉機公司，除了縫紉機著名，也有別的電機器材，曾經倡導「美國式的分期分款」，購買者只要有固定住址，不要找保，買東西簽字算數，而後照規定期限，分期繳納銀子，當然形式上的合約是有的，結果生意真的不錯，可是後來有不少人東西買了再轉賣，公司就是收不回錢，打官司，沒有保人，沒有人負連帶責任，還是落空，自此以後，這種「美國式的分期付款」就很少有人辦了，實在是我們今天社會的一個諷刺。

保人難做是事實，但輕易做保也容易自討苦吃；在我們概念中，保是一個互信的表示，最最主要的是感情信任感和人格的自尊心，如果本來就是一個騙局或類似騙局，則保的神聖感已不存在，那就變成騙和被騙的問題，不幸，目前保的問題，糾紛不少，而且牽涉到法律、道德、和社會倫理的規範，不可諱言的是一個社會問題，真需要社會學家進一步的研究了。

異想天開

做保賠錢，涉及問題很多，被保人自然是問題的中心，沒有被保人這個角色，賠錢的悲喜劇就不會產生，問題自然就沒有啦。

說到被保人，可也不簡單，第一他要有門道，人家肯借錢給他，行庫外務人員關係要做得好，而後是要使經理信得過，還要徵信調查能過關，最後是對保人員肯和他合作，單單這一關就得有幾手才行。君不見有人埋怨行庫門太緊，有時候甚至緊得叫人想開罵，何以有些人就能順順利利，因為公共關係做得好，自可討些方便。

第二他要能找得到保，一個不算還得三個，現在人己關係，大家也看得很穿，知道做保是要擔干係的，有些聰明人，寧肯借你一點小錢，也不蓋那個「只是意思到了」的印章，說意思到了那意思就是有事件也請幫著擔代一下，所以找保要有三寸不爛之舌，而且有時候外加一苦肉計，至於那種低姿勢更不在話下，這年頭不愛迎逢捧場的話，呆人做保，也不能全把責任推給找保的人。

第三更重要啦，一旦問題來要有一套哲學，簡單的說是：一拖、二躲、三開溜；拖就是拖延戰術，請保人抵擋抵擋，慢慢想辦法，辦法想不通，躲一下子，讓保人先生去一頭急，他可能暗中真在張羅，也可能若無其事的幹他的事，有道「債多不愁」，最後真的一點辦法也沒有了，他溜之乎也，走得遠遠地，好一點來封信千該死萬該死的自己罵上一通，橫了心的乾脆「音信杳茫」。

第四要不怕打官司，其實所謂官司，也只是公文書大旅行，銀行告到法院，法院起訴如儀，他相應不理，一件案從送法院到最後公告拍賣保證人的房子，少說也有三幾個月甚至拖上年把，目前法院民事案件以這種濫賬官司最多，從幾千元到幾十幾百萬，官司的程序一樣，苦了法官大人和書記官先生，尤其那些辦執行的書記官先生「風塵僕僕」，多數還要受當事人的一點閒氣，有誰會對要拍賣房子和封他房子的人「友善」，無形中堂堂法官變成了一些銀庫的「討債鬼」，你說冤不冤？

找人作保也有這許多「苦經」，若說請人作保的每一個都是黑心大爺，那也是不公平的，一般而言，求人借錢，也有很多種情形，一種是真的急在燃眉，需要一點週轉或救急款，他認認真真一分銀子也不敢少，做保不過是友誼的支持，彼此心裡有數。一種是借錢的時候的確有償還債務的能力，他承認債務，但一時還不了債，保人代辦還了，他自己兢兢業業從頭做起，翻過身來帶著「贖罪」和「感恩」的心情，承擔債務。一種是明知自己沒有還債能力，卻幻想以債養債，希望出現奇蹟的人，他千方百計保留他自己的一架子，結果拖著別人受罪。還有一種一開始就是設計好的騙局，甚至用盡心機，想出一套又一套辦法，利用所有可能利用機會，把錢弄到手再說，自然像這樣蓄意犯行，最不可原諒，不幸這類人佔著不少的比例，目下經濟犯罪特別多，這類人是始作俑者。

保人賠錢，是無妄之災，要心平氣和自是不太容易，可是我一直在想，我賠了一點錢也受了一點氣，但寧願我的被保人失敗之後，從頭做起，他年輕聰明，如果假以時日，誰能說他不另創一個局面，說不定有一天，他老弟捧著大把銀子來到舍下，豈不是一件快樂的事嗎？

老妻和我什麼意見都一致，就是對我這個「高見」不敢苟同，她說我呆人說夢，異想天開！後來就教和我同保不同案的一些先生太太，他們也做如是想，看來我只是仰天居中一名孤獨「呆」了。

脫保有方

呆人作保？也有例外。

也許和「久病成良醫」的道理相同，保多了，呆久了，也有人悟出一些道理，可以作保而不必賠大把銀子，就是真要賠也得慢慢的來。比如合會方式的借款，除了借款人本身要產權質押，還要有三個保證人，按規定也是要有恆產的人，如果被保證人不能還錢，保證人要負法律上償還的責任，而且可以找三個人中任何一人，獨立轉承債務，如果催告以後還不代人還錢，最後打民事官司，銀行都有法制室，只要將案子向法院一送，法院自然受理，而後為了確保債權，一紙公文封你的房子，然後以拍賣房子為手段，逼你「代人受債」，說拍賣房子也真不是唬人的，和我同為保證人的一位先生家裡的一部電話也給拍賣掉了，人家明明花一萬元裝的電話，幾千就賣啦，準此，房子自然也賤賣，不然，為什麼會有人專門到法院去等拍賣房子，而且有人還做這門「生意」呢？

有道是「道高一尺，魔高一丈」，常作保的人，都知道一套辦法，可以保自己少代人受債，名之為「脫保秘方」，你不信？且聽我說。本來幫人作保，有濟人之急的意思，答應幫人作保，有一套手續，重點在於你有無代償債務能力，證明你有能力的辦法是查不動產，最簡單的方式，看看你的稅單，房屋稅和地價稅憑單一看就知道你的身價，他們也知道多數大廈和公寓，都有一點貸款，但排上一個第二順位也可保無虞，到對保的時候，多半是一個形式，呆人們就從這裡悟出，如果你建屋貸款之後，再有第二順位抵押，甚至第三順位抵押，你幫人作保，一旦別人付不出錢，你就可以相應不理，銀行照送法院，房子要拍賣時，按第一順位，第二、第三順位來，銀行自然收不到錢，辛苦半天收不到，他們也就不這樣辦啦，這下反過來是銀行找你商量，主客易位，事情就好辦多了。當然銀行還有一種辦法，動公文到你的機關行號，扣你的薪水，留下必需生活費之外，每個月扣上一二千元，如果像在下所賠三十萬元，要扣上二三十年。所以有些人作保不賠錢，因為他一看苗頭不對，房屋早找個主兒，第二、第三順位抵押去也，甚至還有人假抵押，真脫保，只要在別人付不起錢之前「眼明手快」，又不犯法。

至於被保證人自己呢，到銀行借錢，有不動產的自然最方便，可能他房地產契約和權狀一大把，借錢時曲意奉承，討得承辦先生信任，又和對保先生熱絡熱絡，借銀子比別人又快又多，至於，他的房地產早已不知道是第幾順位了，一旦事發，封他房子，查查情況，算算底價，一點銀子也撈不回，只有轉回頭找保證人，如果遇上保證人也悟出其中要訣，那麼這筆錢也就「呆」了下來。

由呆人作保，到呆錢不保，好像是鬥什麼法兒，其實這中間，還真有那麼一點學問，銀行和法界比我們，更應該去求出真正的答案來，才是正理。

局的誘惑（四題）

賭這個字，越來越帶悲劇色彩，它從純消遣的「餘興」，變成各種不同的「賭局」之後，悲劇就隨著上演，小焉者夫妻失和、朋友反目，事情鬧大了，家破人亡和傾家蕩產的，也是很平常的事。

不幸，人進入這一個悲劇的世界，就會上癮，一個「局」的誘惑，有時候勝過一切，湊一個「局」有時候自然形成，像三個人正愁三缺一，冥冥中常會有一人闖來，縱然不是闖來，總容易有線可循的找來一個人；同理，要湊一個多少人的局，就像有多少人等在那兒，在最短時間會如約而至，這些還是屬「社交型」的場合。把這種社交性的賭，歸納成一個層面，局是賭局，人是賭徒，一層薄薄的幕布，隱出了悲劇的劇場形象，悲劇卻在默默的上演。

如果從這個層面出發，很顯然的前面是兩條路，一條是掙扎著跳出來，這得有壯士斷腕的勇氣；另一條是揭開薄幕走進悲劇的中心：常見社會上有些十分活躍的人，涉及違反票據法，涉及詐欺案，甚至自己一個好好的事業，一夜之間完全變了樣子。如果說賭也是一種毒害，也許還不被人接受，因為大家都自認聰明，聰明人怎麼會自甘毒害？

事實上，在賭台上被毒殺了的全是聰明人，常言道得好：「聰明一世，糊塗一時」，就那麼一刻兒的糊塗，智商再高也不濟事，試舉一例，有一位很有一點聲譽的人，小飲幾杯之後，他的一位老弟悄悄的告訴他，今天晚上有一個小小刺激的場面，說餘興也可以，說賭一下也可以，保證不會出什麼大事；小飲之後，何妨逢場作戲，這時候，酒精加衝動，他就接受了這個不期而遇的約會，到那地方一看，一房子的人，男男女女，聚在一起，看桌面上，那局面不由使他驚異，憑他的收入絕不夠資格在那裡落坐，他明白這不是好玩的事，他一再提醒自己必須冷靜下來，找個適當的機會離開那裡。誰知道那中間不少人和那位老弟大有交情，他一時之間也成了「老大」，坐位空著等他，茶來煙到，他不知所以的坐了下來，結果不問可知，他輸了不少，全沒有人在意他到底有沒有「償債能力」，反正付錢是第二天以後的事，第二天不過幾小時之後，誰能少付一分錢？他很君子地自我懊悔，已經不濟事了。

就在休息片刻的時候，擺場子那傢伙，和他訴起苦經來，他說他也是吃人家的飯，養一個場子多少人靠它活下去，而且還有很多不足為外人道的苦處，別看百分之五抽頭，一晚上進賭十萬八萬，甚至更多，開銷下來，也沒有什麼了，他還講了一個故事，說早兩三年，台北一個場子的主持人，每天保持的週轉金一兩千萬，錢都是有來頭的人放的，他一個也少不了，人家按日息收錢，一兩年下來，付出的利息超過了本錢的一兩倍，像一個沉重的包袱，壓他身上，有時候，他想收了場子，可是怎麼付得出那筆大債？何況，這些放印子錢的人，正是可以主宰他和他那場子命運的人，再加上一大伙靠場子吃飯，死抱台腳的傢伙，他只有拖著拖著，不死不活的維持下去，直到有一天，那些自以為有來頭人因上級突擊檢查，破了個場子，那名負責人送到外地去管訓，那龐大的債務最後如何，已沒有人知道了，據說這位老兄寧願受管訓也不想回來。這個故事至少給我們回答了一個問題，賭場的存在內中的文章，也許還多得很呢？

有人用賭國仇城來形容嗜好賭博的人的心態，一個正常人淪落到不能自拔的時候，他的仇恨會突然升高，第一仇人是他自己，第二個是引他進入悲劇世界的第一個人，然後第三、第四……一直到每一個可能使他懷恨的人，在這樣的情況下，有人斷了自己的手指，有人踢場子血裡來血裡去，還有人自己了斷了生命，或者被別人奪走了生命，更可怕的是社會上常會發現一小伙漂漂蕩蕩，什麼歸屬也沒有的可憐人，家、親人、名譽、地位……什麼也不屬於他了，這個時候，他想找一個什麼仇人也只能夢幻的邊緣那麼空想一下。

賭這個字，越來越帶悲劇色彩，一點也不假。以上所說的是一個非常難得的掙扎著跳出來的人告訴我的，我用他的故事做見證，請在賭台邊緣沉迷的人省悟，我更要祝福這個有勇氣擺脫毒害的悲劇英雄。

餘興變質

「錢戲為賭」是說文上的簡要詮釋，以能分出勝負的遊戲，依勝負而授受財物者叫做賭博，這是《辭海》進一步的解說。話簡意深，凡能分出勝負的「遊戲」，都可以成為賭，依勝負授受財物，優勝劣敗，也很明顯。時下不少人把賭博當成「餘興」，家庭、社會、交際場所「逢場作戲」，賭博已經成了某些階層的「共同語言」，友好會見時不少人誇耀牌局中的上上「傑作」，說者樂極，聽者不疲，如果把這些老兄都列為「賭博人口」，恐怕在社會上佔的比例不小。

不容諱言，不少家庭和個人，都有賭博的事實。不論入局與旁觀，總享有過個中樂趣，衛生麻將幾圈，不能算什麼「惡行」。但由於家庭和友朋之間的樂子，引伸而專業性賭場出現，應是事實，不少人對這種「餘興」有癮頭，就會有人想到使某種的臨時服務職業化賭場的出現，而且撲之不滅，取締不盡，也說明了「賭博人口」，佔了比重。賭場也是一種「生意」，也有供需關係，如果沒有某些人需要，絕對生存不了。賭博是金錢的遊戲，一個場子要基本人數，召集起來隨時可以成局；還要有錢，有一套貨幣流通的辦法，放貸之間自然流達，「賭博人口」之間形成一個特殊的社會，如果再引進一兩位有來頭的人物，關係正常化起來，「生意」自然做得起來，也許這就是賭場消除不了的真正原因。

如果從賭博的本身看，家庭的「業餘餘興」，和賭場的「職業拚殺」，其危害並無分別，最主要的，目前家庭內的「餘興」，賭的性質有了變化，賭的價碼大有升高的趨勢，根據一項不太完全的調查，家庭間的「餘興」，跳出「衛生」的圈子，一場麻將三幾萬元輸贏，已是常見的事實，如果玩別的，情況可能更壞，在年節之後，只要我們稍微留心一下，很可能看到「勝利的歡笑」，也可以聽到「慘敗的嘆息」，在這兩端之間，證明了金錢的遊戲不好玩！

在我們傳統觀念中把「狂嫖濫賭」列為壞中之壞，在今天的社會中「濫賭」可能是比較嚴重的事。過去常聽人說，錢不對不賭，人不對不賭，地方不對不賭，好像以此鑑別賭之濫與不濫；既然是金錢遊戲，要輸得起也贏得起，才不會輸打贏要，鬧出亂子；人的選擇也重要，避免龍蛇雜處，賭台上意氣之爭難免，賢與不肖之間修養不一樣，可能對事的反應也絕不相同；至於場所，問題尤其嚴重，據說賭場天天換地方和警察鬥法，有的在違建區內，有的甚至到山野墳場，濫則濫矣，問題自然多多，近年因賭發生的命案和槍擊案，多有所聞，想必與人不對、錢不對、地方不對大有關連。

我有一位朋友去年涉入一處家庭賭場，熟面孔不少，他老兄輸別人一個不小數目的錢，另贏了人家一個數目相近的錢，理應拉平，不意他輸人家的人家硬向他要，人家輸他的一個不給還要動粗。幸他「勇於負責」，輸的照付，贏的不要了，吃虧上當之後，他悟出一個道理，怪自己「濫」，化了錢買一個教訓。據說他老兄從此卻步賭場，破財消災，可以說是救了他自己。

在賭博從家庭「餘興」變質以後，可以說是一個新的社會問題，實在需要有人做一個研究，如果任由「賭博人口」驟然而增，那就不是「金錢遊戲」可以詮釋得了的啦！

誰是贏家

過得年來，朋友見面，開頭第一句話，都問今年財運怎麼樣；每年農曆年前後，可能是我們這個富有民族性的「賭博季」，拜年走訪親友，多附加娛興節目，賭一把幾乎成了一種不成文規定，少不得幾圈「衛生麻將」，自然別的花樣，也興之所至的登場，不少人的新春假期，變成了賭中日月。

過年賭錢，也是一陣熱浪，第一是大家有錢，年終獎金、商場紅利、家人賜賞，大把銀子集中一身；第二是大家有閒，公私機關休假，親戚朋友走動頻繁，一湊就成；第三不怕警察，國法本乎人情，過年這幾天只要不是開賭場，聚賭抽頭，警察先生總是開隻眼閉隻眼，放你一馬；第四，最主要的家人長輩，也不阻攔，過年嘛，小玩玩，沒關係，甚至平日管先生最嚴的太太，也會「鼓勵」先生參加，最起碼一家人關上門祖孫幾代自家人擺個小場面，樂上一樂。

年假期間賭錢，也可以說是一個很傳統的節目，起因於古老的農業社會，春耕夏種，秋收冬藏，一年辛苦，難得幾天假期，除了迎神賽會，賭錢也是一個自然項目；現在雖是二十世紀八十年代，這種老傳統還是留存著的；在年節時間，如果各地鄉親聚會在一起，有時也會來一點很有地方色彩的賭，各地有各地的特色，玩上一陣，就好像日子往回拉上了幾十年，我有好些位高小、初中的同學在臺灣，每年總有好幾次會面，每次集會酒醉飯飽之後，總有人提議，來幾碗「寶」，湖南人很流行的一種賭博，嬉笑歡樂，一如回到童年，同學人等大多已是「半百老翁」，對「寶」仍如童年所見，不能忘情。

賭有賭性，一般人說別人迷戀於賭，帶著多少分量的寬容，說某人賭性大，賭性強，賭性是人性的一種，每一個人都有那麼一點，個人從出生開始，他為生命搏鬥，一個人從踏進社會開始，他為生活搏鬥，一個戰士進入戰場，他為生存搏鬥，一個人的一生，浮沉起落，得失榮辱，都是一場賭博，因此，賭錢這件事，正好說明一件事，人的賭性是與生以俱來！問題是如何不使自己由賭性出發，而變成一名賭徒，倒真是一件重要的事。

因為，人都可能從賭性出來，而淪為賭徒，所以那些在年節過後，就收起心來安之若素的人，特別有福；年真的過了，特別有福；年真的過了，說賭博不好，不會犯眾人怒了吧，朋友，不管你今年的財運如何，收得了心，你就是贏家，不信？不信會吃苦頭的啊！

反必有方

我一直有一個癡想，如果有誰能發明一種方法，可以戒絕賭博，一定可以大發利市；因為在賭博人口中不少人已被毒害，在他不能自拔的時刻，賜以神丹妙方，他就能從此藥到病除，非但可能趨之若鶩，而且是一門大功德。

賭徒是直接被害人，照九賭十輸的計算法，佔賭博人口中的百分之九十，這百分之九十的間接被害人，包括妻兒子女，甚至被拖累的長輩親朋戚友，為數更是可觀。說也奇怪，被害人挺身而出為賭害作見證的人，終是少數，除了因賭而涉及挾持案、兇殺案、暴行案、縱火案，終是絕望的呼號，何以在他意志自由的時候，而不能舉發賭害，滅絕賭害，原因只有一個，他對賭博的款款深情，忘之不卻。

還有一種可能，遭賭毒害的人，多半受到一種無形壓力，尤其善良的人失足之後，本身的懊悔，加上賭場保鑣那一臉殺氣，破財受罪固然痛苦，輕易跟人玩命，也萬萬使不得；有些人在起初，對於自己被害，可以找出若干原因，包括不公平，可能有假、被人做了手腳、甚至掉進人家的圈套，疑慮終是無法證實，慢慢會自我修正，而責怪自己的時運不濟，手氣太壞，一個對事不滿的抗性，漸漸消失，後來反而認同了自己被害的任何原因。

吸毒有勒戒所，藉由醫藥的能力和強制的禁絕；賭博則不容易，主要的是賭博的界說，在社會上沒有獲得統一的認定，在怎麼樣一個程度，對被害人造成傷害，也因人而易，有人輸三五十萬已危及生活，有些人輸百二八十萬，也不算一回事。所以賭害消除的第一個目標，是賭徒自己，自我克制，當然是最好，也最有效，只是一個人沉迷於賭博之後，克制的力量特差，不能自持，一陣呼喝，常會不知所以，除非有特殊定力的人，一回上當，即已省悟，這種人百中得一，已屬不易。

第二個目標是那些間接被害人的忠告和勸慰，如妻子的愛情溫暖，子女的親情勸慰，朋友的友情忠告，事業伙伴的是非得失的辯證。這些辦法對中毒不深，誤入歧途的人或許有效，但對那些已失去一切憑藉的賭徒，恐怕很難收效，縱使一時有所感有所痛，可能僅在他清明的那一個片刻，不幸毒害深重時這種清明的時刻幾乎是少之又少的啊！

第三個目標是期望治安單位，照著他們的上司定的辦法，掃蕩賭場，根本上滅絕禍原，自然是再好也沒有了，可是幾十年來，他們什麼規定和辦法，沒有提過，事實如何？治安單位的人不涉其中，已是上上大吉了，若說警賭鬥法，恰如在賭台上一博，勝家多半是賭場的老大，原因雖也判不清楚，但長期間賭場禁之不絕，應是事實。

想來想去，還有一個辦法，是從外國人那裡學來的，外國人很長的一段時間，經常發生強暴案，歹徒在各地凌辱婦女，造成社會安寧的影響，在治安當局束手無策的時候，各地出現了反暴行委員會，多數成員是被害人和被害人的家屬，勇敢的站了出來，結合各地有心人，向邪惡的歹徒公開挑戰，鍥而不捨的對每一個案件追查到底，提供警方破案的線索，督促其協助破案。我異想天開，如果被賭博毒害的人和他們的間接受害者，能夠仿照這個辦法，在我們社會中出現一些反賭害委員會，必然對賭場的撲滅，產生直接的影響，因為一個人參加這樣的組織，便產生了一種對社會使命感，雖然是一個非常抽象的觀念，但使他們回到因為賭害而遠離了的社會，便是一劑精神藥錠，他自己的悔悟必使他遠離賭台，再進一步以自己被害的痛苦悲劇所激發的良能，拯救同難，自然就成了他的責任。

被賭毒害苦了的人，你以為如何？如果你家中有這麼一個被害者，你以為如何？

私房債（外一章）

如果說錢是可愛的，一定沒有人反對；如果說沒有錢實不好玩，也必有人贊成；但有一個例外，有些人收入不差，家道也算富裕，而自己窮得可以，必有人不信，但事實卻時不假。

前些時候，電視台播映連續劇《私房錢》，將普天之下的男士，幽了一大默，慨呼言之，男人結了婚以後，屈服於女權之下，也許因愛生敬，敬而畏之，恢復我們老祖宗那個「母系社會」，縱使家裡那口子不是母老虎，也會有人嚇得打哆嗦，劇作家到底是劇作家，用很多的故事，編出一串帶笑的「喜劇效果」，情節也許不是很現實的，滑稽中帶著引人發笑那麼一點味，也夠天下的太太們快樂個夠了。

私房錢在父權至上那個年代哩，是婦女們的專利，她們在日常用度上省點，或者作女紅家事賺一點，還有自家老爺太老爺賞一點，積少成多以後再收一點利息，在大家族間，各房與各房總有一點私房用度，全靠這種積蓄，時下有些家庭還留存著這種風氣，有儲蓄和濟急的雙重意義。一旦將「私房錢」的話題，轉到男士的身上，就串成了加色的故事，其實從「戲劇氣氛」中回到現實，這種事還是真的成了問題。一位太太告訴我：「你們什麼都不缺，茶來飯到，要錢幹什麼？」若干時日以前，台北發生過一宗「丈夫離家出走」的新聞，太太每天給他少額的錢，足足可以坐公車來回和買一包煙，在這種情況下，他只有自外於團體，不參加朋友的聚會，甚至偶然的一個「咖啡時間」，他也只有卻步，長久以後他孤獨、寂寞，儘管回家裡太太「愛得死脫」，他還是承受不了外間的壓力，終至鬧出新聞，所幸喜劇收場，這位太太這才恍然大悟，男人除了家，還有他生存的社會。

當然也有更多的太太，不放心自己的先生，擔心被社會的壞事所汙染，甚至有人連理髮都不放心，我的一位朋友，結婚十多年，頭髮都是太太理的，我問這位太太，她一點也不在乎先生花多少錢，就是怕他「壞事」，我想像這樣的太太，也許真是不在少數。我有一位朋友收入不錯，就是存不下錢，另一位朋友給他太太出了一個主意，看住他荷包，初時他極不樂意，日子一久，他太座理財有道，大有結存，最後他自我認同這個事實，把經濟權捧送到「母系社會」，他留極少的用度，日子也過得相當不差。可是有變奏，目下在男人中流行「私房債」，女權高張，日常用費「請款」頗不容易，第一要理由正當，第二數目受限制，第三報銷費口舌，第四太太叫用度不夠，如此等等，用一點錢比什麼都難，如是有人放棄向太太訴願，而求請朋友，那一個人沒有幾個朋友，周轉一下也是常事，於是「私房債」成了很普遍的現象，只是有多有少而已。

「私房債」比「私房錢」的問題大多了，也許太太們沒有防到這一著。

從實招來

私房債，有些像流行病，它的問題比私房錢大，債是負數，在收支表上是赤字，私房錢不論男人還是女人的，是儲存，在收支表上是正數。存私房錢，在心裡上是一種自我尋求的安全感，欠私房債相反，揹債的人在心理上很容易失去平衡，常被一種不穩定感壓迫著。

一般債務人在債台高築之後，常常鬧到破產，將爛攤子任由債權人去折騰，甚至遠走高飛的也有，避不見面的也有，這些人可以因為債，名譽也跟著破產。如果公司行號，對於債的最後處理，都可借助法律，債務人好像在法律之前，還可以得到相當的保護。

私房債是唯一的例外。私房債，顧名思義是偷偷的欠債，第一不能作破產之宣告，因為借你錢的，都是你的支持人，非親即友，如果你在公營機關作事，極可能有些借你錢的，也不知是怎麼挪來的，除了有意行騙，一個子兒也少不得的。第二不能張揚，名譽要維護著，不能因債如何苦惱；回到家去，要若無其事，上得班來，也不能顯得困惑，若是張揚開來，先是家裡那口子的關過不了，鬧開來私房債變成一家愁，沒有意思。

一般說來欠私房債的人，至少包括下列類型：社會接觸較廣應酬多的人，太太荷包看得太緊的人，生活不正常的人；也就是有的債是因為環境，有的債是因為個人。比如說有些人交際應酬多，公家所能支付交際費用有限，極可能虧累；有些人社會接觸廣，難免有周濟別人的時候，周濟別人使自己虧累；也有些人不正常的開支多，如女色、賭博、以及個別情況，而造成虧累；還有些人什麼也沒作，也有虧累，因為看荷包的忽視了一個人的正常開支，在他了無生路的時候，就只好欠私房債了。

私房債揹上了，像在自己的身上挖了一個大洞，慢慢地填，有的很快填上，有的一輩子也填不滿；周轉人家的錢，自然不能賴，債信出自友誼的保證，欠債的必常耿耿在心，時間一久又出現了一個以債養債的新情況，借甲還乙，拉張抵李，就像下午三點半，生意人應付銀行一樣。試想一個人如果到了這種情況，生活秩序也亂了，心也亂了，如果不緊急醫療，恐怕少不得要鬧出問題來。

欠債還錢，必然之事。我對私房債的處方是：上上策是增加意外收入，除了貪汙和掠奪以外，必然還有生財之道。人們常說，能花錢就能賺錢，不要貪圖天上掉下來一個金礦，一步步來，積少成多，訂出一個償還債務的時程表。將所有的債權人列出一個名單，一個一個的「消滅」，還你自由之身。

如果這個做不到，不妨「從實招來」，回到家中，一五一十，和盤托出，縱使你家中那口子不快樂，你在理虧情況下，低一下頭，必能過關。只有一點，如果閣下的債都是「花花」而去，可當心囉，太太們最怕的是你欠「風流債」，不過咎由自取，怪不得誰！

今夜，金門酒後

他不知道自己第幾次舉起那隻高腳杯，一仰而下。

那樣好的靜夜，那樣好的人，是最適宜喝幾杯的了。他在金門已經度過不少的夜晚，他寂寞過，可是他搖醒了自己，他想要到城市，想到霓虹燈下，抖一抖身上的塵灰，可是他仍然留住，像在一幅風景裡的一片葉子。

他記得九三砲戰以後，有一段好日子，也和今天一樣，很熱，很有勁，也常像今夜，讓一群發火了的人，纏在一起，到尼洛的溪邊村，到公孫嬿的榜林，到魯蛟的連長室，當然也到他工作的那家小報的「危樓」；羅馬、金劍、辛鬱、沙牧、戰鴻、風鈴草，還有一大把的新聞老記，都像今夜，飲酒、歡笑、談夢，而後讓零落的砲聲，在他們的生活裡增加一點插曲。

他想到今夜，想到酒，又一次舉起那隻高腳杯子，他發現有一隻手按住他，他放下杯子，像發生了什麼，沒有，什麼也沒有發生呀，他看見柳岸跟他打著耳語，叫他安靜下來，安靜？這場合是一個可以安靜的嗎？「有意思，真是太有意思了！」他想。放下了杯子，他就有些無所事事了；很快的他有了新的意念，看他們，把他們現在的杯子，都看進到自己的思想裡去，等有一天老得可以不想什麼的時候，再抖出來。

他的右邊是柳岸，經常用一隻手扶著他，藉著柳岸方方的眼鏡，他看到自己，就像他自己一樣的。而後是那個告別劇場，跑上講台，發明一大把巴黎、倫敦、印度的痖弦，一直鬧著跟葉珊「有乾杯之必要」，再看葉珊，那個軍中曬黑的臉，給高粱蒸白了，白得像他的詩一樣飄飄渺渺的，反正他們倆乾杯是屬於詩的，無妨現代一些也沒有什麼的；最欣賞的帶著鄉土的張永祥，誰跟他喝酒他總是高高的舉起那又粗又大的手，急速搖動他的腦袋。

「不、不、不……能喝！」真是戲劇性的手法，不能饒過這個人，於是他再一次舉起那隻精緻的高腳杯子，跟張永祥對乾起來。

這時候，他感到有些悶熱，他想，也許是醉了，不，不會醉的，有這麼多朋友，今夜豈是喝得醉的晚上。

「這次沒有聽到砲聲，真遺憾！」

「砲聲？找一面鼓來敲幾下聽聽好了。」

不，砲聲是砲聲，絕不是鼓！他有經驗，他在金門已經四次了，每次都碰到過好場面，他記得有一年六月二十四號，六二四砲戰，是的，早幾年，也是很有名的，他那天從大膽接一個從大陸出來的人回金門，他坐一隻木船在海上漂動，啊，砲聲，數不清的砲聲，砲彈落在小木船附近的海面，升起一株又一株的水柱，像噴泉！

「不！不像！」他叫了起來。

「什麼不像？」他們也許真以為他醉著話多起來阿！

「鼓不像砲聲，砲彈，沒有理性，而且也太沒有節奏了。」

他的話剛落，吳東權站了起來，叫他乾唄。乾杯？這個人是不喝酒的，怎麼可以乾高粱？然而他乾了，乾的徹底。他想：這小子離開太太幾個小時，一到金門就敢喝高粱了，他清楚的記得，他的太座是不希望他喝酒的，是不是一到金門，就英雄了些呢？

而後是鄧文來！哪一棵青春樹是不用酒灌溉的？還有司馬中原，他記得他是喝酒的，現在患了胃病，乾坐在那裡發饞，也許他是今夜最清醒的人，也許他靜靜的在做小說人物分析，他想，如果有一天，他把他當酒鬼，投影在他的小說裡，他該怎麼辦呢？揍他！不，那太野蠻了，他會笑他是老粗的。

誰說不是呢？他自己心裡明白，他是最完全老粗的，從上等學兵開始，一步一步的，班長、排長、准尉、少尉、中尉、上尉、少校，也許還有，也許打住了，想到這裡，他歪著頭，看看領角上的兩根步槍，不由的露出笑來，雖然，他知道，這個時候笑，一定是不怎麼好看的。而後他又想起，一個中學生，幹了新聞，而且主持一個山洞裡的電台，比那些一天到晚叫生生皮鞋白的，大好多倍的機器，就在他經營的一個山洞裡。另一座在馬祖的山洞裡，他也管過。

他想，自已也迷糊起來了，雙重行伍，不，行伍這兩個字早已經不用了，是？在職訓練！真有意思，在職訓練，使一個十八歲的人的年齡加了一倍。這就是他！可是他是嚴肅的，嚴肅得對自己的工作發狂！

這時候，有人提議談談未來，未來？會用一種什麼樣的步子走來，他會是儀態萬千，還是醜陋得叫人厭惡，誰管她呢？你能叫她不來嗎？他放下了杯子，所有桌上的杯子們都靜止的像一群觀眾，聽這一群多夢的人編自己的夢，有的粗獷，像狂野的大風沙；有的細膩，像山澗裡一泓清流；有的輕飄飄的像一片流雲；有的沉甸甸的像一把鎖；而且，小說、散文、詩、戲劇、還有一個其他吧，都參加了今夜的盛會，一個個都多采多姿的出現，還有一大把的笑聲，他明白，這就是生活。

對，應該請「生活」，那個多面孔的，也來出席，也來聽夢，也來喝酒，而後讓她發狠來折磨所有的愛她的人？

很快的，他想起自己，他，一個沒落而多幻想的人，一個少校，他的自己的未來，會怎樣呢？那太遠了，現在已經夠他忙得忘記一切的，難得像今夜的人，今夜的靜，和那許多高腳杯子。

也許，也許是的，他高興起來，他自己不一定發光，可是，今夜這一群，難道不是一個光團，還有天天看到的發亮的戰士，堅強的在基層底下的許多奧祕，以及從現實裡覓著了許多別的東西。

是的，這就是今天，今夜，以及一些與今夜有關的故事，最主要的是這群朋友和他自己，在金門。

那年秋天

那年秋天，那年秋天的一片雲，投影在他的心中。

他記得，真的，那一片雲，輕輕的飄著，自由而無目的；雲就是這個樣子的，它沒有根，沒有土壤，沒有開花結果的慾望，它是快樂而無憂的。

他很想抓一小把雲，藏起來，但是他真失望極了，怎麼說也沒有用，雲冷冷拒絕他，他無能為力，可是他想，他以為獲得不一定有多少意思，默默的戀著愛著或者喜歡著，也許一樣。

雲的面孔很多，而且不時的變動，斑斕的色彩，擁著它，他更不懂了，雲就是這個樣子的沒有目的，笑和哭，低沉和高揚，飄忽與凝積，就是這個樣子叫人奇怪。

也許，這是一個普通現象，真的，古老的記憶和今天一樣，雲就是雲，有甚麼值得翻出來的，它好動，讓它動好了，它要變，讓它變好了，動，它仍然是那麼輕，變，它仍然不會有多重！

可是那年秋天，他總是做了雲的人，他也像雲一樣，他向她說雲的夢，在夢之上，他也雲化了。她笑他一點也不實在，喜歡了雲，而她是不喜歡雲的，所以她總是笑他，而後笑他，笑他，一直笑著。……

他更深愛雲絮，因為那笑聲也雲化了，飄動，浮現而且抓不住，可是她一點也不懂，他說他壞，儘用一些不實在的東西收買她，她說她是伐不倒的樹，而後他聯想，樹和雲，一點也聯不起來，不，不要聯在一起，雲是雲，樹是樹。

他有些懂了，雲的彩色太富有，樹的青蔥太嬌貴，這下子好了，他什麼也沒有了，雲走雲的，樹走樹的，她的笑聲沒有走，而她的影子，根本上就幻滅了，啊！他懂了，他懂得比雲和樹的什麼都多，因為他知道又是一個秋天的故事，鑼聲一響，落幕。那年秋天，那年秋天的雲和樹，美的叫他忘了不少的什麼事兒，他就是愛那年秋天的那一片雲。

一點不假，那片雲真美。以後他不再想雲的什麼了，因為，那年秋天的那一片，真是美得可以了。他很滿意，雲，所有的都像那年秋天的那一片就好。

第四輯

大兵的故事（小說）

編者的話

這一輯選了六個短篇小說，都是三、四十年的舊作，每一篇都有一個幕後的故事。比如〈繩子與網〉，是作者獲國家文藝獎時，華副蔡文甫先生點的菜，指定頒獎那天刊出。又如〈情人〉，是《天視》張天福兄缺稿，限時叫寫的，再如〈三大兵〉是作者任金門廣播電台台長到差時，《正氣中華報》副刊邀約，因他與報社的老緣分，不敢不寫，還有〈佩刀〉是軍方雜誌《新文藝》為軍人節特輯指定作者寫的。之所以名之為〈大兵的故事〉，因為作者寫時仍在軍職，寫的都是大兵的事，故而名符其實的是大兵故事。

男配角

一

一張喜柬，攤在那裡。

那樣的一灘紅色驚住了他，他臉上的笑意全殺死了，拉直了的臉怎麼也不能圓一點的擠出一點笑，他只是那樣莫可奈何的攤開自己的雙手。

謝幕的鑼聲麼？他似乎有預感，他等了半年，半年的日子消失得好快，真的來了，這一天真的來了。

半年前有一個夜晚，她還約他縮蜷在那個冷落的小山坡，那山坡上的夜晚，那夜晚的背脊上透出了的冷，他習慣的讓她的頭靠在他身上或者他的肩窩下。這兩年來一直是這樣的屬於他的，多少的熱絡，翻越了夢的高峰。在夢幻一般的時間裡，他們的心上積累了不少的喜悅，那就是愛情吧，像托爾斯泰說的：「愛情是一個人對一個人不容另外的人介入的一種喜悅」。他們是有過喜悅的，但是那喜悅漸漸給煩躁和傷感沖激得起了波瀾。

那夜，他們的心上，塞滿的是喜悅的煩躁，彼此木然的坐在冷落的夜的小山坡上。靜默，靜默長長的壓服了他們，久久無言的投他們自己在靜默的冷風裡。偶然有什麼人經過，驚動了他們，她掙直了身子。她說：

「到底怎麼樣嘛！」

「什麼怎麼樣？」

「我說的你又不答應！」

「妳還是堅持要分開半年！算考驗我！」

「不，考驗自己。」

他側過身子，正視她，她像濛濛的霧一般，使他似乎已經不能清晰的看到她了，他疑惑的問自己——這就是他所愛的麼？

「不多想一下子嗎？我們現在不比平常？！」

「照你的意思？！」

「我？妳曾經不是答應我的。」

「可是，現在不可能呀！」

「那末，妳對我的愛是假的？」

「絕不，至少以前不。」

他低低的一聲嘆息。

「這半年你自由吧，只要你不結婚，不訂婚，什麼你都自由！」

「我是不會，只怕等妳半年，等來一張喜帖。」

「不會的，不過，真那樣也是沒有辦法的事！」

現在應了她的話，真的，那真是沒有辦法的事嗎？他急躁的撕開了那張喜柬，懷著敵意的衝動去尋找那男人的名字，但很快他又改變了主意，像在嘲笑他自己一樣的，放下了它，——反正是一個男人，管他誰呢？

但是他像被重重的挨了一記，暈沉從他頭頂上壓下來，他想排開一切，可是一切卻向他集攏來。啊！記憶這怪物完全控制了他，他覺得自己完全像被強力的擊了一般，窒息、緊迫、煩躁，拼合成一個「現在」。

他開始在辦公室踱著，一股不安在動，他的幾位同事看著他，誰也沒有即時說什麼，可是都意識到他身上正發生著事故，整個室內幾乎全部都靜止著，靜止中一陣尖銳而刺入的電話聲中，驚擾了他。

「是舒青嗎，我是美美呀！」

「啊……」

她，她，在挑戰嗎？可是，他該應戰嗎？他想。

「舒青，你不舒服嗎？」

「嗯。」看來她是興奮的，他似乎從電話中嗅著了她內心的笑意，猛然，一股不能被征服的情緒升了上來。他揚聲的說：

「我很好。」

「你來嗎？」

「……」

「我們很久以前就說過，如果你結婚，我做伴娘，如果我結婚，你要為我做什麼的？」

「我說過，那是很久很久以前的事吧！」

「是的，可能很久就不同嗎？」

「也許。」

「那是說你不來囉。」

「也許。」

「你逃避？可是我已經告訴他啦，他也很高興。」

「啊，讓我想想，讓我想想。」

他低低的反覆的說著，他想起大約兩年前他們正十分要好的時候，他應允在她婚禮上去作來賓致詞的，那時候，也許只是彼此帶著愛意的取笑，現在，現在她真的記起了這回事。又是一條痛苦的鞭子，又是一陣難堪的鞭笞。

「怎麼嘛！你好像很不高興。」

「不，我高興！」

「我能來看你嗎？什麼時候？」

「不了，任何時候都不必了吧！」

「你恨我，你在恨我！」

「不！」他鄭重的：「一點也不，真的，我為什麼要恨，為什麼呢？」

對方有片刻的沉靜，而後帶著一種重新裝飾過的笑聲，不在乎的說：

「那就好，那表示你付出的不多！」

「哈哈……」

他狂笑了起來，驚動了所有的人，吸住了所有的眼光，他沉沉的掛斷了電話。

二

他度過兩天混亂的日子，他反覆思索著，尼采說得好，他說：「女人恨什麼——恨男人的吸引力，恨它不夠強，不能一把就拖緊她！」他覺得他就是屬於吸引力不夠強的那一類，所以他不能獲得她。

在他想來，真是十分矛盾的，從她第一天出現到兩年後分開，他對唯一記憶的是：她是一個女人，她已盡過一個女人的本分了，現在連手不揚一下，就走進另一個男人的生活中。他在嘗試著失敗以外的一些意義，他為這些苦惱和懊喪。可是，兩天以後，他平靜的開始嘲笑自己，開始嘲笑那張喜柬，也嘲笑這個空間和時間所產生的氣息，隱隱的有一股力，支持他接受她的挑戰。

自然，他想到他該送一份禮，回到宿舍，他清出了很多的東西，每一樣顯示出曾經他對那女人的愛情，一種被割裂的痛楚，被分解的悽零，和被拋棄的陷落，覆蓋了一切。她留在這一室內零亂的記憶，他意識到那些笑靨、那些夢囈、那些纏綿，只不過是她一些快意滿足的符號，不等於什麼，什麼也不等於。

取下牆上的雙人照，他記得她掛上它的時候，說過：「一加一，等於一，就是愛情。」他理解的愛情，也是如此的，在數學公式上，永遠沒有恆等的感情，自然，當一加一，等於二的時候，一切就真的結束了。

他開始用鄙棄和諷笑，降低她在他心目中的地位，更用一種近乎侮辱的敵意，粉碎了她在這室內的形像。

「一個女人，一個女人而已！」

一種莫名的快感，安定了他；他開始清剪她留下的所有根子，除了那幀雙人放大照片，就是一些他為她準備的東西，一顆泰國藍寶石戒指，一件印度紗衣料，一襲法國式白色夜禮服的料子，兩顆私章，紅豆，照片，日記……每一樣都寫著她和他的過去的快樂，也寫著此刻的憂傷。

他決心灰化它們，使它們無形的消滅，他想用這些升起的烈火，燒烤著自己的生命；火的光焰，吞噬了他兩年多的心血，也吞滅了他的這段戀情。

正在這時候，房門被敲響著，出乎意外她走了進來。彼此都楞住了，一種無言的壓力，擴展開來，誰也不曾開口，等她發現他正在做什麼的時候，她像被刺中了似的，淡淡的說：

「這表示不恨？！」

「什麼也不表示，一個愚笨的結束罷了。」

「為什麼要這樣結束？」

「為什麼會那樣開始！」

一陣難堪的沉寂，使他停止了他的工作，火仍然很旺的閃動著光，火的中心，那一片紅，像淤積了的血塊，哽在他心上。他明白像這種的事，開始和結束，總是偶然的，不偶然的只有他或者她的加色的故事，掩蓋原有一切。

這就是愛情嚒？也許她和他一樣的想到了這些，她略現感傷的說：

「我早說過，我會對不起你的。」

「是嗎？」他裝做極不在乎的應著，他記得她曾經約他到碧潭，坐在新店溪下游的大卵石上，哭泣著說過那樣，他記得他陪著她淌過眼淚。當時，他是不在意的，勸她不要管他。此刻她挑起那一片記憶，像在這火焰中投下更多助燃的東西，炙痛了他抑制住了的激動的心。他笑了起來，從那笑聲使她分辨出這一刻他有多深的敵意。

「原諒我，」

他不再說什麼了，她卻不能放鬆他：

「你會來嗎？」

「……」

「你會來的，我了解你，你是打不倒的，你知道我從來也沒想要打倒你。」

他轉過臉，正視著她，像要把一切鄙夷都從一瞬間投出去。然後，很鄭重的說：

「妳有事？」

「當然。」

「請講——」

「你能先平靜下來嗎？」她說：「我找你要拿一樣東西，你答應嗎？」

「你的什麼通拿走，通拿走！」

「那對私章——」

「啊——不是刻好了嗎？」

「我知道，可以磨掉。」

「磨得掉嗎？嘿嘿，真磨得掉嗎？」

「這是家人留給我的，你知道我正用得著它們。」她說著，壓低自己的頭，聲音漸漸的低沉下去，接著又說：「磨得掉的，刻上你的名章以前，不是磨過一次嗎？」

啊，一切都明白了，他記起那一個名字，那名字不正是喜柬上的她右首的那一個人嗎？一股被愚弄的氣憤猛升起來，他，走近她，逼視她，用力的捏住了她的雙肩，帶著無限的衝動急速的搖晃著。而後，驟然的停止，像一隻鬥敗的雄鷄，軟弱的後退、後退，轉過他的臉，發出輕微的囈語般的聲音：

「拿走吧，祝福你！」

她想向他移近一些，可是他背著身子，用手制止了她。

「走吧，帶走一切！帶走你曾留下的任何東西。」

「可是——」

「不要說了，妳走吧。」

她走了，他用力的挑動那一把火，投進了所有的東西，火再一次升起來，他直覺得一個可怕的記憶，給燒完了，燒死了，一切都灰化了……

三

是的，一切都燒死了，可是燒不掉潛進他心的憤恨，他決定參加她的婚禮，他要站直著身子，走進那禮堂。

「你！不用驕傲——」他繼續想著：「不能讓他驕傲——」

他記得她曾經對他說：

「你不覺得驕傲嗎？有我在你身邊。」

「我不敢驕傲。」

「為什麼？」她把所有的被子捲走了，讓清涼的風，清洗他過於溫暖的身軀，她緊逼著他：「除非你不是真愛！」

「只是太真了，真得叫我自己也懷疑。」

怎麼能不懷疑呢？她闖進他的生活是如此偶然，如此帶著傳奇的色彩，傳奇得叫他不敢用「一見鍾情」那一類的字彙來形容什麼。

兩年前，一個初春的下午，一陣急驟的門鈴，一陣急促的步子，一陣柔和的笑聲，他單身宿舍的門口，突然出現了三個很年輕的女子，兩個穿著淡藍旗袍裙的女孩子搶著說是推銷清潔劑的，說著輕輕推門進來，另一個穿著一件紅毛衣，鵝黃色裙子的默默的尾隨著，手上抱著一兩冊什麼洋裝書。當她走進來，發現室內床鋪、桌椅、和零亂的書架，顯然有些窘。但是，她們是純商業理由闖進來的，自然一切話頭都繞著那種什麼清潔劑。

他請她們坐下，答應買一份，但是請她們中止那種宣傳，而後，他好奇的近乎訪問的和她們閒聊起來。

「這淡藍色旗袍裙是公司的制服？」

「是。」

「那她呢？」

「我不是她們公司的。」一個柔和的回答。

「她是大學生，跟著我們做什麼調查的。」另外一個搶著說。

「是嗎？工商調查？」

「嗯。」

「學工商管理？」

「嗯！」

幾分鐘以後，兩名推銷員開始在室內活動起來，他書架上的書，似乎吸引了她們，但是，當她們發現書桌鋪滿了稿紙的時候，她們驚叫起來。

「你是作家？」

他搖搖頭。

「你叫什麼名字？」

「沒有名字——」

她們唸著書架所有臺灣作家的名字，希望猜到他是其中的一個，最後還是另一個輕柔的聲音加入，才算轉移了她們的興趣。她問：

「小說？」

「嗯。」

「我可以看看？」

「也許不久妳會看到的，也許，那時候妳只因為今天，就會喜歡它的。人最大的美德是念舊，有時候，偶然的一個際遇，會影響一個人的一生！」

她傾聽著，而後小心翻開了那疊原稿的首頁，看了一會，對他——又像在自語的說：

「我等那一天。」

她們走了，一切又平靜了，他的心上略略加多了一些負擔，不知道是對一個等待的讀者，還是對那初春偶現的一點紅色的眷戀。他加速度完成了它，推出了它，它終於和讀者見面了，他像完成了什麼巨大的工程那樣，有一些喜悅，在那喜悅中，他潛意識的對那個偶然出現又偶然消失的人，有一種感激，他相信是她的暗示，提高了他的創作。

沒幾天，報社的主編轉來了一些信，最使他興奮的是她的那一封，簡單的只有幾句話，在他心上激起波紋卻在一圈又一圈的擴大，他讀著：

「懷著等待的喜悅迎著它，迎接一個陌生而又熟悉的朋友，我從你的靈性的結構中，分析了你，分析了那天下午，也分析了它和它發出來熱量，我要親自告訴你，有這個機會嗎？」

機會，機會在共同的安排中，成了一個最平常的藉口，她製造了它，他握住了它，他們自然的走近，走近，一段極短暫的時間，他和她像在一種奇異的命運之神的支使下纏得很緊很緊；緊得叫他們自己也有些不解，他們也曾彼此的討論過。

「我愛了你的那一點靈性。」

「我愛了妳那一點純真。」

這就是理由，這就是使一個人和另一個人在一起生活的理由，他們的足跡從南到北，從東到西，他們的笑聲也在各個角落飄撒著。這種的生活，超越了年齡、性向和興趣，使人沉落和昇華，忘了過去，忘了將來，現在也只是一種快步子的消度。直到有一天，他發現她偷偷哭泣，他才從快樂的陷阱裡掙扎著站起來，一切都變了樣，他記得她曾經肯定的說：

「我不是騙你，我對你再也好不起來。」

「為什麼？」

「不一定要為什麼的，我對你好的時候，你問過為什麼嗎？一樣的，不為什麼，真的，我只是覺得就是了。」

他像被猛獸噬傷了，他覺得這一切都只有在舞台上才能觀賞的，多真，多像一齣戲，他近乎戲弄自己的想著：

「我看來很有演戲的天才了。」

他在疑惑，憂慮和不安中，消受了一串日子，他把她的變著成「小姐脾氣」，看作周期性的壞情緒，他忍受著，等待著。一直到半年以前，她和他決定分開半年的那時候，甚至在半年後，那個人的紅喜柬沒來以前，他仍然是在等待，等待一個偶然的轉變。

半年以前，她說：

「你是需要一個家的人，你需要一個好女人。」

「妳什麼都好呀——」

「不，我不甘心，我不甘心就結婚。」

「你再要等機會，等一個金礦。」

「不，我認為你就是金礦，可是我不會開採。」她說著，帶著感傷的說：「有些事情，說也說不明白的。」

真的，人們如果什麼都明白，像各型的機械，作著功，發著能，也就沒有什麼意義了，人生，正因為有各種不明不白的困惑，就有各種迷迷糊糊的追尋，才能有各種奇奇特特的發現。他平靜的想著，想著，他發現了一種巧合，她出現的時候，是一件紅毛衣，他離開的時候，是一紙紅喜柬，那紅色，像火一般的，燒起來，一切就歸於無了。虛無而濛濛的感情，中止在此刻。

而後，他懷著一種局外人的心境，走出去，他像平常出席別人的婚禮一樣，走進那間禮堂。

四

終於，他走進了那禮堂，迎面一個閃著紅光的大喜字，正敵視著他；四周牆壁上的幛聯，也像拉長了臉那樣的斥排他；那些樂手們吹打的噪音，更像無數的訕笑包圍了他。

投身於這樣一個不和諧的場所，他有些失悔，有些難堪，可是這些難堪和失悔，卻也鼓勵了他。一種不能敗陣的慾望，在他血液中擴散，化成了無限的傲慢，促使他走進了人群。

婚禮是開始了，緩慢的音樂引出了新郎……新娘，他在迷惘中開始陷落，曾經，不，就在半年前，她曾經許過他的，如果交換一個情況，今天的新郎是他……不！他強制的殺死了可能復活的他對她的感情。

程序繼續的滑過，在冗長的證婚人介紹人的致詞之後，他清楚的聽到司儀在叫喊著「來賓致詞」了。他站起來，沉重而莊嚴的向前走去，他看到所有賓客的眼光都投向他，他形成了此一刻的全場的焦點。

他走上了喜台，微微的鞠躬，司儀不知在誰的指示下，補充著說：「請作家舒青先生致詞。」

司儀的話使混亂和喧噪的禮堂，稍稍的沉靜了一些，他再度的鞠躬，展示了他的風度，而緩緩的說：

「最近有一部電影說了兩句有意思的話：『上帝關了這扇門，就開了那扇窗子』。今天，我應該說，關了那扇窗子，開了這扇門。」

全場的人群，從靜止開始騷動，竊竊私議的聲音，轉變成喧嘩了，他覺得自己的要表達的心思，快要被漸漸升起的混亂吞沒了，於是，他靜止了片刻，再提高了自己的音調，繼續他的演出：

「記得有人說過：『女人最大的野心，就是征服男人；男人最大的快樂，就是鞭笞女人。』因此在愛情的戰場上，永遠沒有勝利，誰也不可能絕對勝利。可是，卻有的是尋求幸福的人。」

他微微的低了一下頭，他的眼睛猛的接觸一種奇異的光亮，他接住了那一線光，沿著那點光，他看到橫列在他前端的矇矇的身影。這時候，他發現她正視著，仍然如此柔和，如此平靜，就在這一瞬間，他截斷了他預備好的一席話，改變了他的主意，於是，他說：

「所以，我們要祝福那些尋求幸福的人，也要祝福所有的愛的結合，不是為了勝利——」

一陣掌聲掩蓋了一切，幾乎也掩蓋了他自己沉深的憂傷，他從走下台時，昨天以前的一切，似乎和他完全分割開了，一股傷痛後的喜悅，把他救了出來。

而後是主婚人致謝詞，一位老律師，揭開了一個謎，再度的使他不安，他聽得十分真切，那老人激動的聲音，扣住了他。

「這兩個孩子終於結合了，我了了一件心願，我受兩家的負託已經二十年，二十年的時間一切都變了，使兩個孩子長成了，可也使我對他們兩家的思念加深了。在我們家鄉陷落的時候，兩家負託我一筆很大數目的錢，刻就了這兩枚私章，限定婚姻成立以後，才能使用，現在這筆錢我要交給他們，了我一樁心事。……」

老人繼續的唸了一些什麼文件，他不想再聽下去，這一切已經夠了，已經夠使他悔恨，使他不平，他是被打倒了，被錢臭打倒了。懷著復活了的憤怒，他走出來，投向神經錯亂的街心，把她，把一切都拋在後面，拋向罪惡的深淵。

五

第三天，他接一封陌生人的來信，他撕開它，懇切的語句，帶著一個青年人的誠懇，消弭了他的敵意，他不是別人，正是昨天的新郎，那個從他臂彎裡搶走那隻纖細手臂的人：

「舒青先生：我不知道怎麼說才好，我只能懷著自私的懺悔，請您原諒。

您知道我和美美，從小一起長大，我們都沒有親人，只有陳律師這個父執。二十年來，我們一直只有那種依戀，不是愛，我們曾一起記憶小泥人的故事，童話和其他叫人難忘的過去。一直到您在她生活裡出現，她完全變了，她同我談起過她的改變，談起過您，當她談起您的時候，她的眼神閃著光亮，她的面容泛起春風，我知道那是愛，那是一種相知和了解的記號，我曾經羨慕過您，妒恨過您！

可是，直到有一天，也許是命運在作弄吧，我一直在失業和不安的泥濘中抗爭的時候，最後，我只有求她，求她幫助我，她堅持不肯，她讓我等她半年，也許是憐憫，也許是女人的母性，也許是我們從小所聯起的那一些淡淡的依戀，她答應了我，答應滿足關注我們的唯一的老人的心願，走進了那禮堂。

昨天，我懷著羞愧的喜悅，到今天，喜悅漸漸的淡了，羞愧控制了我的每一個思緒，誠如您說的愛情的戰場，沒有勝利。因為，她一直念著您，而且為您而落淚，您可以想到一個落淚的新娘的情緒的？我求您原諒，請您賜給她安定和關注，我求您——」

又是波瀾，又是夢，為什麼有這許多的事情，牽連在一起，剪不斷也理不清，他看著那扇關著的窗子，卻看不見那扇開了的門。

（原載一九六七年四月三十日《民族晚報》「名家小說版」）

繩子和網

也不知道看過多少次錶，從午夜兩點差十分，他扶著妻進入這家醫院，時間一秒一分的過去，他起先是興奮期盼，而後是緊張，終於累積成了一種憂慮。

從診察室通過一道白色的長廊是待產室，待產室接鄰著的是產房，這深夜的幾個小時，他一直困在這個空間，他妻是今夜唯一的待產者，除了一位護士小姐忙上忙下，就是他們夫妻倆。

他陪侍在待產室裡，妻劇烈的陣痛，發出的尖叫迴盪在這局限了的空間；陣痛稍停，妻就娓娓的叮嚀，從他這幾天的生活安排到待出生的孩子，她都惦念著，他拉著她的手，一切也由著她，有時候還會湊上兩句，在她的滿足中加注更濃一些的愛汁。

他們的談話，總是因她內中的絞痛而中斷，後來是一陣緊似一陣，那種快樂中的淒涼，一次又一次的刺痛著他。

「護士小姐，快請吳大夫！」

「還早啊，指定吳大夫，他準會來。」

「可是——」

「你第一次做爸爸？」

他點了點頭，護士小姐帶著幾分揶揄的打量著他，輕巧自然的笑著說：

「第一次做爸爸的人全緊張，有人比你還緊張啊！」她再加重語氣的說：「再多等一個時辰呀，說不定是一個偉大人物誕生，時辰不同、命不一樣啊！」

他從她那職業性的笑容中，接納了些許的寧靜，可是只要聽到他妻的叫嚷，他又會立即慌亂，用無助的眼神瞅著那位護士小姐。

不知又等了多少時候，護士小姐也被瞅得沒了主張，好幾回走進待產室，這摸摸，那按按，而後叫他迴避，忙了一陣以後，很平靜的告訴他：

「還早咧！才開兩指。」

就這樣，妻在待產室裡呻吟痛叫，他也在緊張中期待；他強制自己靜下來，將自己的思緒拉向一年以前，他曾經一再認定自己是一隻漂鳥，命中注定了要作無盡的漂泊。

誰也沒有想到倦鳥有知還的時候，他和她在偶然中會見，偶然中交往，原沒有想到婚姻會網著他。

他認識她的時候，他已經四十邊緣，她才二十三；他滿臉風霜，她青春明豔；他粗獷野性，她純良柔弱；那段日子，他每次見到她，總會理出一串又一串對比的問題，他結婚意念來的十分強烈，大概不到一個月，他就認準了要娶她。

「有一個流浪漢，他多方面都窮，沒有地位、沒有錢，個性很壞，有時候還是一個酒徒，可是他想結婚——」

「他可以去找一個不在乎這些的人呀！」

「不容易啊！」

「總不會絕對沒有吧！」

「他不願意再談什麼戀愛了，就是想結婚！」

「受過傷，看到繩子都會怕是蛇？」

「他不相信戀愛這碼子事了。」

「不相信有戀愛，怎麼可以相信有婚姻？」

「他在尋找相同信仰的人，他找到了！」

「找著了？很自信？」

他微微地點頭，而後將目光的焦點，凝聚在她的臉上，像細細地閱讀哲學的一個小章節，追索著一個未可知答案。

然而，大出他的意料，她竟是平平靜靜的，從迷惘中得到了清明的啟發。

「她該如何呢？」

「寫信向父母親請願！」

「說她認識了一個結婚狂，她被他卯上了，逃不掉？」

他輕巧的笑著，回給她驚喜的凝望，在互相的凝望和搜尋中，竟然快速的成就了他們的婚事。

「張太太好像快啦！」她向吳大夫報告。

妻的再一聲尖叫，拉他回到現實，他趕到護理室，護士小姐正在和吳大夫通話。

「……」

「陣痛加快，開了三指。」

「……」

「好，我先準備。」

他放下話筒，快節奏的走向待產室。

「大概快了，吳大夫馬上來。」

另一隻手輕輕地拍著她，像要傳給她足夠的信心，而後向護士小姐投以感激的目光。

「要送她進去準備，還有很多事情要做。」

護士小姐扶著妻進產房，他幫著她，這一刻起，產房那道門將他排拒在外面，他心上再度升起了已經平伏了的緊張！

此刻，他成這白色長廊中唯一的期待著，過度的靜，增加了一種無形壓力。

「流浪漢會喜歡小孩嗎？」這是妻的老問題，每次產前散步，她總唸著。

「小孩會是另一根繩子，牽住他！」

「那另一根繩子是什麼？」

「是他小可愛的妻子，抑制了躍動漂泊的願望。」

「倦了？」

「婚姻建造了生命的港灣，沒想到他停泊以後，竟然平復了野心。」

「她不願是一條繩子，她也不願孩子會是！除了繩子，不會沒有別的？」

愛的索鍊，絞緊了他和她這一年的日子，就在今天，他們中間要增加一名新客，誰說他不是一條小小的繩子，還沒有出生就這麼牽緊了他。

這時候吳大夫來了，匆匆走到他面前，輕輕在他肩上拍了兩下，這位因妻看病而認識的朋友，就這樣安慰著他，而後迅急地走進了產房。

天已漸漸平明，灰暗的光亮，從白色長廊的另一頭的窗戶中，刺了進來。這一點光給了他強烈的暗示，他走近那窗戶。

瓦築中夾雜著一棟古舊的磚瓦房，將他引到了三十年前，他們兄弟輩中第一個孩子出生那一天的往事繞著他；神龕前燈燭搖紅，香烟繚繞，他娘虔誠的跪著，默默的祈禱；她在幾十年寡居中養大了一羣孩子，在那第三代又要出生的時刻，她向先人們祈福，也向先人們呈獻著她的母性的成就。

他記不清他三哥三嫂的孩子出生的過程，他只知道是娘自己接的生，很順當的，母子平安。那幾天喜悅和滿足，充實著這個不富足的鄉下農家；他最難忘的是娘多皺紋的臉上閃動著的慈愛光輝。

他猛然覺得此刻他最需要的是他娘親的祈福，窗戶的天地漸漸的小了，那古老的房子也漸漸的從窗沿中褪出，此刻他只能仰望灰白的天空，以及偶然飄過的幾朵雲絮，這才意識到他自己已經跪落在那窗前，窗沿變成了神龕，無形的香燭早已在他心上燃起。

「娘，請接納一個小生命，給他平安吧！」

他默默的禱念著，沒有別的誓願。他想到他孑然一身漂泊在外，匆匆一別就是三十年啊！鄉間的往事只存了依稀的記憶，只有一頁簡要的家譜，卻像鑄刻著的那樣，留在他心上。

禱念中他升起了新的喜悅，一股遲來的馨香，使他翻開心頁上的家譜，他將要有所呈獻，在家譜中緊附在他後面的又將多佔那麼短短的一行啊！

從這短短的一行，想起他正在受難的妻子。看看錶，已經七點過一刻。他正要起來的時候，一隻手輕拍著他：

「你怎麼啦？」是吳大夫。

「我太太？」答非所問的站立起來，拉緊了吳大夫的手：「已經來了五個多鐘頭了。」

「破水了，好像孩子太大了，生不出來，再等等看！」

「會不會出問題？」

「等等看吧！」吳大夫說：「你放輕鬆一點，你太太要我告訴你，到外面去吃點東西。」

他妻在撕皮裂肉的痛苦掙扎中捎來的話，成了天使的音籟，像他這樣的流浪漢，領有的真的是太多了。於是他又想起前一刻的默禱，終覺有一個慈愛之神伸出溫情的手，呵護著他，攫除了他野性的劣根，注入新的元素。而神的意旨，全藉著他妻的純良得以應驗。

他依著她的囑咐，走出醫院；在小攤上胡亂吃了點東西。

「老張，晚上來八圈。」他想起昨天下班時刻的一件事。

「不，她這幾天是預產期。」

「又不是你生孩子，能幫她生？」

「總該有個照應呀。」

「我四個孩子，三個是我在牌桌上出生的，頭胎我到醫院去陪，結果窮緊張，以後呀，乾脆把她交給醫生和護士！」

「大嫂情願！」

「她說我到醫院，反而成了她的累贅！」

「真有你們的，鮮啊！」

他算是體會了這種緊張，的確他此刻真的不能分擔什麼，妻真的交給了醫生，醫生是她此刻的命運之神。

他再回到醫院時，那道白色長廊上，開始有了新客人。他從她們圓滾的肚皮和浮浮的臉龐上，像讀著一冊又一冊描繪母性的書，平和、安祥和滿足，給了他很深的感受，自從妻懷孕以後，他就在這種感受中，和妻共有著平安而歡愉的時光。

已經快九點，他總覺產房的門，使他們共有的平安和歡愉，分裂成了兩個世界。他雖然聽不到淒厲的哀叫，但可以感受，煎熬了七八個小時，她的苦楚是可以想見。

產房的門終於開了，他帶著欣喜猛向前一衝，出來的是那焦慮和疲累的護士，他近乎失態地拉著她，她像不曾發現他此刻的慌亂，平淡的說：

「你太太找你，大夫特別通融，准你進去一下。」而後帶著命令的口吻補充著：

「要安靜啊！」

進了產房，走近產台，全是血，很快地他聯想起血肉模糊那句話，他心已經亂了，驚恐使他變得癡呆，護士拿一條白巾護蓋著他妻，讓他更走近一些，妻仍在絞痛，只憑著一種低低的呻吟，傳達她的苦楚。看他進去，慘白的臉上滾動著淚珠，他連忙拉著她的手，強收著自己的淚泉。

「我，我好苦啊！」

「……」

「我好害怕。」

「別怕，時辰沒到吧，相信大夫！」

「我只怕——你怎麼辦啊，你什麼都不會，連煤氣都不會開，沒有我，你怎麼辦啊！」

「傻，沒有事的，不會有事的！」

「我想給你一條小繩子，沒有想到，想一條心愛的小繩子這麼難！」

他再也無法忍受地陪著她流淚，他內心開始和命運抗爭，他立即變成宿命論者，回顧自己生命的過去，追索因果，又聯想起晨間的默禱，於是他信心十足告訴她：

「別怕，妳一定會給我一條可愛的小小的繩子，妳想著他，他會要多可愛就有多可愛！」

「會嗎？」

她由低吟轉成了嚎哭，一陣劇烈的絞痛，嚎哭變成了尖叫。這時候吳大夫示意叫他出去。

「讓我再試試。」

走出產房，他也軟弱起來，拖著無助的步子，走向那座窗前，那時候陽光正盛，使他升起了暖暖的感覺，從暖暖的陽光下，他又尋覓到了新的信念。

沒多久，吳大夫來找他。

「胎心轉弱，恐怕不能自然生產。」

「胎心弱？」

「胎心再弱下去，孩子難保，大人也危險。」

「那怎麼辦？」

「手術！」

「手術？怎麼早沒有想到。」

「我們醫生總希望自然生產啊！」

「那就請快！讓她平安！」

吳大夫急速趕向產房，就在吳大夫轉身那一刻，他立刻發現他的決定對未出生的孩子有了罪惡感，他追了過去，叫住了吳大夫：

「我希望母子平安！母子平安！」

吳大夫習慣地輕怕了他兩下，走進了產房。

他再度跌進了焦慮中，他想到妻在待產時失血太多，現在又動手術，加上她本來柔弱的身子，他立刻想輸血，他找到檢驗室，查查自己的血，又到血庫去打聽輸血的情況，等跑完幾個地方，再回到那白色長廊的時候，一位義大利的修女護士，從產房出來，她抱著一個產包走近他。

「一個男孩子！」

「是我的孩子？」

「很好，很大。」她邊說邊走，他跟著她。

「我太太？」

「也很好，她要休息一下。」

啊！他淚泉的閘門敞開了，無法控制地哭了起來，急速奔向那窗前，凝望著雲天深處，他癡癡地默默地謝著恩。

「先人們，您成就一個小母親，您收領一個流浪漢啊，他們想一條小小的繩子，您就慷慨地成全了他們。」

大概半個小時，護士小姐慢慢推出他妻，他迎了上去，也緩緩地跟著，他看到他妻失血的臉上泛起了一層滿足，她說：

「你看到娃娃了嗎？」

他點著頭，眼光中注滿了全心的感激；她淡淡的笑著，她的笑真是再美也沒有了。床慢慢地推動，他緩緩地跟著。

他感到他柔弱的妻，一夕之間已完全成熟，啊，造物者給天下的女人最偉大的愛的使命，就是讓她們做母親，直到此刻他才明白，為什麼她說她不是一條繩子，孩子也不是，因為母親的愛是網狀的，網住一切，對流浪漢也不例外。

（原載一九七七年十二月三十日《中華日報》副刊）

情人

一

他有些變了，呆呆地坐在辦公室的一角，默默地想著自己的過去。

電話鈴響了，他聽到傳令在叫他，他沒有動，他不再關心那些電話，他不願意再跟她扯下去，簡直在恨她，恨得很澈底的。

「沒有女人一樣的活得很好，」他想，而後又告訴自己：「寂寞一些，有什麼了不起。」他是一個能承受寂寞的人，但是他實在寂寞得發慌，事實上不能再讓步，他想到這裡，猛的站了起來，拿起電話機，簡單的說：

「不在！」

真見鬼，他自己都有些可笑了，等他再落坐的時候，好像很多臉譜，很多眼色，一把一把纏緊了的情緒，向他圍攏來，他瞅著窗外的遠山，幾朵白雲正好掠過，這八年，不就像雲一樣，浮著、飄動……。

她，方淑媛，曾經給他的生命增添過彩色的女人，再一次出現在他的視野裡，他曾經發誓要忘了她的，現在她好像有意在刁難他，而她呢，也知道他對她還不壞，不然怎麼他會這樣恨她，愛和恨的界限近得只隔一條線，她都三十歲的人，有甚麼不懂，何況她是學心理學的。

這時候，辦公室的門開了，一個風姿高雅的女客人出現了，辦公室的每一個人，都很驚異的看著她向他走去，她說：

「啟強，這算不在嗎？」

她逼近了他，輕輕的在他身邊坐下來，用那雙靈活的眼睛，向他多掃了幾眼，繼續的說：

「就是不願再見我，也要有一點君子風度；剛才我在樓下會客室給你電話，清楚聽出你的聲音。」而後她搖搖頭，站起來向門外走去，他先是失神的坐在那裡，接著他跟著站起來，他聽到她的聲音又一次逼著他：

「下午六點，我在朝陽樓等你！你會來嗎，我等你。」

說著，她閃出了辦公室，那聲音重重地拍擊著他紊亂的心湖，他情急的跟了出去，可是，她那熟悉的背影，已經在長廊上消失了。

二

一下午，汪啟強的心緒一直沒有平靜過，不時的看著錶，他想不去，不理她，但是他又想去，看她究竟是什麼意思。

等到五點十五分，他再也忍耐不住了，他走去辦公室，彳亍在行人道上，過去的沉澱了的記憶，又翻新了。

八年以前，金門九三砲戰的時候，那時候他在前線，過著一種極其奇異的生活，每天聽砲聲，看海，想打仗，生命中一切玄妙的意義，都單純而簡化了，那時候他當連長，一天到晚和一百多弟兄在一起，經營著這一線與他們的生命和榮耀接連著的陣地。

他知道英雄都是從戰場上產生的，他常說：光榮是一個抽象名詞，誰能把它變成事實，誰就成功了。因為這樣，他的理想鼓勵他和他的夥伴，使他們獲得從未有的興奮和快樂。

當他生活最愉快的階段，方淑媛在他的生命中出現了，那年她還在大三讀書，跟著軍中服務隊到了前方，他爽朗的個性和英雄的理念，贏得她的讚美，她覺得像他這樣的年青的軍人，是值得鼓勵的。

在前方的聚會是短暫的，他們在一起走過，聊過，可是，他們極平凡的度過了那兩個星期珍貴的光陰；雖然這樣，他真實的知道自己在喜歡她，他送她上船回來，就發出他的第一封信，而後每天每天，他把他誠摯的祝福都寄給她了，他的文字寫滿了她青春的花環，寫滿了她生命的空白，她自然也關切他，想念他。

那段時間，他把一切的成功都獻給她，他做任何一件事情，她的影子都跟著他，不論遇到什麼困難，只要一想到她，那些困難就不存在了。而她的每一封信，也都能激起他心海裡波濤起伏，他沉醉在那些經過少女編織的夢境裡，每一個片刻，他都想到她，深恐自己會辜負她。

那時候，很多朋友都笑他，說他給愛火燒熟了，事實上他不但得到一個少女的心，而且更加獲得上級的信任，淑媛大學畢業那年，他已經是一位風頭最健的年輕營長了，而且得到了不少的勛獎，他把勛獎寄給她，他希望她戴方帽子的時候，也戴上它，她自然是照著做了，而且拍了照，寄給他。就在這時候，他得到了她要出國的消息，他從金門趕回來送她。

「恭喜妳！」他見到她，她比兩年以前更加豐滿，更加美了，從她身上散發的青春的火燄，使這位烽火中人，有些目眩眼呆了。

「應該恭喜你，你把光榮變成事實呢。」她輕盈一笑，而後他們一起玩得很快樂，把真摯的關切，代替了一些時髦的情呀愛呀的，雖然是離別，但卻是這麼的快樂與和諧。

她走的前一天，她對他說：

「啟強！向前進，光榮在你前面，而我，會永遠在你後邊的！」

他信了她，他知道她是真實的；他們之間的距離是這樣的遠，他覺得他們的心是這麼的近，從美國西海岸來的信，仍然是那麼多，那麼的有份量，那許多筆墨，他像看到自己火熱的希望。於是，他想到他要努力，不能這樣平庸的獲得一個高貴女皇的愛，有時候，他指著自己問：你能娶一位博士妻子嗎？！

「英雄事業在戰場。」他回答自己。

離開淑媛四年以後，他看著自己變為國軍上校，變成頂尖兒的年輕團長，這時候，他開始日夜渴望她回來，她說過，她永遠在他後邊的。他記得她好像已經二十八歲了，而他自己也三十四五了，他需要有一個家，他需要在人生的戰場上也獲得勝利。

終於，他得到她回來的消息，報紙上也有些讚美她的篇幅，說她是年輕的女博士，他高興得拿著報紙打轉，博士，一個多高潔的名字，終於和自己發生了關連，報紙上發表她對心理學的成就，他一字一字細細地咀嚼，像要從這些文字裡面擠出一些甚麼一樣。

她回來那天，他駕著吉普到松山國際機場，他到得很早，離班機到達的時間，早了兩小時，這兩小時比起過去的四年時間，似乎長得多；他把自己的服飾整理很挺，那三排發光的勛標，襯著這位年輕上校的驕傲，他以為這些都是淑媛給他的、現在，他要讓她第一眼就看到，讓她分享一些光榮和驕傲。

他又想著：他們認識差不多七年，見面的時間少得可憐，雖然彼此保存了一些照片，但是，照像和實物總是有些差別的，她是不是變了一些，他記得她是很纖細的，呈現給人的是一種靜態美，她文質而高雅，那智慧而明亮的眼睛，顯示出她是有深度的，而現在，她已經是了不起年輕的心理學博士了。她的模樣是不是變成女學究了呢？思想的線越拉越長，很多很多情緒的蛇，咬亂了他。

就在這時候，汎美航空公司的班機，平穩的降落了，自然他選了最好的歡迎她的位置，他看見她徐徐地走下扶梯，看見她身後有一個瘦削的帶眼鏡的男子扶著，看著他們走近，他，這時候，不知所以了，也許是留學生們「Lady First」的洋規矩吧！他想。

「淑媛！」他忍不住的叫了起來。

「啟強！」他看見她離開那個帶眼鏡的男子，向自己跑來，她握緊了他的手，彼此凝視了一些時候，他們想說什麼，誰也沒有開口，這時候，那個帶眼鏡的男人，向他們走來。

「喂！光化來，我給你介紹，這位就是我常常同你談起的汪啟強，我們未來的將軍！」他聽到淑媛悅耳的聲音：「他是余光化，你叫他光化好了！」

「啊，余先生，歡迎你們回來！」他客套著。

「謝謝！」眼鏡先生說：「淑媛一直惦記你，以後，請常到我們家來玩！」

他呆了一陣，他們家？他是誰？不可能？他自己掙扎著告訴自己。

「怎麼，你們都呆在這裡幹嘛？光化，去找行李呀！」余光化走了，他和她相對著，他想問她，她也看出他在發急，她知道他在愛她，她也有些矛盾，她看到這個健壯而英俊的男人，這幾年一直和她的生活關連著，她也滿意他這幾年不凡的成就。

「他？」他言而又止，他給疑慮罩住了，他不能不解開它，但他不能像在戰場一樣冷靜。

「是的，他是……」

他像看到自己多年植養一株花，給風暴捲斷了一樣，呆看著她，他不再說話了，他感到一切都是多餘的，他低下頭來，那些發亮的勛標，似是在笑他，一切都結束了。

「啟強，你以後會了解的。」方淑媛說：「英雄有淚不輕彈，我想念你以前的爽朗，不要讓陰雲遮蓋你。」

「妳就是我生命的陰雲，我……。」

「我知道，你的一切我全明白。」

她明白，哈哈？她明白什麼呢？他想。

「博士？你明白嗎？」

這時候，他厭惡的眼鏡鬼來了，說已經叫了計程車，要她上車，啟強故意地看了他一眼。他想：

「一個瘦鬼，近視，病夫，有什麼了不起！」

「啟強，走呀！」她催他一道走。

「不啦，我開了車來的。」他英雄的個性猛然抬頭：「再見啦，博士們。」

他的車超越了他們，他不願看到她了，他發誓不見這女人，不拆這女人的信，不接她的電話，他要忘記她，但是，那又多麼的不可能，她像他的影子，他到那裡跟到那裡。

這一年多，他像在靜養，很少笑，很少外出，常常呆坐著，她來過信，找過他，但是，他堅持自己，要把她的影子從他身邊趕走。

然而，她卻是這樣的緊跟著他！

三

到朝陽樓，才五點四十，可是她已經等在那裡。她看見他進來，站了起來：

「我知道你會來的。」她說著拉他坐下。

他細細看著她，像要從她身上揭開什麼一樣的，他的心裡猛然一亮，她竟是如此的沒有變，和從前一樣，想到從前，他的心碎了。

「博士，你不能放過我嗎？是不是要我進你的實驗室？」他在挑釁了，他接著說：「你的博士論文是寫我嗎？」

她忍耐著，聽他的每一句話，毫無反抗的看著他，她覺得，他是一位了不起的軍人，她仍然要鼓勵他！不管他對自己怎麼樣想。

「啟強，可以輕鬆一些嗎？」她說：「我已經等了一年多了，只為要和你見一次面，今天，你既然給了我機會，就不必這樣逼我。」

她的話，使他有些不安，同時，他記起他今天來的目的，是要找回一個答案，而且他想到一個三十六七歲的男人，不能像毛頭小伙子對愛情的判別。

於是，靜坐下來，聽她說了許多她在國外的故事，喝了杯濃咖啡，偶然他也說一兩句話。但她怎麼也不提起那個眼鏡鬼，以及他們的事，他也沒有問起，雖然他是這樣的想知道。

大約坐了個把時辰，她站起來，遞給他一包東西，她說：

「這些是你給我的信，都在這裡，每年訂成一冊，每一冊第一頁都有我的感想，你拿去看看，以後再說吧！」

「妳……」

他不知道她的用心，但是，他知道這些信是他的青春的積累，另一方面，從她如此珍藏這些信件，他似乎對她原諒了一些。

她走了，他沒有遠送她，他急切的需要了解，這些信的第一頁，會是些什麼？

四

夜很靜，他獨坐在辦公室的一角。揭開她留下的紙包，很精緻的七冊燙金封面，寫滿他的誠摯的戀情，他翻開第一冊，他看到他自己的照片，下面寫著：

「他很年輕，很有志氣，充滿著英雄的夢，但是他很孤單。

我開始一種嘗試，用至誠的友情，激勵他，使他成功，希望將光榮變成事實的人，祝福你。」

他想起前線的相遇，以及青年氣盛的自己；他再翻開第二冊；又是一張他的照片：

「我真高興，他一點也不像時下一些青年人，他的每一個字都真摯、穩健，一點也不浮滑。

如果，我不是早有婚約，我會愛他嗎？真不敢想；他和光化比起來，真是兩個極致。

光化反對我跟他來往，雖然，我們別後不曾見面；光化怕我會給他爭了去，他不肯先出國，說要等我一起走，我覺得他沒有啟強爽朗，也難怪，學工程的人比較死心眼。

為什麼一個訂了婚女人，就沒有鼓勵人的權利！」

他看到這裡，緊抱著那冊信，像把淑媛抱緊了一樣，她是這樣一個可愛女人，我不怪錯了她嗎，他想。他再看下去！好像是第六冊吧？他看到自己全身上校披掛的放大照，旁邊黏著她的博士照。

下面寫著：「他成功了，他成為一位卓越的指揮官了，我看他成功，比我自己的學位還有意義，快回國了，我要看著他指揮軍隊的壯觀，這一天不會遠了。

可是，光化暫時不贊成回去，除非先結婚，我知道他心裡想什麼，真傻，難道啟強真會把我搶走，他不會？光化說不一定，英雄和女人是分不開的，拿破崙打仗的時候，都忘不了約塞芬呢？這是光化的理論，啟強！你怎麼想？」

他有些臉熱了，她為什麼不先前就原原本本告訴我呢？

他翻開最後一冊，很薄，也黏了一張照片，是松山機場的風景照，有他和她的小影。下面寫著：

「這張光化在機場隨便留下來照片，會成為我和啟強最後的紀念嗎？他是這樣強烈愛上了我，我為什麼發現得這麼晚呢？

我錯了，一個女人，永遠只能在一個男人的身邊，這是誰也改變不了的，最悲哀的是，我愛光化，我也愛啟強，一個是我的丈夫，一個是我的希望。」

他看到這裡，站起來，他決定去找她，就在這時候，傳令進來，說總部緊急召見，車在外面等他。

五

他奉命再回前線去，在松山軍用機場，他看見淑媛和光化趕來送他。不，應該是余先生和余太太，他把那包信還給她。

「妳的希望現在再交還妳。」

「是的，將軍」她笑著說。

「我還不是將軍，我是上校……」他說。

「你是將軍，啟強，你一定會是一位出色的將軍的。」

「是的，將軍」光化也微笑著說。

這時候，他不再覺得光化有什麼不好了，他風趣的說：「再見，夫人，再見，先生。」

他看見她笑得彎下腰來，這才大踏步的走上飛機。

（原載空軍《天視》半月刊）

徵嬸記

我的姪女小蘭，幾次要給我介紹女朋友。記得第一次她對我說的時候，我只笑了一笑，第二次她再說的時候，仍然只笑了一笑，當她第三次又提起來的時候，我有些尷尬了，於是我說：

「我是不是老得非結婚不可了？」

「不是的！」她一本正經的說：「我需要一個嬸嬸。」

這倒也是一種理由，自然更暗示我其他方面的責任，最主要的，我想小蘭是希望我有段正常的生活，她這麼熱心，我也就只好採納她的好意，在心理上也自己準備了一番。

可是，我心理一動員，她又像若無其事，矢口不談介紹的事，只是每天拉著我上圖書館，看畫展，逛商場，偶而也跳一次舞，看一場電影，每一次出門，她總是和我膩在一起，上車要扶，下車要接，看電影要領票，看畫展要向她介紹展出的作品，小小的批評批評，走在路上她總是挽著我，她雖然只是一個大二的學生，有時候那種情態，倒像個小婦人了。

她是我們全家最刁的人，我也只有順著她，何況，在她身上還留著一線希望呢？自然，我也不是完全沒有原則的，我對自己的感情生活，要求一切順乎自然，可是來得太易的，我提不起勁，我之所以拖到三十七歲，還沒有結婚，可能是這種自視過高的原故，小蘭對我這一點是最不欣賞的，她的理論是我再有條件，已經三十七了，照時下女孩子對結婚年齡的看法，有個什麼男子年齡折半加七的算法，我最少要找二十五以上的人，她最急我的一句話：

「叔大人，再不景氣呀，就過時囉！」

因此，我常常想，這樣陪著貴賢姪胡逛，就不過時啦，反正，她的小嘴兒理論多，我也說不過她，到後來一段時期，她更專制啦，她竟一反常態規定我，這兩個禮拜不准出大門，守在家啃幾本書，書全由她供，照例是××圖書館的書，盡是大部頭的，不管我看沒有看完，她是按時拿來，按時送走，兩禮拜一過，她笑著告訴我，可以恢復自由啦，為了慶祝我自由之身，她拉我上記者之家去跳舞，舞廳我進過，可是舞技可像幼稚園的小班，此番小蘭提出了要求，我就只好去。反正她不怕受罪，我怕什麼呢？！

到記者之家沒有好久，我發現有一對年輕男女，向她招手，她把他們迎了來，向我介紹，說都是他們同學男的比她早一班叫金鑫，女的已經畢業，叫蔚萱，自然，我禮貌的請他們坐了，彼此寒暄了一陣，我發現蔚萱這女孩子，似曾相識，難免多溜了兩眼，她呢？也審視了我一下，金鑫和小蘭談他們學校的事，除了有時候，微微的一笑；大部份時間，都是沉寂的，我站起來，和小蘭跳了一隻華爾滋，她笑著說：

「蔚萱，美不美！」

「當然美，和金鑫真是一對！」我這句話一說，小蘭大笑起來，幾乎像挑戰的向我說：

「他們一定不是一對呢！我看你們眉來眼去，倒像一對咧！」她笑，可是一轉瞬，她說：「你看她好不好？！」

「什麼好不好！」

「傻叔叔，女孩子像蔚萱是不是算很好了！」

「啊，那當然。」

舞池在優雅的旋律中漸漸的旋轉了，我擁著的小蘭，一會變成了蔚萱，她和小蘭，是不同的，成熟、和樂、和安祥，她身上散發一股力，漸漸的那力吸引了我。

「妳真美！」我說。

「誰，蔚萱嗎？」小蘭睜大了眼前看著我，而後輕輕地在我的耳邊說：「叔叔，你入迷了。」

入迷？為誰入迷，蔚萱好端端的和金鑫在舞池裡，我會入迷？我為一個只見一面的女孩子，而且當她在另一個男人的手臂彎裡的時候。

下一支舞，金鑫把小蘭請走，小蘭起身的時候，向我做暗示，我很小心的請了蔚萱，可是真怪，從第一步開始，和蔚萱跳的兩支曲子，我幾乎每一步都錯，我發現自己呼吸緊迫，內心懍慄，漸漸的不安起來，蔚萱好像察覺了一樣的，微笑著說：

「你很少上這裡來？」

「是的，很少。」

「你前些時候，不舒服嗎？」

「你聽誰說的，我不舒服？」

「小蘭呀，她前兩星期天天幫你拿書。」蔚萱說話的聲音，越來越低，接著她說：「她還說……」

「說什麼？」

「說你一個人，說你是個好人。」

「我想是的。」

那天晚上玩到十二點，金鑫說下次要約小蘭去玩，小蘭看著我，我知道她又有鬼主意了，於是我說：

「什麼時候，我請蔚萱小姐。」

小蘭滿意的笑了，金鑫也笑著，我發現蔚萱有些窘，小蘭馬上說：

「請蔚萱的機會一定會有的，只是呀追他的男孩子太多了，不曉得我們叔大人排不排得上呢？」

「小蘭，你可惡，誰追我來著。」蔚萱急急的說。

「不承認有男朋友，莫非——」她刁難的看著我，看著蔚萱，而後怪聲怪氣的說：「啊，我明白了。」

她明白了？她明白什麼呢？我以後跟蔚萱見面的機會多了，而且熟悉起來，而且每次我跟蔚萱一起，小蘭就走得遠遠，等我和蔚萱分開，她又逼著我「情況報告」。而且小蘭開始了她的新工作，判斷蔚萱的意向，大概四個月以後的有一天，小蘭聽了我話以後，高興的抱著我說：「我找著嬸嬸了！我以後再不能叫蔚萱，我要叫她嬸嬸了。」

「別瞎說，人家……」

「人家是誰呀。」她又取笑起來。而後掏一束信給我，全是蔚萱給小蘭的，大都很短簡，可是，連貫起來，卻賦予我一種從所未有的快樂和幸運：

誰要做你嬸嬸，你猜你叔叔準是白癡，不然，怎麼要你這孝順的姪兒為他著急。

×　×　×

好，帶他來圖書館，可不准告訴他，是我叫他來的。讓他坐在那裡看書就是。

×　×　×

原來是個書呆子，坐下來就死啃書。

什麼？我看中沒有，早呢？憑心說印象不差。

×　×　×

怎麼呀，他病了，為我？瞎說。

病了就休養，還看什麼書；啊，他叫你來拿書，說看見書，可以想我，少見鬼吧！看不出書呆子也有這一著！

××××

到記者之家跳舞，讓妳的金鑫陪我，還要裝戲，她到底搗什麼鬼，固然急急他，讓他緊張一下？你這個人對你叔叔這麼壞。小心我將來整妳！

××××

胡鬧，你怎叫嬸嬸了，我說將來要整整你，不一定做你嬸嬸呀！我覺得，妳這小鬼最刁了，叫我請你吃糖，妳說我請少了？

××××

小蘭，我真的愛了他了，都是你！

嫁給書呆子到沒有什麼，不過有你這樣一個搗蛋的姪女兒呀，可得當心。

××××

看完這些信，我的心，我的血液，我的整個的生命，都沸騰了情不自禁的把這些湊近唇邊，這時候，小蘭用手在臉上羞了兩下。

「小蘭，你真要有嬸嬸了？」

「人家計劃了大半年，一個謝字都沒有。哼，只顧自己樂了。」

「一定謝。」

「誰稀罕呀，只要你不忘早幾個月我指導你服侍小姐的那一些禮儀，保準蔚萱是我的婿婿。」

這妮子，到底比我新派一些，懂得同叔大人「潛移默化」了。

這就是我婚前的故事，明白的說，敝夫人是賢姪小蘭騙來的，特名之曰：徵婿記。

佩刀

一

爺爺飄著白鬍子，露著慈祥的笑容，習慣的走到他的書房，從牆上取下那把發亮的佩刀，一股自然的興奮，鼓動著他，他是老了，老得一天到晚都擁抱著許許多多的回憶過日子。

我看見他回頭來，他臉上的皺紋像波浪，激盪著我，激盪著我全家的人，我，哥哥、媽媽、和在美國讀書的姐姐，我想，如果不是爺爺一生的奮鬥，誰知道我們會是什麼樣子？每一想到這裡，我心裡就充滿了驕傲，我有一位了不起的爺爺。

「二十五年了，我真的老了！」

我聽見爺爺蒼老的聲音，發出他慣有的感嘆，我知道他又一次從回憶中醒來，於是我跑了過去。

「爺爺！」

「啊，淑娟，你來！」

我興奮的走近爺爺，學著小時候的樣子，用手摸著爺爺銀白的鬍鬚！

「爺爺老了？」

「可是爺爺身體很好，臉紅紅的！」

「人是應該老的，這是自然現象，爺爺不是神，當然會老，可是，我只要看到這把佩刀，看到你們幾個孩子，我又年輕起來。」

「爺爺看起來還年輕呢！」

「是嗎？哈……都六十七啦，還年輕？」

爺爺笑著，一股蒼勁力量，從他的笑聲裡透了出來。我靠近他，緊緊的滾在他懷裡，他粗大的手，撫著我的長髮，他的眼睛發出慈祥的光亮，而後輕輕的拍拍我：

「二十歲的人啦，還像一個孩子。」

我最不喜歡爺爺說我是孩子，今年我讀大二了，還會是孩子？想到這裡，我從爺爺的懷裡站起來，自言自語的說：

「我還是一個孩子？！不，不，我已經長大了。」

「是該長大了，你媽像你這麼大的時候，已經做媽媽了。」

「爺爺！」

「這是真的呀！」

爺爺說了這一句話以後，沉寂了好久，我從他的臉上，像讀到一個莊嚴的故事，他紅潤的臉上，像飄過一片陰暗的浮雲，爺爺情緒的變動，使我也跟著進入了一片凝思，我知道爺爺一生有很多的遭遇，痛苦的故事，憂鬱的回憶，和許多光耀的花環，現在，像風景一樣的從他心上掠過，一幕又一幕的人生戲劇，使他平靜的心上也激起了幾許漣漪。

這時候，媽走了進來，她一眼就看出爺爺的情緒在激變。她說：

「淑娟！你給爺爺捶捶背呀！這孩子。」

「是，媽！」

我開始輕輕的捶著，我聽見爺爺低沉的對媽說：

「我想起了志恆！」

「爸爸，怎麼又想起他啦，這麼多年還想不開。」

「只是苦了你！」

我這才知道，爺爺在想我爸爸，想起抗戰時候，為國家犧牲了的爸爸，從爺爺跟媽的談話中，又一次提醒了我，雖然，我記不清爸爸的樣子，可是，我知道爸爸是一個偉大的戰士，他為國家捐出了生命，同時，我也進一步的認識了爺爺，爺爺一生中有兩件難忘的事，一件是那把佩刀，一件是我爸爸，他親愛的兒子的故事。

二

從此以後，我心裡一直惦記著兩件，我的爸爸和爺爺的佩刀，我想，這一定是一個很長的故事，是我們家裡的，也是這一個時代的共同的故事。

常常我會情不自禁的跑到爺爺的房裡，撫摸著爺爺的佩刀，凝神看牆上掛著的爸爸的照片，當我看著爸爸英雄挺立的姿態，就會懷著全心敬仰的走近一些。

有一天，我走進爺爺房裡，看見媽比我先在，我聽見她在低低細訴：

「志恆，爸爸已經真的老了，他一直念著你，我勸他想開些，其實，我自己怎麼也想不開，我記得我們分手的時候，是在重慶，那是三十三年，抗戰的第七年。真快，一瞬就二十年了，孩子們也都大了，小恆軍校畢業了，淑媛也快從美國學成回來了，淑娟現在念大二，唉，我也快老了，志恆！……」

眼淚從媽的臉上一顆一顆的滾了下來，她黯然的呆立著，任由痛苦的淚，從她消瘦的臉上流過，我感到鼻子一陣酸，眼角上濕了起來，媽，一個多麼了不起的女性，平常壓制著自己，在爺爺和兒女的面前總是歡笑著，一切看來如此的開朗，誰知那些笑聲中是摻了淚的，我衝了過去，抱著她。

「媽！」

顯然給我的舉動驚住了，媽緊抱著我，像怕我會從她身邊飛走似的，緊緊的抱著我。一切都像不存在了，只有我和媽，這時候，牆上那把佩刀，發著光，那一線光，像一個廣闊的世界，我在那個世界中生活了二十年，再一抬頭，我接觸了爸爸的眼光，他像活生生的一個人，投給我無限的關注。

媽慢慢的推開我，若有所思的說：

「淑娟，你坐下來。」

我坐了下來，媽也在我身邊坐下，靜靜的房子裡，漸漸的肅穆起來，媽媽臉上也發出了聖潔的光亮。

「媽，你可以談談爸爸嗎？」

「你爸爸和爺爺，在他們那個時候，都是了不起的人。」

「什麼時候呢？」

「抗戰時候呀！八年抗戰，他們都是出生入死的英雄，你爺爺，你爸爸，他們都是！」

「媽，那你就多告訴一些爺爺跟爸爸的事，我要知道他們的故事。」

「孩子，說來話長，那是我們全中國人最光輝的一頁，那不只是我們家裡的事，是一頁中國近代史。」

「我也聽教授講過，這頁近代史的主人是　蔣總統。」

「是的，是　蔣總統領導抗戰的，你爺爺和爸爸，都是　蔣總統的好子弟。」

媽說到這裡，深情的向牆上爸爸的照片，呆望了一會兒而後又說：

「我認識你爸爸的時候，是民國二十七年，抗戰的第二年，正好臨沂戰役和台兒莊戰役，中國軍隊獲得空前勝利的時候，那時候，我在武漢讀書，正好　蔣委員長駐在武漢指揮抗戰，因此武漢成了抗戰的心臟。

「有一天，我們學校有一個慶祝台兒莊勝利的學生會，學校請來了一位台兒莊戰鬥英雄，一個很年輕的上尉，是最近從前線下來，接受　蔣委員長召見的。

「他同我們講話，每一句話都緊扣了我的心弦，等他下台來的時候，我激動的走近他，可是不知道說什麼話，我記得好像是輕輕的說：『你——』，他回答說：『我！』於是，我愛了他，他就是你爸爸。」

聽了媽媽的敘說，我不覺笑了起來，顯然，媽也給甜蜜的回憶沉醉了，這真算得上一見鍾情了，一句話，不！一個字，就譜成了一支戀曲，於是我說：

「就這樣簡單嗎？」

「當然不，你爸爸並沒有留下來，他說要請示團長，部隊在魯南，他得回部隊去，後來我知道那團長，就是你爺爺。」

「記得你爸爸回魯南給我的第一封信，就說團長不高興，因為他希望他成為一個偉大的軍人，尤其是在　蔣委員長號召『地不分南北，人不分老少』，要全面抗戰的時候。」

「自然我不能拖累他，我許了他，我等他，他今天東，明天西，一個戰役又一個戰役，我自然叫人擔心，可是，他來信總是一派樂觀，有時他描寫　蔣委員長親自到前線指揮作戰的情形，說那裡危險，委員長就到那裡，說來真叫人感動。」

我聽到這裡，回想起教授講中國近代史的許多章節，我興奮我自己的家庭，在歷史的章節中，佔了這樣一個重要的位置。這時候，我全神注視著媽，我想像她那種提心吊膽，想念自己的情人的心，一定極不平靜的，那會是什麼力量，使她有信念，是愛，是情愛，民族愛和祖國的愛，激勵了她，在國家動亂的時候，她體認了個人什麼都可以放棄的道理。

「媽，你真偉大，你放得下私情。」

「那時候，在全中國，除了少數的野心家，和叛亂者，誰不是在　蔣委員長的指揮下，全心抗戰呢？」

「那真是一個偉大的時代。」

「你就是那個偉大的時代的胎兒呀，所以，在你的血液裡流著的是那個時代苦難的血淚。」

「媽，那時候爺爺呢？」

「爺爺沒有好久，就升了將軍，帶著兵，獨當一面呢！後來，武漢的情勢轉變了，我不能留在武漢，在你爸爸的鼓勵下我投奔到爺爺的部隊裡，也參加了救亡的工作。

「人和人，就是一種緣份，你爺爺一見了我，就喜歡得不得了，也許是因為爺爺的偏愛，我和你爸爸提早結了婚。可是你爺爺告訴我，做一個軍人的妻子最重要的責任，是鼓勵丈夫成為一個正直而勇敢的人。」

媽說到這裡的時候，門外有腳步聲漸漸的走近，爺爺回來了，我不由得多看爺爺一陣，他，一個和諧的老人，卻是二十多年前的倔強的人物，我想：他是正直而勇敢的，他的白髮，他的多皺紋的臉，他飄著的白鬍鬚，給我一個最深的感覺，於是，我跑攏去抱著他，在他臉親了一下。

「爺爺——」

「嗯……你們在談什麼呀！」

「談你！」

「怎麼呀，談我，我老了是嗎？！」

「不是，說你帶兵打日本鬼子的事。」

「怎麼，水媚，你都跟他說了什麼呀！」

「這孩子，鬧著要知道他爸爸的故事，還有爺爺的佩刀，我這才說起爸爸。」媽媽說著，端了一大籐椅，給爺爺坐，忙著又說：「快給爺爺泡茶，這孩子！」

媽媽的話沒說完，爺爺就笑了起來。他說：

「時間過得真快。過去的事也有些模糊了，記得民國十四年我到黃埔的時候，就像在昨天，一晃就四十年啦。」

是的，四十年的變遷真大，當時少年人已經白髮皤皤了，他的孫兒女也都成長了，哥哥已經軍校畢業做了中尉，姐姐再兩月就得碩士學位，要從美國回來了，我也二十了，這變遷也真夠大；尤其是我們的國家的變遷，爺爺的感嘆，刺激了我，我不由自主的說：

「爺爺，你為什麼不跟我談起你的佩刀的事。」

「啊，要談的，等你哥哥姐姐回來，我要談給你們聽。」

於是，我懷著一種期待的心情，等待爺爺的故事，自然，我不知道有多次想起媽媽的往事，只是媽媽婚後的情形，我仍然是一無所知。

我時常覺得自己很驕傲，我有一個英雄爺爺，有一個烈士爸爸，有一個好媽媽。

三

爸爸的故事，真實的激勵我，我開始從圖書館翻閱很多抗日的戰史，我讓自己完全沉入那些帶血帶淚的日子，偉大的艱苦的八年。

從這些史實中間，我從對爺爺的景仰中，更深一層的認識 蔣委員長，他的「以空間換取時間」的戰略，他的特出的磁性戰術，他的長期抗戰的決心，我永遠不會忘記，他二十七年七月十七號在盧山的聲明：「和平不到絕望時期，絕不放棄和平，犧牲不到最後關頭，絕不輕易犧牲。」這種渴望和平，被迫自衛的心情，很使人感動。

八百壯士的壯烈，台兒莊、徐州會戰的英勇，湘北，鄂西、長沙大捷的興奮，以及印緬大掃蕩的光芒，在我的心裡激動著，這些跟我的白髮的爺爺的生命關連著的事實，這些跟我為國捐軀了爸爸關連著的記憶，有時候，我聯想起那個時代的人和事，尤其是最初的自力更生的四年戰爭，全憑著　蔣委員長一個人的智慧和英明。

有關抗戰的書看多了幾本，使我領略我們中華民族的可久可遠的特性，和不怕強暴的決心和毅力。

有一天，我和爺爺談起我讀的書，和書中所得到的啟示，他笑著說：

「這事情應該你哥哥關心的。」

這一句話，引起了一串問題，我知道爺爺對哥哥的期望，他希望從哥哥身上，找回爸爸的影子，也希望從哥哥的身上找回自己。

就在這時候，哥哥從外面回來，穿著畢挺的軍裝，他一進門，爺爺笑了，笑得很快樂。

「爺爺！」

「來讓我看看：嗯，好中尉！」

「爺爺，你怎麼啦！」

「你很像你爸爸年輕的時候。」

這時候，我想起來了，爺爺說過要告訴我們佩刀的故事的，於是我說：

「爺爺，甚麼時候說佩刀的故事呀！」

「你姐姐不是明天回來嗎？」

「是呀！」

「那就等我全家在一起的時候，我告訴你們！其實，你媽媽也知道得不少了，而且也常跟你們說。」

「不，我要爺爺自己說嘛！」

「好，過兩天爺爺一定說。」

四

「這把佩刀跟我已經二十五年了，對我是很有意義的一個紀念。因為人生都在新陳代謝，我老了，把責任交下去，而後自己回憶過去，我珍惜自己的回憶。」

爺爺說著，停了一下，媽、哥哥、姐姐、和我，都聚精會神的聽著，爺爺的眼光向他的佩刀掃了一眼，繼續又說：

「那是民國二十八年冬天，我和部隊在崑崙關作戰。崑崙關失去又奪回，奪回又一度失去，在激烈的戰爭中，有一天　蔣委員長來了，他在陣地前面召見我，授予我這把佩刀，並且說：『這是一個長期戰爭，只有勝利，才能確保抗戰必勝的諾言』。部隊受了　委員長的感召，十二月三十一號崑崙關永久收復了，而且一直到戰事結束，廣西幾乎沒有日軍進入。

「二十九年初，我奉命到重慶去，我帶水媚，就是你媽媽一道去重慶，她是二十八年初投奔我身邊，一直也參加抗戰，跟著我東奔西跑，那時候你爸爸升了少校，在成都受訓，起初我不贊成他們結婚太早，可是等我見了你媽媽，我改變了主意，他們這就在重慶結了婚。水媚，是這樣嗎？」

「是的，爸爸，可是結婚沒有多久，我們和志恆都分開了，他去了西北。」

「我叫他去西北是希望去獨立發展。因 蔣委員長說：『把握了山西足以防止華北全部喪失。』至於我自己一直帶著 蔣委員長贈給我的這把佩刀，出生入死，參加了無數的戰鬥，自然全中國人都在戰爭中，根據軍政部的統計，抗戰前四年跟日本打了六千七百多次仗。如果，不是 蔣委員長的英明決斷，推行長久的消耗戰，這四年日子真不知道怎麼過。」

爺爺當年英勇豪邁的神態，又一次出現了，他一手摸著我的頭，一手捻了他的鬍鬚，他正要說甚麼的時候，我姐姐淑媛，卻先開口了：

「爺爺我，在美國聽說共產黨正在大肆宣傳，說八年抗戰是他們抗的。」

爺爺聽了，氣憤的頸頭上冒出了青筋，喘氣也一陣急似一陣。

「你這話是那裡聽來的？我要告訴另一件有關的事，你們知道你爸爸是怎麼死的！」

我幾個人都給爺爺的話問住了，連媽媽也楞在那裡，我想，爸爸抗日陣亡，自然是日本人殺害了這還用問嗎？可是，我看到爺爺的臉上，掠過一股哀怨和憤恨，很快的這情緒傳給了媽媽，而後傳遍了整個房子裡的每一個人，這時候，爺爺望了望爸爸的照片，淒然的說：

「志恆不是死在日本人手裡。」

爺爺的這句話，很使人吃驚，在抗日戰爭中的陣亡烈士，卻不是日本人害的，這時候，我聽見媽媽驚異的叫聲！

「爸爸——」

「水媚，志恆是給八路害的，當時他的口號是，七分發展自己，兩分對付中央軍，一分抗日。」

「爺爺，可是我在國外看的那本書上，卻說這些人是人民抗日陣線，都是抗日的呀。」

姐姐的問題和爺爺的話，吸引了我們全家。

「全是騙人的，抗日為什麼打中央軍，為什麼你爸爸的部隊到前線抗日會在五台山區給八路吃掉，自己還丟了性命！」

當然我很明白，八路軍就是共產黨，原來，我爸爸是被共產黨殺的，爺爺以前一直很少談這些，現在明白了自己的爸爸，在抗日戰爭的時候，竟死在假抗日之名的共產黨手裡，不由得有些冤屈。

「小恆，你過來。」

「爺爺！」

「記住，你爸爸的遭遇。」

「我永遠忘不了。」

「好！你們記住，抗日是中央軍在　蔣委員長領導之下完成的，勝利是　蔣委員長的智慧和全國人民的血汗換來的。這是歷史，歷史是誰也不容許篡改的。」

爺爺的話，帶著一種哲人的告誡，啟示了我們這個家庭，我、哥哥、姐姐、和我那苦命的好媽媽。

顯然，爺爺的激動，一直沒有平息，他站起來，走近他的佩刀，那刀下亮亮的閃出「抗戰必勝」四個字，那是爺爺在八個苦難的歲月所信守不渝的，這時候，哥哥跟著他，向爺爺的佩刀，「刷」的行了一個軍禮，而後走近爸爸照片前面，默默的唸一些什麼，他一回身，我覺得哥哥長大了不少，從他的眼光中，我尋獲了信心，我看見媽走到爺爺的身邊，輕輕地說：

「爸爸！你憩一會兒吧！」

「我是該休息了，孩子們都長大了。」

爺爺蒼勁的聲音摻和了多少感嘆？！可是，當我看到他飄著的白鬍鬚，露著慈祥的笑臉，我覺得他仍然矗立在我們的前面。

英雄是永遠不會老的，我相信。

（原載一九六五年九月《新文藝月刊》一一四期）

三大兵

一

飛機來了，宛宛還不見影子，我不能不見她就走，誰知道這回離開會是多久？九點十分，九點二十，九點三十，宛宛仍然沒有消息，我記得前天她說好今天要送我的，而且她知道我在等待她，如果她不來，會嚴重的傷害我的。

憑良心說，我是焦急的，因為我不能不在十點趕到機場，又不能不見她一面；細細這時候走進來，一眼就看出了我內在的矛盾，柔和的說：

「胖胖！你先到機場去吧，我等宛宛和圓圓一起趕來，這樣不會誤事，而且，宛宛她也的確有點怕欲哭無淚的別離場面。」

說著，她幫我把行李提上了吉普，而後她又說：

「你又不是沒有上過金門，你們又不是第一次離開，幹嘛這樣惺惺作態呢？」細細的話也許是對的，看著十點只差十多分鐘了，我只有信賴細細的安排，爬上了吉普。

我從來也沒有感覺台北竟是這樣的美，因為我依戀著這城市的人，我自然也依戀這城市，馬路的腳印，安全島上的小立，電話亭裡的語絲……都一齊向我走來，宛宛小貓般柔順的影子，在防風玻璃外，一晃、再晃，我有些心酸了，她，該會趕來吧！

機場的手續辦得很快，行李過磅以後，剩下來的時間就是等了，我望穿了機場通城市的道路，沒有她們的影子，我開始懷疑細細跟圓圓了，自然對宛宛也有一絲絲怨尤，她們三位一體，不應該在我離開的時候，一點什麼也留不下來，在這個時候凝神的一眼，比起平常窮泡上大半天，都有意義；都能成為永恆的憶念呢！

「或許她們已在路上。」我是這樣的存著最後的希望。一直到催上飛機的信號發出來，還是沒有她們的影子，這時候，由尤怨變成氣憤，頭也不回的踏上了飛機。

「又是一個結束？」我想。

「不會的，不可能的！」我又想。

不曉得在如何不平靜的情緒下，飛機滑動了，我仍然期待一絲奇蹟，從小窗裡向下一張望、再張望，天！宛宛，不跟小可憐一樣的佇立在那兒嗎？還有圓圓、細細，她們揮了揮手，我也揮了揮，這印象竟是這樣的模糊而深刻，我後悔錯怪了她們。

「宛宛……」默默地我唸著她的名字，我被藍天跟白雲捧著，帶著夢般的戀與相思，開始第三次來前線的生活，而且，我有機會拾回三年前，我跟她們三位一體的許多回憶，因為，我也是在金門認識她們的。……

二

三年前，那是我第二次到金門，由於工作關係，常常跟一群女孩子在一起，有的天天碰頭，總是早呀好呀的寒暄一番，也有的在一起工作半個月十天的，漸漸的有些熟悉了，但是我最不善於記女孩子的名字，總是叫她們小小，或者孩子的，對於這種老氣橫秋的調兒，也曾遭到不少的抗議！

「我們是三大兵，不是孩子！」有一天，辦公室湧來三個女孩子，全是娃娃臉，我看了看她們，再聽了她們的聲音不禁笑了起來！

「你不能用笑來答覆問題！」最小的那個說。

「要求修正。」

喊著喊著，大家又笑了起來，我說：

「妳們再吵，就把妳們送到不良少年組去管訓。」

三個人一齊呶呶嘴，眼珠子繞了一個圈兒。

「本少尉魯俊管不了！」

「世界上的女孩子總有男孩子管的，不一定要魯俊？」

「抗議！」

「怎麼？」

「我們不要誰來管，我們是三位一體，自己管自己，也聯合起來管別人。」

「那你們都有該管的人了？真不是孩子了，不過，沒有結婚的都還是孩子。」

「那你也是，就沒有資格再賣老！」

這一席話，毫無意義的開始，又毫無意義的結束了，她們三個開始給了我一個可笑的印象，這年頭的女娃兒比男孩子一說話就臉紅總是高明多了。儘管她們叫什麼名字我都不知道，至少我得承認，她們很可愛！

從第一印象起，三位一體常出現在我的視野裡，她們上班下班從我門口過的時候，總是跟我打個招呼，有時候也作一些逗人笑的小動作，有時候也到我辦公室裡坐一兩分鐘，她們三個人手裡總抱著一些書，有時候是小說，有時候是古文，有時候是什麼少女的書，母親的書；漸漸地她們不再稱我的官職，而稱什麼「Dear Chief」了，漸漸地我們更熟絡了，然而，她們的名字仍然是謎一樣的，我懶得去打聽，所以就照她們樣子，取了三個渾號，小小的娃娃臉叫「宛宛」，高高長長的叫「細細」，而那個眼睛亮亮的叫「圓圓」，她們也邊笑邊鬧的接受了我的封贈，據她們說這渾號和她們的名字也正有一些巧合呢！但她們並不是弱者，也回敬了我一個「胖胖」的渾號，以後在公眾場合我是舒少校，私底下卻成胖胖了。

就這樣相處久了，彼此熟悉了，她們從不放過我一絲兒，首先以逼人的姿態拷問我的女朋友在那裡？要我拿照片來給她們看，而後她們的問題一串串的出籠，我裝過聾，賣過瞭，但是她三個是鬼靈精，一拆就穿。

「小氣鬼，把女朋友藏著幹嘛？我們又搶不走！」

我苦笑。

「下次我們自己來查，查到了情書，看你還賴得掉不？說實在話，你怕請客是不是！」

我仍是苦笑。

「饒了他吧，看他怪可憐的相。」宛宛的聲音柔柔地輕輕地帶著一絲鄉音的磁性，不由使我多看了她一眼。我說：

「交白卷，還有什麼可說的呢？」

「鬼才信，你們呀，老滑頭！總是交白卷呀！得零分呀！到時候呀紅色炸彈不吭不氣就轟來了。」這是圓圓的挑戰。

「不信拉倒！」我說：「誰像妳們那麼敏感，男孩子跟妳們說一句話，幫妳們做一點事，妳們就硬賴人家是在追求妳們！」

「才不呢？」細細緊接著說。

「他說的好像有一點對！」宛宛向細細跟圓圓掃了一眼，低聲的說。

「當然對，我說的話呀都是真理！」

「宛宛！妳看他倒抖起來了。」細細說著拉著圓圓要走，向宛宛使個眼色：「妳跟他去『有一點對』吧！」

這時候，宛宛的臉泛著紅光，頭低了下，手往細細身上猛地的捶了一下！細細接著她的手，圓圓用手在她臉上劃了兩下，又看看我。

「心裡沒有鬼，紅什麼臉呀！你看看胖胖也不自在咧！」笑聲，說話聲，腳步聲，揉合在一起，漸漸地離我遠了些，恍惚之間我看到宛宛偷偷的回了一下頭。

第二天，因為公務，我到烈嶼跟大膽去了幾天，幾天見不著她們的影子，尤其在晚餐後那段時間，總像失落一點什麼，到底是什麼，一時也說不出來，有幾次拿起電話，又放了下來，我怕她們的胡吵，尤其怕她們不饒宛宛。

有時候，我相信，她們一定也會想起我的。

等我回到大金門，已經是一個禮拜過去了，當我走進辦公室的時候，桌子上留了一片紙：

「宛宛三天沒有起床，快來！細細、圓圓同上。」

我拿起電話，接通了她們那兒：

「細細！究竟怎麼一回事？」

「什麼怎麼一回事，宛宛病了，你好意思不來嗎？」

「我剛才回到家呀！」

「回來了就要來呀！你呀，唉！」

「為什麼一定要這麼快就來？」

「那呀，就問你自己囉！」細細尖刻的說：「人家念著你嘛！……」

放下電話，我趕快跑去，宛宛已經爬起來了，面色黃黃的，娃娃臉瘦削了一些，眼神顯得疲憊不堪。

「宛宛，怎麼了？」

「沒有什麼，只是有點頭痛，不要緊的。」

「不要緊？又叫又吐，高燒頭痛，還說不要緊。」細細說著，指了指桌子上：「你看看藥瓶子藥罐子都有一大堆哩！」

「現在真的好了。」宛宛低聲的說。

「細細呀，你真矇，人家萬靈丹特效藥到了呀！妳還廢話個什麼呀！」這是圓圓的聲音。

宛宛嬌嗔的看了圓圓一眼，轉過臉來對我說：

「這幾天你好不好？忙了吧！」

我搖搖頭。

細細跟圓圓使了使眼，悄悄地走了。我向宛宛走近了一步，握著她的手，凝神地看著她，她眼角滾出兩顆淚珠，我很快的掏出手帕遞給她，輕輕地在她手背上拍了幾下，低低的說：

「宛宛，真的不要緊嗎？」

她點點頭，我認真的想從她那娃娃臉上發現了一些東西，然後靜靜地陪她坐了很久很久，一直到細細圓圓她都回來了，我才站起來要走。細細這才打趣說：

「你們真是一切盡在不言中啊？」

「細細，你管得太多了。」我又聽到圓圓的聲音。

由於宛宛的病，三位一體沒有前些時活躍了，細細圓圓白天要出去工作，我只有抽出較多的時間來陪宛宛，有時說些故事，說個笑話，自然說的都是我自己的過去，和她的過去，也有些很富羅曼蒂克的故事，牽引著宛宛和我！談到高興的地方，我們就會心的微笑，談到傷感的地方，我們也分享憂愁，這段時間，宛宛猛然長大了些，不再是一個孩子了，在我們中間閃動著愛的光亮，我們的愛，發展得十分平靜，像靜靜的林間，像幽幽的澗流，像星星的輝映，我們感受了戰場上恬靜的一面。

宛宛靜養了十二天，十二天以後，三位一體又熱鬧起來，細細圓圓說，宛宛和我這樣好法，威脅了她們三位一體的光榮，恐怕要四位一體了，真的，以後大部份的時間是四位一體，每次每次，細細總是找些花樣來難宛宛，出些點子來整我，自然，這對我們是一種友善的鼓勵，是一種情趣，宛宛總是依著我，我們舉行過好多次兩對兩的投票，而後我和宛宛，又放棄我們的權利，順從細細和圓圓，因為她們是這樣的可敬呢！

有一天，宛宛來找我，她說：

「上面派我到大膽，你陪我去吧！」

我看見她眼睛都紅了，就連忙點頭，然後熱烈的抱她，逗著她笑。

誰想，這次去大膽，促使我們訂了婚；到大膽的第二天的黃昏，我和她坐在海邊的大石頭上，默默的看著深藍的海水，默默的看著在水波中盪著的我們的影子，默默地領受相互流動著的甜美的愛情。

「胖胖，你很認真嗎？」

「當然！宛宛永遠永遠是我的。」

「你想怎麼樣呢，胖胖？」

「結婚。」

這兩個字，是我們多麼想說的；多少少年男女把這個夢寐以求的事，儘管有人說什麼結婚是戀愛的墳墓，但是有幾個不結婚，只是為戀愛而戀愛呢？宛宛聽我懇切的聲音以後，猛地哭了起來，我也陪著她哭，而後仆倒我懷裡，她模糊的說：

「我還要進少年組嗎？」

「不了，你已不再是孩子了。」

「那我們是真的了。胖胖，你要知道我很平凡哩。」

「妳是天使，天使都是平凡的嗎？宛宛！我向妳求……」

「求什麼？」她截住了我的話：「我—不—答—應。」

「那我下去了？」我說著，做了一個要跳的姿勢。而後大笑起來；宛宛又說：

「說真的，你要看準啊！」

「看準了，來，接著這個。」

「什麼？一塊貝殼！」

「啊，訂婚禮物呀！」

她接著它，吻了吻，從手上脫下那枚嵌著她小照的戒指，遞了過來。

「一切都交給你了，胖胖。」她說：「你不是說女孩子生成是給男孩子管的嘛！」

「不，那是逗細細和圓圓。」

「回金門記得買東西請細細和圓圓，她們一直在祝福我們。」

我點了點頭，而後靜靜地坐著，我和宛宛都沉醉在自己編成的夢裡，我想起我們的火線上成長的愛情，想起大膽的海邊同我一生的關連，又想起我左等右等，終於等著了一個像宛宛這樣一個有內涵的女孩子，自然我也想到責任，想到奉獻，想到未來的日子。宛宛呢？柔柔的依附我，我知道她也沉醉在夕陽的彩色裡，紅紅的臉，亮亮的眼睛，綻開在面龐上的微笑，我真有些捨不得離開她一分一秒，而事實上夜間八點的補給船要啟航，我勢必和我的宛宛暫時分開。

「宛宛，當心些！」

「你不是說我已經不是孩子了嗎？」她回答著，嫣然一笑，站起身子又對我說：「我每天到這裡來坐著，想你，等你的信；好不？」

「我會給妳電話的！」我說：「妳想這石頭變相思石嗎？」

那天我回到了金門，誰知道，我就這樣離開了宛宛呢？我還清楚地記得，當我走進辦公室，桌上的一份電報就等著我，限我第二天向總部報到，飛機是八點三十分起飛，這真是太意外了，幾小時的時間，我就要離開這戰鬥的島，就要離開我所懷念的宛宛了，然而我是一個軍人，像這樣的事，對一個軍人來說，真是司空見慣，又算得什麼呢？

我給了宛宛一個電話，她用沙沙的聲音，祝福我平安，而後她叫我到臺灣等她，她大約還有一個多月就會回來，我拿著話筒木然站著，呆呆地看著細細和圓圓進來。

「你要走了？」

「是的！」我拿出那份簡單得叫人不知所以的電報，遞給細細，而後付託的說：「請妳們照顧宛宛，因她已是我的了。」

順手我顯出了她的戒指，帶著求助的眼神看著她們。

「恭喜你，胖胖！」圓圓說：「宛宛是高潔的女皇，卻這樣快依順了你，你不能使她失望。」

「不會的，我要謝謝妳們！」

第二天，飛機載走了我，留下了我全部的心，因我每一個片刻都想著宛宛。

更震驚的是，我有了新的任務，是到遠遠的雲南邊境去工作，而且從報到開始，就進入簡報中心，隔絕一切外界的消息，我和宛宛沒有法子通一句話，寄一個字，因此我天天都在煩躁不安中生活，我想她，我念她，然而怎麼能讓她了解我的心呢？上帝啊！你怎麼能幫助我呢？讓愛我的我愛的人走近我呢？

兩星期後我到了陌生的山區，開始了一種刺激的生活，也開始無盡相思的日子，這些日子，可以說除了工作，就是想我的宛宛，有時候工作中我也和她一起……

一天，兩天……

一月，兩月……

一年……

一年五個月後，我竟然又回來了，像一個滿身創傷的獵人，又回到文明的社會裡來了，我急切的要尋覓宛宛、細細、圓圓。

然而細細不見我，圓圓不見我，宛宛也不見我……

這樣，不能不使我懷疑自己這一年五個月的苦楚，有什麼代價？於是，我長長地寫信給宛宛，訴說我長長的沉沉的重重的相思，我把我的血淚都寄給她，求她寬恕，同時，我又寫信給細細和圓圓，請她們幫我勸勸宛宛。

這些信沒有一些兒回響，一直到我決定再回金門的前幾天，細細和圓圓突然出現在英雄館的會客廳，我呆呆的看著她們，半天也說不出一句話，也不知道說甚麼好。

「胖胖，不認識我們了？」細細說：「我們變了嗎？」

「宛宛呢？」我答非所問的說。

「在這兒。」圓圓拿出一個個小小的信封，遞了過來。我迫不及待地撕開了它。

我苦等一年多，等來了只是這幾句話，不由的落淚了，但我也很滿足，因為我至少知道她平安呀！這時候，我看細細和圓圓，她們是一絲表情也沒有，她們換了便裝，出落得比一年多以前標緻多了，然而，她們的眉頭像給陰霾鎖住一樣，這才意識到她們說的「我們變了嗎」那話的意義，然而，是什麼使她們變得沉靜，變得憂鬱，變得冷冷的呢？

「細細，圓圓！妳們好吧？」

「不好也不壞。」

「那麼，宛宛呢？」

「她──很好。」圓圓遲遲的說：「你呢？」

我搖了搖頭。

「相思太苦了！」我感慨的說：「除了工作就是相思，雖然，在那地方我有過一些貢獻，但是，我也有著太多的苦楚。」

說著，我、細細、圓圓，一起走出英雄館，和她們談著別離後的遭遇，從山區的生活到戰鬥，從日常事務到思戀的情緒，自然也有些輕鬆話頭，談談水擺夷之類的笑話，我盡力的讓她們了解，我沒有忘記宛宛，我也想念她們。

「胖胖，你沒有找個水擺夷呀！」細細說。

「我心裡沒有空隙，藏不下！」我笑笑。

「你沒有使宛宛失望了？」圓圓的詢問。

說到宛宛，我又有些不安了，怎麼她神祕起來了呢？一直躲躲閃閃不露面，這不是她應該對我的。我說：

「有什麼不對嗎？」

「什麼不對？」

「宛宛呀！」

她們一起搖搖頭。

「後天她不是說要送你嗎，會有什麼不對呢？呆瓜！」

我們一起吃了飯，一叮囑再叮囑的說好我走的那天見面，她們說一起來送我！

啊，等待，等待的勝利，不也來了麼，我想。

三

到金門，這滋潤宛宛跟我戀情的島，投給我親切的回憶；這島有很多改變，但是回想是怎麼也變不了。

自然，戰地是忙碌的，我也不例外；可是我的忙碌都賦予某種意義，我給自己許了願：「我不要失敗，因我只能成功。」

相思是一條魔鍊，一直綑著我；然而相思也是火炬，照著我的前路，我怕辜負了我的愛，因此，我更盡力，使事情做得妙些；這回的離別比上回好多了，我可以寫信，用文字細訴我的情意，我感到欠宛宛太多，乘這個機會補償她，同時，我向她一再說明我的理想，在邊區工作，我存了一些錢，計劃用這些錢買一棟小小的房子，種一些宛宛喜愛的花，養一條宛宛喜歡的小狗，還有每個週末請細細和圓圓來共渡假期，我做家鄉菜請她們……。

宛宛的回信，多半贊成我的意見，不過她說：

「這是亂世，不要只記得裝飾自己，有了靈性的愛，甚麼都可以省略，只有一樣不能省，就是做一個軍人要勇敢。」

她們堅持，她們三個不只是女人，還是三大兵，她們有理想、愛心和期待。

我也信了她，依了她，因為我想她太久了，太遠了，欠她太多太多了，不這樣是還不了的，我說。

大約是來金門的三個禮拜後，我又有機會到大膽去；在船上，我想起送宛宛那次的際遇，心裡懸念著豎在海邊的那塊相思石。

黃昏又來了，我走向海邊，那石頭隱約的還在那兒，但是已裂痕累累，不再是原來那個樣兒了，我伸手摸了一下，然後靜靜的看著海水裡孤單的影子，猛的，我感到自己的淒零了，宛宛這時候，是不是會想到我在這兒呢？有人說：「人有時有第六感。」那末，宛宛是不是會憑第六感來察覺我已在這相思石上呢？

「舒少校，你在默想甚麼呀？」張連長的聲音。

我搖了搖頭，低聲的說：

「不想甚麼。」

「你知道這塊石頭上的故事嗎？很哀豔的呢？」

「啊，故事，什麼時候的？」

「大約兩年吧？一個女兵在這兒……」

我猛站起來，抓住張連長，急急的說：

「快說，什麼故事！」

張連長一楞，給我的驚慌和急迫怔住了。

「一個女孩子在這石頭上負傷了，聽說她天天這個時候，帶著一片貝殼，在這兒等一個人，可是這個人沒有消息。」

「後來呢？」

「聽說是殘廢了，本來可以早動手術的，可是那孩子倔強的不肯。她怕殘廢了不能再見她的愛人。」

「怎麼傷的？」

「一群砲彈！」

我看不見一切了，眼前是一片混黑，宛宛痛苦無助的臉孔，漸漸映現，血，慘白，灰暗的眼神，一切的怨尤，都向我襲來，我像一個謀殺犯殺害了一個無辜的靈魂，陡然，我全明白，她的避不見面，她的怕大眼看小眼的離別，她的……啊，可憐的宛宛，為什麼妳不讓我分擔妳的淒涼與苦楚呢？

那天夜裡，我給細細和圓圓發了封限時信：

「宛宛的事，我已全明白了；請妳不要再騙我吧！詳細給我一個說明，但千萬不要讓宛宛曉得我知道她的遭遇，免得讓她痛苦。快，快，快來信！」

四

一星期後我回到台北。

細細和圓圓，同我詳細的談到宛宛這不幸的事，她們埋怨我，又埋怨宛宛，但是，她們又覺得既不能怪我，也不能怪宛宛，因為我與宛宛都是無辜的，怪誰呢？怪亂世！亂世的人有幾個是稱心快意的呢？

「宛宛，現在在那兒？」

「觀音山，她在靜靜地數日子，靜靜地訴相思。」

「她太苦了！我們去接她，來。」

「她受不了的，她一直希望你永不知道，而後她計劃找一個替身來見你！」

「那怎麼可能呢？我又不是瞎子！」

「她有一個像貌很相像的妹妹——靜靜。」細細說：「你記得上次你上金門我們趕來送你的事嗎？那是事先安排好的，宛宛怕你難過，才這樣作的。」

圓圓、細細與我，你看著我，我看著你，兩行清淚，不自主地流了下來。

「我仍然要娶她！不管她怎麼樣了！」

細細嘆了一口氣說：

「只怕宛宛不會答應。」

「妳們陪我去見她！我不能讓她一個人受罪。」

在去觀音山的路上，我們一直沉寂的走著，我把這次會面看成「生命的復活」，我自己要快樂，我也不要宛宛痛苦，我以為：只有承受過相思痛苦的人，才知道相思的滋味，誰說回憶是美麗的，那才是騙人的咧！

到了目的地，細細把我撇在門外，圓圓叫了一個女孩子出來：

「靜靜！這是胖哥哥，去告訴宛宛。」

靜靜真的長得和宛宛一模一樣，她文靜的向我點頭招呼，而後走進去，大約過了三分鐘，我們聽見屋裡的聲音：

「不要，不要，不要他進來……」而後是悽慘的哭聲。

這時候，我不顧一切的衝了進去。

「宛宛，我要，我要見妳呀！」

房子裡五個人，十行眼淚流不盡離亂年代的罪惡，流不盡我們這一代的憤怒和仇恨，不知道多久，宛宛的手輕輕撫摸著我的面孔，失神的眼睛望著我：

「胖胖，你沒有變？」

「永遠變不了的！」

「可是我——變了，一切都粉碎了。」宛宛說著：「靜靜過來，這就是胖胖！胖胖，答應我好好照顧她，她是個好孩子。」

宛宛母性的仁慈，漸漸地昇華，漸漸的覆蓋了我，覆蓋了這世界上冷落的一切：細細和圓圓拉著靜靜要往外走，宛宛卻說：

「妳們走什麼呀？坐著，大家一起陪胖胖談談。」

「這些日子真苦了妳！」

她苦笑了一下，搖搖頭。

「想得我好苦。宛宛，我們總算在一起了。」

我說：「我們接妳下去，住到我們自己的家裡去。」

「家裡？」

「是的，我不是在信裡，跟妳說過要買一棟小小的房子嗎？現在可以實現了。」

「胖胖，你真想得週到。」

宛宛，這時候，情態好像興奮了一些，但是，我又從她兩眉之間，發現了一股莫明的惆悵和難堪。她指了指自己的腿，幽默的說：

「我會是一個主婦嗎？」

「會的，有妳的愛，一切都會變好的。」

「胖胖真會說話咧，細細，妳說是嗎？」

「他是真的，他到過大膽，從那塊相思石上，得到妳的消息的，妳不用瞞他，妳看，現在你們相見了，不是很好嗎？」

「很好？」宛宛點點頭。而後又對靜靜說：「妳站在胖胖的旁邊，讓我看看。」

靜靜和我呆呆站在一起，宛宛說：

「胖胖，靜靜可不能送少年組啊！」

這話逗引我們都笑了起來，而後約第二天下午接宛宛下山，又叮囑靜靜早些收拾東西。宛宛說：「好，我等你們來接我。」

下山的路上，細細和圓圓說：

「想不到胖胖的魔力這麼大，宛宛居然變得這麼快！」

我說：「那是上帝的安排，叫苦難的人也享有一絲絲幸福。」

五

很快的買好了永和鄉間的一棟小洋房，又拖著細細圓圓一起去選傢具，特地給宛宛買了一張輪椅。

夜裡，我們一起佈置，依著細細和圓圓的意見，使房子儘量揉和著宛宛的喜愛，把那些能引發聯想的東西，都擺開些，在床頭櫃旁邊裝了收音機跟電唱機，使宛宛一伸手就可以使用，同時在客室後面是靜靜的臥室，以使她們姊妹朝夕共處。

一切都安排好了，細細和圓圓說：

「胖胖，你果然沒有使宛宛失望。」

「但是，我欠她太多了，一輩子也還不清的。」

「這已經很可以了。」

「可是你們要常來，不然宛宛太寂寞了。」

「當然！」

送走細細和圓圓已經是夜間十一點四十了，可是，我怎麼也睡不著，只好一個人起來，走上川端橋，看天上的雲絮飄著，看橋下的溪水流著，好像天上飄著的是我的生命，橋下流著是我的青春，這一夜，我不知道是怎麼過的，只是在回憶，回憶，回憶一個亂世中可憐的我和那可憐的愛人。

大約是九點多鐘，我給一陣聲音驚醒，睜眼看見靜靜、細細、圓圓她們都來了，我猛然覺得不妙！

「出了什麼事嗎？靜靜。」

「姐姐，她，她去了，不再留戀我們了！」

這突然而來的噩耗，猛烈的打擊了我，一切都如夢如煙，一切都已成為過去了。

「宛宛！」我細嚼著她的名字，一個可憐的孩子，就這樣的回歸到上帝的懷抱裡去，我真是欲哭無淚！

靜靜遞給我，她最後的留言：

「胖胖，我知道你捨不得我走，但我必須離開你，天堂會很遠嗎？該比很長很重的苦要近一些吧！

我很滿足了，你能這樣為我安排，但是，我愛，愛是奉獻與犧牲，懂得愛的人，才會享有永恆的幸福、忍耐、快樂和安祥的。

靜靜，在這世間，只有你了，我們姊妹命苦，請你一定要照顧她，使她有所依附，這是我唯一的付託！胖胖！我捨不得走，而我非走不可了，……」

宛宛這些文字，是用生命鑄成的，每一筆每一劃都有她的鮮血和苦淚，我歇斯底里的倒在沙發上，只覺得冷，冷，冷……

安葬了宛宛，我覺得我的心也一起埋葬了。大約第三天，細細和圓圓來問我，怎麼安置靜靜。

我說：

「我還有些錢，讓她繼續念大學吧！」

「你懂宛宛的意思嗎？」

「懂，但是，我也已經死了，靜靜有她自己的世界。」

「圓圓！找靜靜問她的意思吧！」細細說。

這時候，靜靜走進來，眼睛紅紅腫腫的。看她小可憐的樣子，我心也有劇烈的痛楚。

「我不讀書了，我要跟細細姐姐、圓圓姐姐去！」

「為什麼？」

「我知道，姐姐是怎麼死的，不單是亂世兩個字可以解釋的！」靜靜說：「胖哥哥，那房子和錢都用宛宛的名義捐了吧，我們有人，是不需要什麼錢的，生命難道不比錢更好！」

靜靜的話啟發了我，她真不是一個孩子了，因為，她懂得人生的意義，也懂得生死的代價。

我猛然覺得我老了不少，但是，我仍有生命，有生命才能搏鬥，才能愛，才能有永恆的幸福、忍耐、快樂、和安祥。

細細、圓圓，加上靜靜，仍然是三大兵。

我仍然是屬於戰爭的，我想，我會比以前更狠更兇更無所畏怯了。

（原載金門《正氣中華報》副刊）

妙筆生輝

編者的話

作者熱愛朋友，也受到朋友的器重，這一輯選了幾位知名作家的文章，在他們的生花妙筆下，刻畫出作者的形象，用觀察、親近和參與，見證朋友的努力，欣賞朋友的成功，他成了朋友心目中貴人、親人，兄弟和領路者。每一篇文章都散發著友情的光輝，更表現惺惺相惜的仰慕真情，從各個不同角度，看到這個十九歲來臺灣的尋夢人，怎麼穿越時空，走過危難，大愛精誠，分享喜悅，他那友善圓融的人生，像一面鏡子，透視出一個人的真性情。

一事能狂便少年
——記玉明和我們眾家兄弟

張作錦

民國卅九年我認識趙玉明時，他不叫趙玉明，叫趙玉成。「玉成」兩字與某位長官「撞名」，按當時軍中的「家規」，低階者要改名，於是世上就有了一個趙玉明。

起先我們不太習慣，仍叫他原來的名字，後來也就慢慢叫順了口，現在如有人還知道他原名玉成者，必定是「老」朋友了。

那時我們都是十幾二十歲，在陸軍第六軍三六三師當兵吃糧，駐防林口。我們常來往的有四個人，按序齒順位，老大何坦在一〇八九團團部當參謀，老二趙玉明在一〇八九團當排長，老三俞允平和我在師司令部，允平長於繪軍事地圖，我則做些抄抄寫寫的文牘工作。

我們的相識起於文字因緣。政府遷台之初，臺灣的出版品甚為貧乏，軍人也沒錢買書訂報，當時軍中報刊就成為年輕軍人最主要的精神滋養。

第六軍代號為「雄獅部隊」，軍部發行《雄獅報》，我們四人都常在《雄獅報》上發表文章。雖然稚嫩青澀，但頗能叫人沾沾自喜。我們也像大多數年輕人一樣，在各種文體中，又為新詩著迷。常將各自的詩作，相互傳閱觀摩。我們當然不會以《雄獅報》為滿足，如紀弦主編的《現代詩》，覃子豪主編的《藍星》，張默、洛夫和瘂弦主編的《創世紀》，雖深壕固壘，我們也曾攻城掠地。民國四十二年，我們四人合出了一本詩集《金色的陽光下》，由《野風》雜誌社印行。我們因為詩相識，也因為詩而過從聚會。

但「好景不長」，民國四十三年我考取政工幹校第三期新聞系，去北投復興崗入學，部隊移防宜蘭羅東，然後又調駐金門，我們四人也就星散了。何坦在「八二三砲戰」後多年，調回國防部；玉明曾主持金門廣播電台，後轉戰台北各新聞媒體；允平曾主編我們的「母親報」《雄獅報》，退役後主持好幾本頗負時譽的文學刊物；我則因罹肺結核，當時是無藥可醫的重病，被「強制」脫下軍服，在社會浪跡一陣子，後入政治大學新聞系就讀，畢業後一直在《聯合報》工作，直到退休。

我們四人中，以我和玉明的「緣分」最深。他曾在《徵信新聞》兼差，又主持《民族晚報》編務，且是中華電視台創台的編審組長，都是我的「同業」。後來我們乾脆成了「同事」，他轉到《經濟日報》，又調到《聯合報》，那時我是總編輯，他是副總編輯，從「並肩寫作」，到「並肩編報」。軍中報中，都是戰友。

民國七十一年，我奉准去美國休假進修一年，玉明代我的工作，一方面他本來對編務甚熟，另則他有很多擘劃創新，甚得董事長王惕吾先生的欣賞和信任。我休假尚未結束，報館決定讓我留在紐約《世界日報》工作，玉明則順理成章的真除了《聯合報》總編輯的職務。

我在紐約，公務上要負責替《聯合報》供稿，個人也寫些小文章給《聯合報》新聞版和副刊，玉明都和我配合無間。民國七十九年我從紐約調回台北總社時，玉明已到泰國開疆闢土，主持曼谷《世界日報》，並一度將「勢力範圍」伸展到印尼。等他退休回台，我也自報館退休，白頭兄弟，林下重聚。

我們四個人，何坦已於民國一百年九月辭世，允平在家休養；玉明做了心血管繞道手術，但努力運動，仍能爬山，不過大家限於體力，畢竟見面少了。

「四時可愛唯春日，一事能狂便少年」，這是王國維的句子。好一個「一事能狂便少年」！我們四人，都曾為詩狂過，也的確少年過。對，少年過了。

（編者按：張作錦先生，著名報人，曾任《聯合報》總編輯、社長、《聯合晚報》副董事長，早年以金刀筆名寫詩。現仍勤於筆耕。）

瘂弦

戰鬥的火花・一夫

一夫這個名字在詩壇出現是民國四十一、二年的事，那時候臺灣的新詩界異常沉寂：臧克家、艾青、何其芳等詩人的作品在讀者心中早已失去吸引力並為多數人所唾棄，而屬於我們自己的民族風格，戰鬥風格的詩還在襁褓之中，一種沉寂的苦悶衝擊著許多青年詩人的詩心，而一夫就是這個期間出現的傑出詩人之一。

一夫的詩最早發表在《新詩週刊》、《現代詩》以及以後的《藍星週刊》，頗受重視。已故詩人覃子豪先生在《藍星週刊》百期紀念會上，對一夫的作品特別加以推崇，認為他的詩真純粗獷，具有戰鬥者的豪邁風格，並舉出他的〈自剖〉、〈戰士的遺言〉兩首佳作作為戰鬥詩的範例。

瘂弦（中）與我，在《聯合報》同事的留影。

作別這美好的世界
我的血漿來自胸膛
——〈戰士的遺言〉一詩的結尾

這種戰鬥精神的輻射，這種視死如歸的豪氣，生動地寫出了一個戰士的最後願望。又如他的〈太武山〉最後一節：

多少眼睛在看
看你動人的眼神如一團火
多少耳朵在聽
聽我的歌聲唱醒火線上的寂寞

這表現一夫的詩和他的人一樣，一直是以戰鬥者的雄偉之姿屹立在戰鬥的第一線，十年來回五次戍守外島，四次金門，一次馬祖，這或許是鍛鍊一夫戰鬥情感、戰鬥詩感的基本力量，他的戰鬥詩是詩的戰鬥，而不同於一般口號，理由也在此。他的戰鬥情感是在火線上錘擊起來的火花，而非蒼白的浪漫詩人書齋裡的狂想。他對詩的表現是忠實的，他從生活中提煉生命的菁萃，從感覺中去昇華真純的情操。

《金色的陽光下》是詩人與阿坦、金刀、疾夫等合著的一本詩集，出版於民國四十二年，為當時少數的詩集之一，由於這個集子的出版，間接地鼓勵了很多朋友出版詩集的熱情和信心。

民國四十四年一夫榮獲國軍文藝創作詩歌獎，四十五年復獲國軍文康大競賽新詩類第二名，接踵而來的榮譽使他的創作態度益發嚴謹起來，這幾年他的作品是相對地減少了，這是一件困惑的事；質與量有時候竟是那麼無法兼顧！雖然如此，我們仍期盼經常讀到一夫的新作。

（錄自一九六四年六月《新文藝》九十九期〈閃爍的星群——簡介軍中二十位詩人〉）

張默
畫中有詩

趙玉明註：

一九九四年四月，張默送了我一張畫，註明〈錄自十年詩作相贈〉，顯然是某首詩中的一節，我習慣不好，寫過的東西亂丟，剪報也疏失，想找一些舊作品，十分困難，這次出書想找些詩作舊稿，想表示曾經寫過詩，問疾夫、張默、魯蛟、向明、麥穗，雖找到一些，蒙吳穎萍小姐找到，如〈自剖〉、〈兩個海洋〉、〈苦悶一九五九的末稍〉等比較長一點的詩。也意外發現兩首未發表的殘篇詩稿。

寫詩不少年，沒有成績，停了四十年，近年因為山間晨運，有了〈山行三題〉一首，在《文訊》刊出，無甚進境，自然沒有勇氣再寫。我學寫詩始於四一、四二年到一〇三年，六十年間人都變了，何況詩。

張默的畫，引我詩句很珍貴，特予選刊，並抄錄他題畫中我自己的幾行詩，應該是某詩

張默畫作。

張默與我在吉隆坡機場，不期而遇。

的一小節，我全無記憶，糊塗啊！詩曰：

在一片葉子
和一個世界之間
仰著的杯底下　揭示
若干分之一秒　醺然
不是飲者　只是
抄襲

謝謝老友詩大家張默，他的畫和題示，使我又回到那個我迷詩的年代，也感謝許多功成名就的寫詩朋友，六七十年來沒有遺棄我，我不是甚麼詩人，已升格為「詩人的好朋友」，我一再自嘲，「我是沒有作品的作家」，所以，詩好詩壞，就不必斤斤計較了。愛詩無罪、寫詩有理，回首來時路，不竟年輕起來。

向明

難得找到的一夫存在主義作品

零之告白　一夫

我是零
不等於甚麼

任由最敵意的剖析
二重奏　三重奏
成束的白晝
無值　無感覺的游
只是一個小小的假定

在太陽底下
在追索證驗的夢中

棋到終局
劇場的面具們遂活生生的了
我著了魔
無可藥救的我是無

整天的浮著
整天的喘息
整天的啃自己的情緒
一點也不實在的

飢餓
仰視魔術的演出
Bye-bye! 數字　數字的數字
Bye-bye! 我不等於甚麼

（五十、十《文壇》十六期）

記憶之死亡

一升弧
躍起
在尋覓不著的
頂點而下　而下
沉深了記憶

舉杯　醉了一些
昨天已是很久以前

教我以遺忘
一升弧　頂點而下
記憶好像是個有意思的名詞

自升弧而下
春天已遠　已遠……

（五十二、七、十林口，《六十年詩歌選》）

我像挖到寶一樣喜不自勝地找到一夫這幾首陳年的詩，自得之餘，我決定要向大家宣揚一下、炫耀一下，當年詩是如何風光的存在過呀！然而我旁邊的人卻說：「且慢，現在誰知道『一夫』是誰呀？」「有幾個聽到過這個詩人的怪名字？」我一聽，可不是嘛！五十多年前就圍在一起玩詩的，現在還剩下幾人？連當年在他麾下最年輕的辛鬱都在最近回到天家去了（辛鬱晚年是個虔誠的基督徒），當年林口的「苦苓林」那個像「詩人俱樂部」的大招牌，恐怕這些七〇後出生的詩人聽都沒聽說過。

不過沒關係，「一夫」沒人知道，提到「趙玉明」肯定有一大票人會風聞其人，而且多少都曾受惠於他。「一夫」是趙玉明寫詩的筆名，他曾當過《民族晚報》、《聯合報》的總編輯，泰國曼谷《世界日報》的社長。同時他是民國四十二年十二月創立的「中華文藝函授學校」詩歌班第一屆畢業的學生，與瘂弦、向明、麥穗、彭捷、楚風、秦嶽、藍雲、小民等是同班同學。在早年的《新詩週刊》及《藍星週刊》上發表過不少詩作，一些當年的文學雜誌上也都發表過新詩，如《野風》、《文壇》、《文藝列車》等。他也寫過一部八萬字的中篇小說，得過國軍文藝金像獎的小說銀獎，還有數不清的論說文章。

這些都只是他從事文學的部分經歷，重要而精彩的是，當年他在林口心戰總隊當台長時，帶領的那一大批嘍囉兵居然全是寫詩的青年人，而且這些參加過紀弦現代派的成員，也是當年流行西方「存在主義」在臺灣的奉行者，說當年的「苦苓林」是存在主義的大本營也不為過，像已過世的楚戈（本名袁德星）、辛鬱，以及現在留著長髯酷似張大千的張拓蕪等全都是，他們開口不是紀德，便是卡繆、沙特、卡夫卡。同時以消極虛無的生活態度面對那存在的現實。現實是什麼？現實是那批從軍中出來的青年詩人，在五〇年代那種返鄉無望，前途無寄，囊空如洗，加之又有莫明的白色恐怖隨時罩頂的氛圍下，每個人都隱約處在一個四面摸不到邊的空虛世界中，難免會思考到個人存在問題，以及「我為什麼活著？」「活著的價值意義在哪裡？」等焦慮出現。因而也都開始奉行西方存在主義「存在先於本質」的口號，以消極虛無態度，面對此一存在的現實。

我與向明（右），我們是函授學校同學，同好又同鄉。

一夫身處那股「存在先於本質」的大潮中，雖身為台長，不免也跟著潮流走，寫出有異於往昔抒情味濃、帶著「存在主義」屬性的詩。存在主義的想法其實非常分歧，悲觀型的認為人生乏味，活得沒有希望，根本否定存在的價值。也有認為人生雖然無奈，但仍有其光明完美的一面可以追求，只要懷抱希望，慈悲的神就會加以救贖。臺灣的存在主義者所表露於詩中的態度，既未絕對的乏味消極無望，也沒有懷抱希望等待救贖的一類，就像一夫這兩首詩中的「不等於甚麼」的「零」的虛無；以及「昨日已渺」、「春天已遠」的死亡記憶，倒是極為普遍。不信請找楚戈早期詩集《青菓》；辛鬱第一本詩集《軍曹手記》；以及周鼎的詩集《一具空空的白》；甚至現在仍創作不斷、有著臺灣超現實主義最早傳人之稱的碧果早期的詩，都有著存在主義語言荒謬難解卻又迷人的手法。

（原載二〇一五年八月《文訊》三五八期）

尼洛
「張王李趙」的年

妻於春節假期中，到東南亞旅遊去了，算行程正在曼谷，玉明和凱苓將接待她過年。天福雖在台北，也朝夕相見，但因為秉梅在新竹教書，每逢年節，她都得要回新竹去團聚的。看來今年的這個年，我將嘗著孤單的滋味了，心裡因此就很不順暢，更何況今年的春節假期很長。

生命中有兩個摯友：一個叫趙玉明，一個叫張天福。三個人三十多年來的情份中，有一半是過年將它綑著的，過年，在三個人的生命裡，有著不為人知的意義，說來十分有趣。我在民國四十九年底結婚，應著那「討個老婆好過年」的兆頭，因而過年的喜悅，像是又濃又有滋味，邀玉明、天福這兩個光桿來家過年，也有幾分炫耀和激勵的意思。

他倆來了，天福帶來了一張紅紙，上寫著「張王李趙列祖列宗神位」的字樣，我不知道他對祖先的崇敬究有幾分誠懇，但是，有了這張紅紙，確是把年的意識凝聚了些，有著更為熱絡和熱鬧的感受。我們三個人都是少小離家，流浪中年復一年的年節，曾經有過的被年節烙上的酸楚和傷痛，也已隨著時光的沖刷而漸淡。當兵嘛，大碗酒、大塊肉之中，容不下「一醉解千愁」的兒女心態，過年所形成表面上的熱絡和熱鬧，反而成為十分正常的痲痲木木。

冠在紅紙上的「張王李趙」，是我們三個人以及妻的姓氏，這個臨時性的祖先牌位，天福是請了他人所寫的，每一個字都是寫得十分工整端正，從字跡的一筆一劃上，看得出書寫時的恭謹和嚴肅。玉明、天福、妻、和我，對這幅紅紙所寫的牌位，在心理上沒有被它感染出任何「慎終追遠」的情緒，只是把它當成過年時放炮仗那樣，是個應景而已。天福的用意，或許也只是把這個年裝點得更像是年、把我這個家裝點得更像是家罷了。

有人提議：既然是熱鬧嘛，就要熱鬧得有模有樣！於是，在臨時的張羅中，另買了香燭，買了香爐和燭台，買了作為祭品的鮮花、素果，也擺上了供桌。於是，「祭如在」四個人排成一列，向紅紙上的「張王李趙」鞠躬如儀。

就在這個被認為只是熱鬧的形式中，在躬身的猝然之間，心靈上卻全閃亮著一種莫可言狀電光火石，從五臟六腑，再到天靈腦門，禁不住凜然震撼：那張紅紙以及那端端正正的字體所要形成的熱鬧，已不再是意義，「祭如在」也不是在那個形式上的意義，而成為自己身體裡面所流動著的從古遠而來的血脈。這血脈，在一年歲殘、另一年再啟時，大聲吆喝：在承接中的肖？還是不肖？能不能承續古遠，或能不能「源遠流長」？

實在說，那個年夜，過得並不快活，因為「張王李趙」在醍醐灌頂，而且全屬教誨。玉明和天福的凝神中一片沉重，是否與我接受著同樣的教誨？不得而知。只有妻是活潑的，笑靨中漾著喜悅，在她的意識中，或許是兒時「辦家家酒」的具體實現罷。

以後「張王李趙」的年，每年都繼續下去，玉明結婚、天福結婚，幾家合起來過年，在姓氏上，「張王李趙」四個字仍然夠用。因此「張王李趙」的年成為幾家孩子們特有的歡樂和特有的趣味。孩子們漸長了，懂得一些歪理，說：「張王李趙」的年是一種巧緣，是一種應驗，於是它就顯得更像多采多姿。

趙玉明大喜之日，好友合影，右起李明（尼洛）、王孅娟、趙玉明、張凱苓、張天福。

我是在民國三十八年投身軍旅的，在當時，沒有什麼「投筆從戎」的壯志，而是在大逃亡中走投無路，軍隊收容了我。在軍中，一混二十年，憑良心說，當兵時是個歪兵，當官時是個歪官，是軍中口頭禪所形容的「活老百姓」那種，當兵當得並不剽悍，當官也不當得不很威嚴，窩窩囊囊，一點也不挺拔。這種情況，先是自己的心理上的不適應，後是一票歪兵拖著我的後腿。

當「張王李趙」的年，在我帶過那一群歪兵中傳開了，歪兵們批評說：我們三個傢伙在「劃小圈子」，迫使玉明狡辯：「張王李趙」代表「百家姓」的意思。於是以後有幾年過的是「百家姓年」光桿大集合。

歪兵們拖我後腿的那段日子，是我生命中感覺到最快樂、最富足的一段日子，用「風雲際會」去形容它，在心理上並不認為是過處。因為歪兵們的「氣勢」是相當逼人的，時時刻刻都令人感覺到在他們各自奮鬥的領域中，緊抓住乾坤，全是「前無古人、後無來者」的狂妄，豈不是讓我這個當頭目的人心神顫抖。在那一群人當中，和我認得最久的是玉明，民國四十一年春，玉明剛從上士爬升了准尉排長，我則是他麾下的一名實習兵，那時候，他正用一夫作筆名寫一些並不成氣候的歪詩，由於詩壇荒蕪，就浪得了名氣，和金刀、阿坦等人被稱為「劍客」。他生怕寫詩寫掉了官氣，表面上裝得十分老粗，管兵管得既細膩又很嚴苛。因為從我的內務包裡翻出幾張稿紙，認為是臭味相投了，才自動降格和我訂交，操課之餘約我到林中、田間散步，以文壇、藝事作題目而高談闊論，地點在五股冷水坑。我在他的麾下的時間只有一個月，而我和他以後的交往就是一輩子。

第二次和玉明相見，是在三年後的金門，他在表面上已全無兵氣，是金門《正氣中華報》的主編了。不過他把兵氣發揮在編輯台上，因此而博得個「趙老虎」的綽號，他的這一綽號，以後帶到華視，帶到《民族晚報》，帶到《聯合報》，現在，又帶去曼谷，雖然不是甚麼「名滿天下」，而在當今報界，不知道「趙老虎」的人恐怕不多。

認得天福的時間，是民國四十三年，他是我不曾相識的同學，就憑這一點關係，他莽莽撞撞的到鄉下來找我，是個很令我羨慕的以遞名片自我介紹的傢伙。當時，一般人那能用得起、和配得上名片？因此，那張名片，立刻就使我矮了一截，名片上印著空軍出版社《天視》雜誌主編，也是很嚇唬人的。他從台北來到林口，專程約我為《天視》寫稿，這種「知遇」，使我有好長一陣子樂陶陶的暈眩。

事實上，天福並不好纏，每約一篇稿，都親自跑來，要寫甚麼，他都「限題限時」，限字數竟限到幾百幾十，弄得我厭他、恨他，也不大看得起他。就是憑他手中一點點的稿費，竟如此的「作威作福」予他人以「蹂躪」嗎！原來他是學美術的，為了版面的美，不惜要寫稿的人自動的「削足適履」。不管他的法子對與不對，他所編的那份《天視》，在軍中卻連年得獎，因而使我對「一將成名萬骨枯」這句話，有著另一種境界的解釋。他的這種性格一直堅持著，並且得罪了很多人，豈不可愛。

金門「八二三」砲戰前後，由於已過世的蔣樂珊將軍和徐子舟將軍，對我有了偏愛，我就官運亨通，三調兩調，把我調成了管轄兩百多個官又一百多個兵的頭頭，有那種「沐猴而冠」的「飛黃騰達」。這是個所謂的特種單位，金門、馬祖都有「分店」，甚至外島所屬的離島上也有組，有群，實切的說，那段時間真的是個「頭痛時間」。

在這段「頭痛時間」裡，拖我後腿的那一群歪兵，總是「大錯不犯，小錯不斷」，在兩百多號人裡，顯得突出的特殊。譬如說，熄燈以後床上找不到人、早起時從床上卻又拉不起人，就是家常便飯。在軍中，不得例外是個最基本的要求，這群歪兵卻常常的站列子以外，並且要求我「特准」。也由於前後任的樂珊將軍、子舟將軍對我「睜一隻眼，閉一隻眼」，歪兵反而會說：「沒關係，老大是有肩膀扛的。」

由於管不好歪兵，管紀律的、管安全的參謀老爺，就常常打我的「小報告」，像甚麼「紀律廢弛」，「安全堪慮」等種種風評，也就不絕於耳。有時候，真的氣急了，找個藉口喊歪兵到房間裡來罵罵，希望發生一點「警頑」的作用，歪兵推門進來，禮數全無，冷冷的問：

「老大找我有事？」

「誰是老大！」在軍中，「老大」的稱謂十分犯忌。

「我們公認的，有什麼不好。」

這種情誼，又濕又重，黏在心上，怎能甩開？下不了什麼狠心，這歪官就當定了。相反的「恩准」了歪兵各種「理由」的陳述，甚至夥同歪兵們去一齊熱鬧：「老大，沒事就放我走，我正在給覃子豪趕一首詩。」

「老大要不要去？竹林山寺有廟會，我們幾個人要去寫生。」

「老大，拜託哪，中廣的那個廣播劇，我還有幾十張稿紙要寫。」

「老大，你是知道的，我在外面有三篇武俠連載，早上就是起不來。」

——看，豈不都是一些歪兵和歪理！

這時候玉明再和我在一起工作，他由我的長官跌為我的部下，這也是官運，無關其他，也無損友情。玉明成為我與歪兵們的中間人物，想不到的，他在歪兵的心裡，只是一隻「紙老虎」，一點也不威風，甚至比我更行雲流水，學歪兵們同樣口吻喊我「老大」，經常的語言是：

「放他們一馬吧！——我看。」

他既然這樣看，我就放吧，因為那一群都是有可見的未來，壓不住的！我這個歪官，在心理上就十分自卑了。人，就是這麼奇妙的動物，苦難、流浪、艱辛歲月，對某些人所得的結論是負數，對某些人所得的結論卻又是正數。

正數是甚麼？當年，我們曾經嘲弄過雪峰、國卿、奇茂的歪畫，今天，要想向他們求一幅畫，卻常常不敢出口。在舊金山市訂十一月三十一日為「李奇茂日」以感謝他「萬馬奔騰」的酒會上，我夾雜在一些名流、顯貴中，想過去和奇茂拉手道賀時，已有一種排不上號的感覺了。

在奔騰的起點時，我們也曾經嘲弄過一夫、楚戈、沈甸、辛鬱的歪詩，今天，他們有的突破：如楚戈、辛鬱，在詩壇上的分量，已經有斤有兩了；有的改了行；另成就了名編如趙玉明，名散文家如張拓蕪；楚戈的詩外有畫，從「旁鶩」到考古，成就了青銅器專家袁德星。這些「壓不住的」，當時我就認出「未來」了嗎？不一定。但是，他卻成就了我生命中一段十分灑脫的歲月。

事實上，我們灑脫的歲月，也非常有限。金門「八二三」砲戰以後，歪兵們一個一個的平添了約女孩子去「看月亮」的心情，人，開始周周正正了，衣著也開始整整齊齊了，而難堪的則是野貓擁有春夜那般，是不很寧靜的；一天，附近的一位小學校長找上門來，說他讀高中的女兒和我的歪兵有了麻煩；又一天，另一大學校長找上門來，說他讀大學的女兒和我的歪兵有了麻煩。——其實只是大驚小怪，他們不過是多看幾次月亮而已，或許他們也僅是談談詩、談談畫，屬於一些文學、藝術性的接近吧。

可能是我對這檔子事情，處理得較為「現代」，也可能這些家長，並不把我這個歪官看在眼裡，訓斥我，要我「好好管束部屬！」嚥不下這口氣，頂回去：「也請貴家長好好管束女兒！」歪官有這份歪理，歪兵們當然就更意氣風發了，歪兵、歪官開始有了「攻守同盟」。

單位裡早上剛分發到幾個幹校女生，下午，李奇茂就大剌剌的給歪官說：「那個高個子的，我定下了。」他已經「定下了」嘛，口氣是既嚴肅又豪邁的，我能如何？奇茂再補上一句：「我只是知會你老大一聲」。

——愛情的偉大之處，就在這裡。

再過幾天，奇茂有意邀我結伴的意思：「張說：王很好。你有興趣？我看你有興趣。」張，就是奇茂說的「高個子」。我對王有沒有興趣？全無判斷，只是突然不灑脫、拘謹起來了。然後不久，歪兵們起哄：「王是老大的。」就為我和王貼上了標了。這是以後有了「張王李趙」的起因，也是歪兵們不滿意用「張王李趙」來劃「小圈子」的背景。

——流浪者的家，就這樣的弄起來的，流浪者的年，就這樣的探究下去的。「張王李趙」只不過是流浪漢屬於把年過得熱鬧的一種形容，全不是道理，也全不是意義，而道裡、意義則在於相濡以沫的一點記憶裡，和記憶中的一些嘲弄裡，說：在人生的道路上，有辛酸、歡樂、卑微、自傲，有喜悅、也有反諷，然後晶結為趣談。

（原載一九八八年二月十九日《中央日報》第三版副刊「龍年特輯」）

貴人中的貴人

張拓蕪

想起自己這平凡的一生（尚未作古，應該「謙虛」些說半生，但年逾花甲大半截已入土，這「一生」也可以說得過去了。）雖是蹭蹬坎坷，卻常有貴人相助。平時不知不覺，到了緊要的節骨眼上，貴人們就悄然地出現，屢試不爽。

這一生中（相信將來還會出現）有多少位貴人幫助過我，已經記不清確切的數字，有的甚至連尊姓大名都不知道；不過近四十年來生命中有兩位大貴人（我一向尊之為恩人）是我終此一生不可一日或忘的。一位是今年初去世的三毛，我已寫過兩三篇短文感謝；另一位是亦友亦長官的趙玉明（一夫）。

認識一夫頗早，民國四十二、三年間，一夫曾和他的好友阿坦、金刀、疾夫合出過一本詩集，書名《金色的陽光下》，當時在軍中的文藝青年群中有很高的知名度。知道此人的大名則是在《公論報》的《藍星詩刊》發表詩作，他的一首〈戰士的遺言〉曾蒙詩壇前輩覃子豪先生在中華文藝函授學校詩歌班講義中特別推荐評介。彼此也在其他刊物上偶爾碰頭，但因單位各異，南北遙隔，並無機會結識；只是彼此聞名及其所屬的軍種單位、大致駐地而已。

紀弦先生訪林口，左起張拓蕪、趙玉明、紀弦、楚戈，應該是辛鬱攝影的。

民國四十七年的夏天，一夫到鳳山步校受訓，某個星期天，特地從鳳山坐火車到台南三分子營房來會會我這個詩友（從未通過信函，不知他如何知道我服務的小單位的），碰上那天我心情不好，勞軍電影票抽籤，我抽到郊區的歌仔戲票，我看不懂也沒興趣，何況那麼遠又這麼熱的火傘天，還不如好好睡個懶覺。

衛兵來報，說大營門有個當官的要見我，一聽是個官兒，脫口就說「不見！」。這兩年，我正患著嚴重的「恐官症」，我恐懼見官，厭惡見官。凡是官兒，不管官兒大小，不管對我如何折節下交，本上士一概不甩！

鬼使神差，四十八年的夏天我竟成了他的屬下，我剛到新單位不久，誰也不認得，正坐在寢室裡發楞，一個上尉衝到面前，指著我的鼻子問：

「你就是張拓蕪？」

「是，我就是張拓蕪。」雖然心裡厭惡官兒，但禮貌上還是照規矩來，態度尊敬而嚴肅。冷不防胸口挨了他一拳。

「好小子，你知道我是誰？」

「不認得。」

「我是趙玉明！」

「不認得。」忽然想起，趙玉明不就是那個一夫當關的？

「啊哈，你是一夫？」

「好小子，本大尉御駕親征，你這個大頭上士居然不接見，好大的臭架子！」

我們的朋友，就是這樣交起來的。

一夫愛在楚戈、辛鬱他們面前稱老大，在我面前也是；可是一經序起齒來，他還小著兩三個月。他當我們幾個詩人的頭兒，合資在林口中湖頭租了一間小閣樓，作為大夥公餘寫作之所，然而卻成了吹牛、罵街、湊錢買花生米下福壽酒（當時紅標米酒尚未在我們當中流行，福壽牌價最廉）的場所。

房租每月七、八十元，一夫出資一半以上，無他，他是個官兒又是個頭兒。

一夫為人厚道、豪爽、慷慨，最後兩個字的背後，可以解釋為「打腫臉充胖子」，因之無論他是上尉參謀還是少校台長，經濟上一直拉警報，據我的側面觀察，此一「嗜好」一直到他結婚後才算輕鬆下來，他娶到個好太太。

一夫待任何人都厚道、熱忱，待我尤厚。

退役後一直為謀一口飯工作而到處碰壁，碰得鼻青臉腫。每天出外像隻無頭蒼蠅，回到家咳聲歎氣，前途無「亮」。一夫的憂慮焦急，也不下於我，也到處為我奔波，然而我年紀一大把，文武學歷皆缺，高既不成，低也不成，最後被軍友總社總幹事周顥將軍破格錄取，列為「三級幹事」。

周將軍是一夫的老長官，一夫向周將軍極力推荐，把我吹得能寫能編、能採能跑的全才，其實我能做的僅第一和第四，中間兩樣則外行得很。一夫也不是個善於吹噓誇張的人，他是急於為我找個飯碗而出此下策。

周將軍要創辦一份（《軍民一家》）月刊，總編輯找一夫擔任，需要一個編輯，一夫趁勢拉了我。事實上我追隨他編過《科學月刊》以及電視周刊，當他的助手久了，再笨也能學到一些。

為了顯示實力，我們編了期完全免費的創刊號，大樣經周將軍親自過目後大加讚賞；其實一切策劃、畫版都是一夫的手筆，他卻把功勞推給我，作為我未進門之前的敲門磚；我只是負責校對、跑印刷廠而已。

就這樣我成了軍友社的試用人員，人事命令發佈九月一號生效，還有半個多月，我等得既焦急難奈又心花怒放，退役後半年多來的碰壁、白眼、奔走無門的挫折感……如今終於有了個著落，半個月後可以朝九晚五的打卡上下班了，心中的興奮喜悅簡直無法形容！

上班的前一天，八月卅一號的下午，我沐浴刮鬍子，換套乾淨的衣服，準備明天光鮮又精神奕奕的去上班。

黃昏時候，我抱著不滿半歲的兒子看電視卡通，突然孩子從我臂彎裡溜了下去，我想說話，發覺舌頭脹大，轉不動了，也發不出音來，喉嚨裡像拉風箱，想站站不起，心知大事不妙，所幸右手尚能動，內人剛從浴室出來，一看我樣子不對，也嚇傻了，我招手拿紙筆來，寫下兩行字，一：叫車送榮總；二：通知趙玉明。這種交代頗有些交辦「後事」的意味，如果從此不起就算是遺言了。

上車時雖不能言、不能動，但腦子尚清醒，聽到內人和司機的談話，然後逐漸模糊、模糊。……醒來已是整整十一天之後。

雖然活了過來，也只活過來一半，甚至一半都不到。身不能動，口不能言，腦子一片渾沌，只是比死人多一口氣而已！

真正的醒過來，腦子清楚了些，雖尚不能言語，但能聽得懂別人說甚麼了。一夫指著鼻子問：

「你認得我是誰嗎？」

「我是玉明還記得吧？」

我點點頭，表示知道他是誰了。因為這些天他一直在病床邊轉來轉去，聽得聲音很熟悉，樣子也熟悉，就是記不起他是誰？連老婆兒子都不認得。

三個多月以後可以下床，推輪椅去做復健，玉明一直在身旁照顧、打氣，不停地說：「有進步了，進步多了，再過三兩個月就可以行動自如了。」等等，我知道這是不可能的，可是好朋友、老長官對你的鼓勵和期許，你能拂逆推拒嗎？我只有感激地收下。

《民族晚報》總編輯軍友社客串

一夫當時在軍友社之外，還在《聯合報》當巡迴編輯，編輯輪休，他輪班，一個白天，一個晚上，卻還抽空來榮總第九病房探望我，並不時塞點兒錢在枕頭下。

以後我出院，搬了好幾次家，住過永和、中和、新莊、北投以及新店等地，每搬一次，他都到過兩三次或五六次；他最關心我的生活問題，來一次塞一次錢，我既知道他自己的經濟情況並不寬裕（所以他要到處兼差），他卻念念不忘我這個殘病在家的老友。其實當時經濟生活尚過得去，病發之後，一些朋友、老袍澤們三百五百的捐了一筆錢給我，由鄧文來、司馬中原代表送到我床前，這筆錢總數有六萬多元，雖是作我的生活費用，但我決心半文不動，另外我還有半年一領的退役生活補助費，平均每月約一千五六百元，應該過得去了。我住的房子是蓋了一半中途因打官司而停擺的半成品屋，無水、無電、無門窗，門前草深及膝，門後一條臭水溝，不收房租，條件是我替房東裝置水電門窗；我從隔了十幾家的鄰居家接水來，但水質很髒，既臭又鹹更混濁，不能飲用，須用明礬澄清。這條叫中泰街的荒涼小街，全是二層建築，但絕大部份半途而廢，偶爾有一兩戶有人，大都和我一般窮困，馬路沒有剷平，坑坑窪窪，沒有路燈，入夜就成了鬼域。

這條根本不像街的中泰街，新莊郵局的郵差都不知道，大概新莊市區域圖上尚未劃分出來，也很少有郵件，我的一封掛號信捱了一週才到，郵差找到時向我嘆了口氣：

「虧你能找到這個地方來住，我找了好幾次才找到。」

老婆帶著孩子回娘家了，一連廿來天每天兩個饅頭；那個騎腳踏車遊走賣饅頭的山東老鄉，每天固定來一次，每次買兩個饅頭，一頓吃一個。山東老鄉人很好，還替我跑腿買醬瓜、豆腐乳之類的，我就這樣過了半個多月。這些天，連綿大雨傾盆，中泰街地勢低，水深及腰；門口也積水，雖不深（我用拐杖試過），但坑坑洞洞，難以行走，雖然已兩三天粒米未進，但也無法可想，也只得「餓」以待斃了。

一夫這天不知怎麼摸到這兒，跑遍了派出所、分局和市公所才打聽到。他問我怎樣，我說餓得很，已經兩天半沒吃東西了，他掏我口袋，還有十幾個銅板，先是嚎啕大哭，接著詰問：「沒錢了，怎不打個電話給我？你老婆孩子呢？老天有眼，今天能和菩提一道來看你，你怎麼住這個鬼地方！」他噼哩叭啦說完，我才得接口：

「不是沒錢，錢在郵局，可是水這麼深，我不能出門哪！這兩天賣饅頭的也不來，一壺開水也喝光了，你們有車沒，快帶我去吃碗麵。」

「我們哪來的車，計程車不願進來，我們涉水走進來的，你能走吧？」

坐車到了台北東區，一夫要請我大吃一頓，我說只想吃稀飯或麵條。他去付帳時，菩提感慨地跟我說：

「一夫對你，比對同胞手足還真摯，他的激動和關心令我看了也心頭酸酸的，交的朋友如此，你老哥真是太福氣了！」

一夫遠去泰國，辦華文《世界日報》，忙得熱火朝天，平常很少聯繫，但台北有朋友經曼谷，回來必定帶回他遙遠的關心和問候。每半年他回台北述職，一到旅店必然會給我個電話，哥兒倆喝杯咖啡，吃頓小吃，聊聊近況，然後揮手而別。

去年十月間他又回台北述職，電話中興奮地說，他要帶我去見一位發明可以治療中風肢體殘障的儀器的醫生。事實上張凱苓（他太太）上次返台時就曾告訴過我，殘了二十年，神仙也無法使我肢體復原，我只希望其他方面能健康，就心滿意足了。廿年來，除了每天散一到兩次步外，其他的復健工作全部停擺，徹底放棄！

那位醫生一看我走進房間就知我的肢殘已成痼疾，回天乏術了。他一直搖頭，表示無能為力，但一夫仍央求他替我試試那儀器。兩三分鐘後，手指有規律性的振動，但幅度不大，醫生臉上漠然，一夫卻是一副不勝雀躍的神情，他實在太關心我這個老友了。

結果當然是失望，而一夫的失望超過我尤多。

右起辛鬱、張拓蕪、方明、季季、趙玉明，前者楚戈，林口四人幫老了，拓蕪長鬚飄然，成為人生風景。

做他的部屬和朋友，我是涇渭分明的。在公事上，我跟他一板一眼，規規矩矩的來；私下裡，兩個人經常爭得臉紅脖子粗，但是吵完了就沒事。他處處時時的拉我，力排眾議，肯定我的工作能力。我一向懶散，企圖心不強，但是經他拍了胸脯的事，我一定盡我所能的全力以赴。我不能坍他的台，是以從未丟過他的臉。對得起自己是次要，對得起朋友才是首務。

我這卑微的一生蹭蹬坎坷，然而生命過程中卻不斷有貴人出現幫助，而一夫是貴人中的貴人！更是大恩人！

仔細想想我的生命並不貧瘠，誰有我這麼幸運遇到這樣好的長官，交到這麼好的朋友！

（一九九一年七月一日泰國《世界日報》湄南河副刊）

辛鬱

從「在林口……」談起

——簡寫趙玉明（一夫）

一

林口是一個高地小鄉鎮，屬台北縣。瘂弦有一首詩〈苦苓林的一夜〉，寫的是林口某處頗具特色與魅力的地方，距離當年我們一幫搞「心戰」的哥兒們駐紮的營區不遠；如今則是一個高樓散立的新開發區。

我們這一幫人因為搞「心戰」，多少會一點舞文弄墨功夫，被稱作「林口幫」，趙玉明（一夫）是其中之一，而且是個頭頭。

「在林口……」如何如何，成為這伙人話當年的口頭禪，這說明那段日子（民國四十年代後期到五十年代前期），確有值得回味的地方。大概不會有人反對，這幫人不論寫文章、繪畫、編曲寫詞，乃至編刊物、廣播等等，都一致推崇小說家尼洛（李明），尊奉他為「領導」。而趙玉明（一夫）是尼洛的得力助手，自然成為尼洛不在時的代理「領導」，在我們三個寫詩的（楚戈、張拓蕪與我）心目中，他則是頭頭。

走得近，不分長官部屬，我們四個在營區五百公尺外，旁近竹林山寺的一個小聚落，租下一戶人家的二樓，作為寫作、聊天、會客之用。第一個來到的貴客商禽，點子特多，將這十坪大小的樓房命名為「同溫層」。

我們在「同溫層」會見不少詩友，包括羊令野、鄭愁予、鄭秀陶、商禽、流沙、秦松、大荒、王渝、洛冰、王泉生、張湘湘等。客人一到，趙玉明掏錢，我去買菜，然後七手八腳自己弄吃的，有一次錢只夠買青菜、花生米，我們把一隻從東勢捎來的貓頭鷹宰殺煮湯。客人是三位女性，宰殺過程沒看見，但鍋子一上桌，我們的頭頭——一夫兄掀開鍋蓋，就把三位女詩人嚇得花容失色，指著鍋子裡半沉半浮的貓頭鷹，驚問：「這，這，這是什麼？」

那時我們享受這類帶點辛酸滋味的樂趣，大家都寫得很勤。但半年之後，命令下來，趙玉明與張拓蕪調馬祖，我調金門，獨留楚戈在林口。一年半載之後，分別從外島調回，情勢已略有不同，首先是尼洛高升，調台北工作，不久我感染肺病，自請遷出營區療養，租三坪小屋一間，楚戈亦稱病住進桃園一所軍醫院。趙玉明常到小屋來探望，看我用一種特殊療法治病（每天用冰涼的井水泡我瘦弱的裸身），他總心生憐憫但又不知如何是好，只說：「老弟，你千萬別弄得重感冒。」

他知道我錢不夠用，雖然無力接濟，卻回到營區，為我爭取多寫一份廣播稿，稿費不多，但夠買奶粉、雞蛋等營養品。

不久他調到台北「心廬」，拓蕪也去了，我還在小屋養病，趙玉明走前向我保證：「你病一好，我想辦法調你到台北。」

他兌現了承諾，我到了台北，成為「心廬」這個臨時編組的心戰作業單位，一個沒名分的作業人員，屬廣播組，這才真正做了趙玉明的部下。從那時開始，我與張拓蕪都稱呼趙玉明為「老大哥」或「趙老大」。

趙玉明（右二）在泰國芭達雅接待詩友左起張拓蕪、張默、楚戈。

二

在「心廬」廣播組，有一位在當時電影音樂界稍有名氣的作曲家駱明道，我與拓蕪都不太清楚這位仁兄辦什麼業務，除了星期四下午工作會報，看到他露臉，平常不見人影。「組長」趙玉明似乎毫不在意，哪裡知道隔不多久，趙、駱兩位，另加一位張先生，居然辦出一份與眾不同的流行型雜誌《人人娛樂》，內容以介紹電影、電視節目、流行音樂為主，配上一些生活情趣、消費資訊等短文，很合當時社會漸漸趨向現代化、國民消費習性慢慢改變的步調；一時洛陽紙貴，成為一份熱門刊物。

我在想，趙玉明怎麼有這個能耐？事實上，我對他的行徑不了解的地方還多著哩！

他那時不僅與人合夥辦《人人娛樂》，還身兼三職，已經在新聞業界闖出一點名堂。說到進入新聞業界，趙玉明最感念八二三砲戰前幾年，在金門《正氣中華報》工作的那段日子。他那時官拜陸軍中尉，在某個機緣下調入《正氣中華報》，因為官階低，只能占校對缺，幹的卻是編輯兼記者。這番歷練，後來造就趙玉明成為新聞業界知名的編輯「快手」與「寫將」，先後獲得國家文藝獎（新聞文學類，民國六十六年）、行政院新聞局新聞金鼎獎（七十一年）、台北市政府金橋獎（七十二年），而且從編輯幹到總編輯（《聯合報》、曼谷《世界日報》），從編輯部顧問幹到社長（曼谷《世界日報》）。

金門兩年，編報跑新聞之外，趙玉明一直保持對新詩的熱愛，以一夫筆名為紀弦主編的《現代詩》與覃子豪主編的《藍星詩刊》寫稿，他的詩風明朗，充滿熱情。民國四十二年曾與阿坦（何坦）、疾夫（俞允平）、金刀（張作錦）合出《金色的陽光下》詩集，在新詩界出道早、資歷深，可惜的是以後的作品未能結集出版。在金門他常與詩友交往，那時沙牧、魯蛟、梅新與我都在金門，不但成為《正氣中華報》的投稿人，每次進城，也會找上一夫，喝一點小酒，吃幾個鍋貼，「剝削」他的辛苦所得。

趙玉明高中未畢業就隨軍來台，由於身材矮小加以頭上有疤，考軍事學校未獲錄取，轉而致力學習寫作，第一篇文章題為〈疤〉，在《野風》半月刊發表。寫作上了癮，發表作品一多，被調往編油印報，打下編報的紮實基礎，再經《正氣中華報》一番煎煉，經驗更豐富，只等著有個機會充分發揮。

這機會在民國五十三年來到。調台北「心廬」，近水樓台，他經朋友推介，先進《民族晚報》，再進《徵信新聞報》（《中國時報》前身）。說來誰會相信，在那段日子，他每天上午十一點到下午二兩點進《民族晚報》編輯室，然後趕返工作單位「心廬」，寫稿、審稿（三份包括張拓蕪、王啟惠與我，每份稿子一千八百字到二千七百字不等），六點吃罷晚飯，洗個澡，倒頭熟睡兩小時，十點趕到《徵信新聞報》，一直幹到深夜一點，再趕返「心廬」睡大覺。此外，他還得抽空幫著編《人人娛樂》。

一九五三年出版《金色的陽光下》詩集的四人，後右起：何坦（阿坦）、趙玉明（一夫）；前右起：俞允平（疾夫）、張作錦（金刀），五十年後再度合影。

這真是鐵打的身子，二年多下來，我與張拓蕪只知道他在外兼差，卻不知他竟然忙到這般境地。我們不見他瘦，也不見他在辦公桌上打瞌睡，等知道之後，也不知道該怎麼讚上幾句。其時我那位沙牧仁兄還常來找酒伴，多次都由趙玉明請客，到圓環小吃。

趙玉明在《民族晚報》總編輯一幹五年八個月，曾為我們幾個詩友設「每週專欄」及「三人行」（每日專欄，設於副刊，每篇七百字，初期由羊令野、商禽、我三人執筆，後來大荒與向明取代羊令野與商禽，維持七年多，共二千多篇）。在《民族晚報》工作後期，由於《人人娛樂》的成功，趙玉明被挖角到《台視週刊》綜理編務，使《台視週刊》從民國五十五年每期發行量四萬八千份，飛快的增加到十多萬份，被視為奇蹟。

不僅如此，他那時又被尼洛請去兼編《文藝月刊》，讓疲態畢露的《文藝月刊》重新振作，轉手讓俞允平順利接編。

不久之後，中華電視台成立，尼洛出任節目部主任，找趙玉明做編審組長，蒙他們兩位的照顧，我參與了第一檔連續劇《男子漢》的編劇組，短時解除了我把退伍金辦「十月出版社」老本虧光的生活困窘。

三

趙玉明離開《民族晚報》之後，於民國六十四年，正式加入《聯合報》工作，在這之前，他曾短期在聯合報系工作，擔任過《聯合報》與《經濟日報》編輯。進入《聯合報》，初任編輯部顧問，再任執行副總編輯，升任總編輯後，他「多元化社會的新聞」這一改革主張，將社會版內容擴充，容納科學、生活、文化三個要項，使新聞內容多元化、多樣性、多面向，報紙發行量漸次從九十餘萬份，增加到一百四十萬份，締造了《聯合報》的黃金時代。

總編三年任期屆滿，轉任總管理處執行副總經理，在任編輯顧問時中共空軍范園焱駕機來歸，趙玉明受命以這事件寫成《飛向白日青天》一書，在《聯合報》連載，普獲佳評，並榮獲國家文藝獎（新聞文學類）。從而再獲報社重用，派赴泰國任曼谷《世界日報》執行副社長兼總編輯，在任二十多年，從第三年起升為社長兼總編輯。任內特重中華文化的提振，與僑胞子弟的文藝教育，辦了多次文藝營，請亮軒、司馬中原等數十位作家講演。期間赴雅加達兩年，創辦印尼《世界日報》為當地僑胞服務。

趙玉明自謂新聞與文學是畢生兩大情人，尤其鍾情於詩，常以詩調節工作壓力、調劑生活。他待人寬厚，慷慨大方，這使他與同事、部屬之間相處融洽，工作得以順利推展。

對我來說，作為「林口幫」的一份子，不論朋友交誼，或工作方面的誘發與指導，「趙老大」都是大家的表率。他理性處事，感性待人，理性與感性交互運作，充分發揮工作與領導功能，怎麼會不成就一番事業？

（原載二〇〇九年二月《文訊》二八〇期，《我們這一伙》）

麥穗

我們這一班

——記文藝函校詩歌班第一期同學

民國四十二年（一九五三）八月，台北的報紙上出現了一則醒目的「中華文藝函授學校」招生廣告，這則廣告引人注目的是廣告中附的教授名單，都是一時之選的學者，文壇大老及著名作家。因此對喜歡搖搖筆桿，卻不知如何步入寫作殿堂的青年們，特別具有誘惑力。

函校設小說、國文、詩歌等三班，第一期招生錄取九〇一人，計小說班三三六人，國文班四七三人，詩歌班最少九十二人。詩歌班人數雖少，卻是集精英於一爐，是人才輩出的一班。筆者不才置身於肆，沾了不少光。時光荏苒轉眼五十五個寒暑消逝，我們這群當時二十琅璫的文藝青年，至今少數已跨入八十高齡，大多數也都接近八十了。慶幸的仍有部分堅持著初衷，創作不輟，有的甚至在詩壇位高名重，令人敬仰。

函授學校不同於一般學校，學員與校方只有直的連繫，沒有橫的交流。因此學員與學員之間，有同學之名卻無同窗之誼。除了同學錄和通訊錄中，和他（她）們的大（芳）名碰個頭，一生中甚至無緣見上一面，也可能見了面，彼此並不知道曾經有過一段「同學」之緣。其中有好幾位在詩壇遊走的同學，因為當年校方的同學錄登載的都是本名，後來出道了都用了筆名，如劉長民的小民、王慶麟的瘂弦、劉秉彝的藍雲、董平的向明、秦貴修的秦嶽、孫健吾的雪飛等等，都是認識數年甚至十數年後才知道曾經是「同門同學」。雖然如此，但當知道曾經有過這樣一段隱藏著的關係，彼此的情誼也因此拉近了不少。

經過漫長五十五年，函校早已成為歷史，詩歌班指導老師覃子豪先生也在一九六三年身歸道山，九十二位創校第一期詩歌班同學，到底還有多少人堅持在寫作的路上？據筆者初步探悉，尚有十四位沒有離開詩、文的範圍。現在將筆者所知的這些終身奉獻的同學，按照通訊錄的排列次序，簡介於后，為臺灣詩史留下一點鴻爪。（對不起，各人介紹有刪節）

詩人麥穗（文訊提供）。

秦貴修：河南修武人，筆名秦嶽，一九二九年出生，入學時二十四歲，軍人。

孫健吾：四川酆都人，筆名雪

飛，一九二七年出生，入學時二十六歲，為台中空軍醫院實習學生。

劉長民：女，北平人，筆名小民。一九二九年生，入學時二十四歲，軍眷。

董劍秋：潘陽人，筆名秋心。一九二九年出生，入學時二十四歲，軍職。

柴棲鷺：又名柴棲山，山西鋒縣人，一九二九年出生，入學時二十四歲，服務於台中製圖廠。

釋若水：江蘇泰縣人，一九二六年出生，法名自玄。入學時二十七歲，是班上唯一的出家人，也是詩壇少見的「和尚詩人」。

彭捷：女，浙江人，一九一九年出生，在廣州生長，空軍軍眷。入學時已三十四歲，是班中的老大姐。

董平：湖南長沙人，一九二八年出生。筆名向明、仲哥等。空軍通訊官，入學時二十五歲，早年即享有詩名。

楊華銘：浙江黃岩人，一九三二出生。軍職，入學時二十一歲。

王慶麟：河南南陽人，一九三二年出生，筆名瘂弦，海軍軍官。入學時二十一歲。

楊華康：浙江餘姚人，一九三〇年出生於上海市，筆名麥穗、姚江人，入學時二十三歲，森林工作者。

趙一夫：本名趙玉明。湖南湘陰人，一九二八年出生。以趙一夫名入學時二十五歲，軍官。

張效愚：重慶市人，一九二七年出生。筆名蜀弓，入學時二十六歲，軍人。

邱平：本名盧克其，江蘇鎮江人，一九三一年出生。以邱平名，入學時二十二歲，軍醫。

劉秉彝：湖北監利人，一九三三年出生。筆名藍雲、鍾欽。入學時二十歲，軍職。

時光如白駒過隙，五十多個歲月瞬間消逝，回想當年胸懷「大」志，雄心勃勃的一群文藝青年，如今都已七老八十，誠然「詩路」並不好走，能一路走來始終如一者，令人敬佩。

我與瘂弦（左）50年前的留影，我一直不知道他是函校班同學。

雖然九十二位同學中僅十數位還沒有擱「筆」，少數偏離了「詩路」，但都也頂上了「大」或「名」的冠冕，如瘂弦、向明等，不少同學也功成名就，在詩、文領域中闖出一片天，如已故的著名散文家小民，主持《海鷗》的秦嶽，創辦《乾坤》的藍雲以及新聞界的趙玉明，外交界的楊華銘等等。

除以上十四位與筆者有過接觸或交往者外，據筆者所悉，其他已往曾致力創作，頗有成就的同學，如幾年前仍有詩作發表的楊振瑛，有過一面之緣的陳金池，少數本省籍同學之一，在新竹擔任過國小校長，以一首〈妹妹背著洋娃娃〉馳名童謠界的周伯陽，旅居美國筆名楚風的劉韞，一九五七年與向明等獲得優秀青年詩人獎筆名戰鴻的楊祖泉等，有的移民國外，有的退休停筆，有的往生離世。無論如何，他們都令人不勝懷念。

（原載二〇〇九年夏季號《創世紀》一五九期）

有腳陽春・側寫一夫

姜穆

人類向有種自然領袖之說，如《開元天寶遺事》裡，記王璟一段所寫的：「言所至之處，如陽春煦物也。」詩人一夫（趙玉明）就具有這種魅力。

一夫，是趙玉明先生四十八年前寫詩所用的筆名。為什麼取一夫？不得而知，但可理解絕非獨夫，天下我一人也的意思吧？《詩經・鄭風》中〈野有蔓草〉說：「清揚婉兮！」才是這筆名的意義。說一夫為「有腳陽春」，實在當之無愧，任何場所，只要有他在，準是處處歡樂。為人又能急人之急，故人多稱「老大」而不名。

這老大的稱呼，絕對沒有侮謾之意，反而雜揉了尊重、親切在內，自是一種敬稱。稱趙玉明先生為老大，不知從何時開始，但已經是很難追考的事了。

當「老大」，有一定風範，至少要有器量，不是人人都可以當的。他與王璟相去不遠，若做大官，也一定是位仁民愛物的好官。

好友姜穆（1929~2003）。（文訊提供）

他的確是「有腳陽春」，到那裡，那裡便有歡笑；尤其是輕財重義，頗有古人風。在今天這個為財帛骨肉相殘，同室操戈；搶劫、偷盜無所不用其極的社會裡，這樣的人更少了。

讀文建會出版的《中華民國作家・作品目錄新編》，小傳之外附其著作目錄，《金色的陽光下》是「野風出版社」於民國四十二年二月出版的。那時除了蘇雪林、孫陵、謝冰瑩這些老一輩作家，能出版其著作以外，年輕一代作家出書不易。也難怪，政府初遷來台，臺灣雖不是二次大戰主要戰場，日本卻以臺灣為進侵大陸與南洋一帶的跳板，為戰爭，搜刮得民窮財盡，美國飛機也轟炸過，滿目瘡痍，真是百廢待舉，文化、文藝便屬次要問題了。在那種環境下，他們出版了四人新詩合集——《金色的陽光下》、作者阿坦（何坦）、一夫（趙玉明）、金刀（張作錦）、疾夫（俞允平）。這四人原都在一個單位服務。互相激盪，後來四人都在文化、文藝、新聞領域有相當的成就。

據疾夫說，在他們四人之中，何坦年紀最長，官階也最高，書也讀得最多，故受他的影響也最大。妙的是這「四人幫」後來都從事新聞工作，在寫作上也各有成就。

何坦在聯合副刊工作後，曾主編《軍友月刊》多年，退休迄今，仍不斷撰寫歷史小說及廣播稿，張作錦從「勞工社」轉入《聯合報》後，自記者始至今日之社長，已展現其奮鬥的成績，他所寫的評論、雜文、辛棘犀利、膾炙人口。當初取「金刀」這個筆名，倒是很能符合今天文章的風格。疾夫曾任記者與《電視周刊》編輯，主編《民族晚報》副刊及美國《世界日報》小說版。再下來主持《文藝月刊》，總管編務近十三年，《文藝月刊》停刊，即以「愚庸笨」等筆名，寫勵志小品，銷售不惡。而一夫在《聯合報》總編輯之後，出任泰國《世界日報》社長一職迄今。四人對本土文化都有一定貢獻，其成就都相當高。這些成就無疑是他所們青年時代，互相激盪有相當關係。我們舉一些其他例子，來證實這種看法，魯迅的「未名社」、瘂弦、張默的《創世紀》都培養出不少人才，也是互相激盪的結果。

一夫是民國卅九年開始創作，到現在已是四十八個年頭作齡，出道極早，稱他老大，也有大老之意，文壇上魯迅有老大的器度。蕭軍、蕭紅從東北流亡到上海，生活無著，寫信給魯迅求援，一出手就是數十元大洋，把他們的稿子推介出去，因是新作家，缺乏知名度，沒有人接受，蕭軍的《八月鄉村》、蕭紅的《生死場》，都列入他自己的出版社「奴隸叢書」的第一、二號出版，未料竟一紙風行。

另外，許文欽為陶元慶在杭州修墓，向魯迅要求援助，一擲就是三百大洋，陶元慶與魯迅並無特殊交情，只不過是替他設計過幾本書的封面罷了。也許陶元慶、蕭軍、蕭紅等都很有才華吧！魯迅是愛才的，所以帶他們不遺餘力。

最荒唐的一件事，韓待桁看到魯迅這麼樂於幫助青年，竟然託他買春藥，不過這次魯迅發火了，但彼此並未絕交。

魯迅之所以得到青年作家的愛戴，不是偶然，替青年修稿、推荐作品，作序揄揚更不計其數。魯迅去世，萬人送葬，固有共產黨在背後策動，自動送他最後一程的人也不在少數，蕭軍便是八位抬棺人之一，完全是報恩的行為。

一夫先生中年以後，即從事新聞工作，作品的量不如魯迅，急人之急，則有過之，就個人所知者，如白頭宮女說天寶遺事，記幾樁如下：張拓蕪家庭出了些問題，他看得較嚴重，一夫先生編完報紙，拖了筆者同赴北投拓蕪住處勸慰。

他主持《故鄉》編務，因筆者生活困難，拉筆者去「幫忙」。所謂「幫忙」，無非是讓筆者多一份收入；另一次，筆者在「源成圖書供應社」主持編務，由於年終獎金未依當初協議發給，一怒拂袖而去。在去「源成」之前，我原在「黎明」任副主任（即副總編輯），說好在「黎明」的年終獎金由「源成」承受，「源成」卻未依約行事。這一拂袖而去等於失業。立志以一枝禿筆養一家六口。當職業作家談何容易，一夫知道我失業，於是又拉我到聯合報系的《女性雜誌》，當「額外」編輯（當然又是幫忙）。

當時「女性」主編是一夫與查仍千兩位先生兼任。兩人的兼職薪水是每人七千元，撥一人薪給我這「額外」的黑編輯。在一夫嘴裡所謂「幫忙」，實在是一種救濟。

後來「女性」移給「聯經」主辦，在只要執照不要人條件之下，「額外」編輯只好回家。但適時《民生報》開一個與出版有關的十批新聞評論合一版，又被聘為「版在人在，版停人走」的臨時撰述。每週十批編寫包辦，因廣告不好，未久又回家了。周顯先生（當時為總經理）以為「說不過去」，又回《經濟日報》讀者服務部工作，該部後撥歸《民生報》，再經周顯先生與一夫先生大力向《民生報》總編輯石敏先生力荐，經八個月的「實習」（新進人員實習均為三個月），情不可卻之下，收留我這鬍子編輯。當時《民生報》的編輯、記者年齡都不超過四十歲，筆者已近知命之年。因此同仁叫我「老爹」而不名，這，就可想而知了。這又是一個多大的人情？

去「故鄉」是「幫忙」，去「女性」也是「幫忙」。「兩肋插刀」是多麼風光的事。實際如何呢？他們根本不忙，也無須人協助。這種說法，是給去被幫忙者十足的面子。替人設想，使受者心安，不致尷尬，這才是一夫先生的用意。

這是老大風範，臺灣有這種風範的作家不多，小說家李明（尼洛）、吳東權（人言）、徐瑜、徐桂生都具有這種偉大的器度。能容人、又能幫助人，而且從來不居功，是常人所辦不到的。

「有容乃大」，話說得輕鬆，真要做到談何容易？社會風氣敗壞，實與肚量有關。

一夫先生幫助人，引援人的事實極多，難以數計，代人受過的事卻也不少。

一夫先生擔任某晚報總編輯任內，同事有了急用，向銀行貸款，一夫以其房屋擔保。借款到期，債務人無力償還，銀行一狀告到法院，不必說，房子查封拍賣，擔保人只好代為清償，才避免居無室之苦。背負此一債務有相當長的困苦時間。

另一事，則是擔任某日報總編輯，中（中共）英談判香港歸還的問題，為此，相關官署曾召開一次對相關新聞的處理會議，會中協議「淡化處理」，中英談判的協議全文不予刊登。某報基於新聞自由與維護讀者知的權利，於是在第四版刊出協議全文。同業抗議，官署的不愉快，這當然要有人負責的。一夫以去職了結這樁公案。

一夫湖南湘陰人，與湖南鳳凰的沈從文先生經歷相去不遠。

沈從文從軍，當文書士（師爺），後去北平闖天下，竟也在文藝行業內打出一片天，成為名作家、文物、骨董鑑定專家、中國服裝史權威，最後進入大陸「社科院」歷史研究所出任研究教、作家與專業藝術都登峰造極；一夫先生也從軍、也寫作，所不同的只是一夫從事新聞工作。

他做新聞工作，從記者、編輯、總編，做到日報社長，很多種期刊總編輯，電視節目編審組長。以新聞工作而言，也已做到最高職務了。

一夫先生未讀新聞相關科系；沈從文先生只是小學畢業，無論做任何行業，都是「行伍」。但他們的成就，絕不比那些科班做得遜色。他們的成就，是令那些自學者值得效法的，也獲得鼓舞。

近讀《從文家書選》，中所附張兆和日記，敘及張兆和因沈從文追求一事，到胡適先生家「告狀」。胡先生一再說沈從文是天才。事後證明他對沈從文的觀察，確然獨具隻眼；一夫先生卻沒有像郁達夫、胡適、楊振聲那樣的人特別提攜，他是自己闖開一條血路來的。尖子終會穿袋而出，誠不繆也。

天才是沒有用的，天才還須加上努力，在這方面，沈從文和一夫都一樣做到了。歷史不能從頭再來一次，人生也是一樣。我們做一個假定，一夫如一直從事文學創作，必然也有很高的成就。

他寫過四本書，除前述的四人合集不算，以《飛向白日青天》、《居正傳》、《咆哮大地》來看；《飛向白日青天》見其敏銳觀察，透視新聞背境，做深入報導，見人所未見；《居正傳》則見其對近代史的洞察與資料蒐集，相關歷史知識的豐富，閱讀典籍的廣泛，學力深厚，展現歸納運用材料的能力：《咆哮大地》，想像力豐富，邏輯（結構）綿密，駕御文字，組成語言藝術，都是一流的。

這四本書已展現其才華。而他的寫作又不僅此，散文、廣播劇、電視劇與評論，都揮灑自如，具大家之風。有人把蕭乾列為記者型作家，一夫應是其中的佼佼者。寫作雖然不多，卻獲得「國軍文藝詩歌獎」、「新文藝小說獎」、「國家文藝獎」等，但這都不過是他牛刀小試罷了。

一夫先生性格豪邁，偶然與朋友手談，不大輸即大贏，如有必要，他可能以生命放在賭桌上。急人之急也是如此，只要能力所及，赴湯蹈火在所不辭，若革命，也有林覺民的豪情。

做他的朋友得益，做他的長官可分享他創造的成果，做他的部下可得關照。以他的秉性，如富有，可能是現代孟嘗君；也適合當地方紳仕，修橋補路，成為一方的土地神。這種性格，成敗都可能極端，但無論如何，老大是終生老大，不逾矩之年，仍是豪情萬丈，有腳陽春，豈此短文可寫其萬一？

老大！偉哉大矣！

一夫先生囑勿與魯迅、沈從文兩位先生比附，愚以其行相比，而非文學上比；是在做事對人方面比，想來不會造成讀者的誤會吧？

（原載一九九七年六月廿日《台灣新聞報》西子灣副刊）

玉老六輪龍壽詩

黃應良

庚辰八月廿二日下午，在泰世二樓的編輯部與工商服務部，一籃花團錦簇的鮮花，一個豐盈著祝福的蛋糕，便營造出一個充滿喜氣、簡單卻隆重的慶生會。——鮮花是中華民國駐泰台北辦事處代表黃顯榮上將特別送來的，他當天人雖在清邁巡視僑情，卻在知悉玉老七十二龍壽的喜訊後，來電指示台北代表處特別送來祝賀的；大蛋糕則是黃總經理根和得知是玉老大壽後，「悄悄」吩咐行政組主任莫振華訂購的。

泰世二樓．祝壽序幕

一切準備就緒，莫主任和工商服務部小姐才從社長室將玉老請了出來，他初時還感到有些奇怪的，但玉老一出現，立刻被同仁們簇擁著到鮮花及蛋糕前，在黃根和總經理及韋蜀遊

趙玉明（二排右六）七二壽辰，在台北好友小聚。

總編輯帶動下，大家一面鼓掌一面唱起：「生日快樂」歌，這時壽翁玉老可樂透了，一口氣便吹熄了生日蠟燭，證實寶刀未老，熱烈的掌聲再次響起。玉老吩咐將生日蛋糕分切後，也送給營業部及電腦打字及製版組同仁分享。

趙玉老欣逢庚辰年七二生日，感慨殊多，尤其因為適逢趙媽媽赴美探視在美的三位公子，所以玉老獨自一人在泰，但是「好人」總是不會寂寞的，不但遠在美國的妻兒隔洋電話和傳真捎來愛的祝福外；中華民國駐泰代表黃顯榮上將送來了花籃賀壽；消息靈通的新聞組組長陳其寬更先送來壽酒致賀，敬愛玉老的一些台商小老弟們更紛紛堅持著要以「盛筵」為玉老祝壽。酒宴後還來場「小局」，鴻運高照，手氣奇佳的「壽翁」大大贏錢，卻又刻意「放水」讓大家高興一場。

其實，玉老對自己的壽辰十幾年來，在我

們同仁面前是絕口不提的，大家只是知道今年是深受泰國子民敬愛和擁護的泰皇蒲美蓬大帝七十二聖壽，而玉老正是與泰皇同年，當然他也是全報社同仁敬愛的大家長。

庚辰生日・有詩記事

玉老欣逢七十二大壽，感觸特別多，更觸動他的詩情，請看他以〈庚辰生日記事〉為題的七言律詩：

今年生日過湄川，妻兒祝福隔洋傳；
大使賜花添壽意，摯友稱觴盡嘉言；
酒後開局非關賭，燭前許願不求仙；
古稀猶覺春秋盛，意氣風發勝往年。

「庚」詩雖然只寥寥五十六個字，卻內涵豐富，意境生動，剖析玉老遠離臺灣，獨自一人在湄南河畔的曼谷度過七十二壽辰的心情。雖然妻兒在美，卻隔洋傳來殷殷的祝福；又有中華民國駐泰代表（大使）送來鮮花祝賀；泰華僑界一群好朋友也堅持設筵賀壽，獻上善頌善禱的祝辭。酒後一場餘興輸贏盡付談笑中，是何等灑脫。一生經歷過大風大浪的玉老並沒有真正的宗教信仰，所以即使有所許願也不會祈求神祐仙護，但問心中無愧。而最令人激賞的則是他最後的兩句詩：「古稀猶覺春秋盛，意氣風發勝往年。」更令人想到玉老這個「老兵」，在十五年前，只因為聯合報系王創辦人惕吾公的一紙「命令」，一個重託，他便把餘生奉獻給了泰國《世界日報》。從一開始憑著滿腔熱情，和滿腦子計劃，來到語文不通，不識一人的曼谷，接辦一個雖然已有三十餘年歷史，卻已搖搖欲墜的《世界日報》，所以一開始他便知道此去任重道遠，困難多多。然而，他「老兵」的性格，絕不因為辛苦而退縮。他多次接受台北、香港和泰英文媒體訪問時表示：從台北來到曼谷從事新聞事業是要服務僑社，目標在僑社和諧團結。他並一再強調：「在海外的中華子孫，總覺得自己是飄萍無根，如何使他們覺得有根，是一個很重要的工作。」——所以一開始，玉老來泰的使命感便很沉重。開始時，他因為受限於「外國」人的身份，不能在泰國任報社社長，也不能做總編輯，事實上「泰世」一切事務大小，從報紙內容、印刷發行、拓展廣告……的總策劃工作，均賴其督導總成。所以早期兩年間，他身兼副社長和執行總編輯，白天忙於奔走僑社，四處應酬，廣結善緣以拓展「泰世」的關係，努力改變一般人視「泰世」為「國民黨傳聲筒」報紙的形象，使大家漸漸從了解到認同和肯定；晚上到凌晨一段時間，則在編輯部督導著一群老則七、八十歲高齡的老編打拚，又得教導我們這些不是念新聞系出身的毛頭小子寫稿和編報。所以他常感嘆「老」編桀傲難馴，年輕者後繼乏人，只得採取「土法煉鋼」的方式教導我們，為「泰世」的接棒人做培植工作，可見他高瞻遠矚和用心良苦，也因此他每天工作

十二、三個小時是極平常的事，他的精力和幹勁，常使我們這些年輕後輩又敬又愧，而他告訴我們這其實就是「聯合報系精神」。

接辦泰世．十有五年

聯合報系接辦「泰世」初期，真箇百廢待興，玉老面對這樣的一個「爛攤子」，只能大小事務一手包辦，一切從頭來過。早三、四年真個花錢如水，但玉老一直也很感念的是王創辦人、王董事長必成和王總經理必立先生對他的信任，讓他在強有力的經濟支持下，絕無後顧之憂，可以放手去打拚，而終於讓「泰世」像火鳳凰般浴火重生。

「泰世」這十五年在玉老領導下，一路走來並不很平順，因為當「泰世」漸漸在新聞內容和編排、廣告業務，超過泰華其他報章，影響力倍增時，中共駐泰大使館的壓力再現；其他同業友報的排擠也見明顯。玉老又宣示王創辦人「正派辦報」的宗旨，強調「泰世」是一份獨立自主，自負盈虧的泰國民營報紙，絕不接受任何一方津貼和控制。他還在社論和許多公開場合呼籲泰華各報要「共存共榮」，共同為泰華讀者服務，也為中華文化的薪火在海外延續而一起努力。

「泰世」正派辦報的原則，終於廣獲同業與讀者的肯定，玉老的坦誠豪邁和大無畏精神也廣受大家的敬重，成為泰華新聞界的「老大」，每在重要聚會時，皆公推他代表致詞。北京曾邀泰華報業組團往訪，每報一人，世報特邀請玉老伉儷和當年寇維勇特派員赴北京訪問，受到政協主席李瑞環的禮遇。當年的一段訪談對話更被寇特派員曾撰成新聞，還上了聯合報系各報的第一版頭條。

六輪龍壽．賦詩感懷

歲月雖為玉老添上白髮，卻豐厚圓融了他的人生智慧，而不變的是他的鬥志和銳氣。——他近數年來策劃「泰世」成為東南亞區域性的報紙，要領導「泰世」走出湄南河，拓展緬、越、柬、寮和印尼市場。——這種遠見和衝勁，連王副總文杉在今年七月「泰世」四十五週年社慶蒞泰巡視時，也表示敬重，頻頻稱讚玉老是聯合報系在過去和現任總編輯中幹勁十足的一位「不老」人。玉老詩云：「意氣風發勝往年」，可說是當之無愧。

玉老八月廿二日，七二初度當天還寫了一首：〈六輪龍壽感懷〉詩云：

六輪龍壽匆匆過，獨在湄濱感慨多；
青春歲月英雄夢，筆墨因緣無覓歌。
但獻此身無怨悔，願掬童心致祥和；
人世險阻凶逢吉，詩酒風流樂如何。

全詩道盡玉老大半生，從大兵、作家、記者到編輯人的傳奇生涯。對日抗戰時期，他止是流亡學生，高中未畢業便「青年從軍」到了臺灣，當一個上等學兵，他一心一意只想考軍校當軍官，當「英雄」，卻不料因為頭上數個疤痕，在見主考官時，二話不說便「當」掉了，他在激憤下寫了生平第一篇作品〈疤〉在當年的《野風》發表，自此，他左手持槍，右手執筆，以「一夫」的筆名寫了不少新詩和散文。

筆墨因緣・無怨無悔

後來，他到了最前線的金門、馬祖，做過戰地記者，校對、編輯，後又任金門、馬祖廣播電台台長，心戰部隊新聞官，打的是另一場心戰。他此時也寫廣播劇，寫小說，而且連連奪取軍中詩獎及小說獎，是當年備受矚目的軍中作家。

也因為這段文字因緣，玉老自軍中退役後，便自辦雜誌——《人人娛樂》，後又參加《科學月刊》創刊，又主編《文藝月刊》和《台視週刊》。他還參與了「華視」的籌備工作。結果是替朋友代班而偶然進入了《民族晚報》，而後又編過《徵信新聞報》、《經濟日報》，進而受到王創辦人的器重，進入了《聯合報》編輯部，從編輯顧問到總編輯，十五年前更銜命來到了泰國，自此大半生便奉獻給了新聞事業。

玉老曾經說過：從早期的喜好文學，以從事文藝創作為職志；到中期以後把新聞事業當作一種信仰。自己大半生的時光都投注了進去。正是：筆墨因緣無冕歌，卻又無怨無悔。

在台北任《聯合報》總編輯時，看慣了政海浮沉；在泰國這十五年時光，也遍視人世險阻，皆能以平常心、祥和心處之，每有貴人扶持，得逢凶化吉，因此玉老每懷回饋社會、國家感恩的心。

玉老作壽‧查公打油

玉老的老搭檔、我的師父查公（仞千），讀了玉老生日詩，有詩為賀，詩前採查氏標題法，製成聯語：

老虎肖龍　騰雲風生
玉老作壽　查某打油

查公的詩，對玉老筆墨生活多有回顧，玉老早年以「一夫」筆名寫詩，後轉新聞界，擔任台北《民族晚報》及《聯合報》總編輯，勇於任事，圈內稱玉老為「老虎」而不名。查公感嘆，記者生涯如夢，沒想到玉老也「胡亂撞」下了南洋；體認歲月多艱，年過七十，又管他什麼三長兩短呢？三長兩短是編輯台上的行話，習稱兩欄題為兩短，三欄題為三長，在此屬雙關語。最後說，玉老在泰國有很好風評，今年生日有四面佛庇佑，舉杯為祝，詩曰：

詩翁一夫顛且狂，英雄情懷無冕王；
記者生活原是夢，胡打亂撞下南洋；
坎坷歲月古稀客，管它兩短和三長；
鋒頭出到暹羅國，四面佛前舉壽觴；

「泰世」家庭版紫微斗數專欄作者慧晴居士（秦春夫顧問）讀玉老生日詩亦有詩為賀。傳真表示：捧讀〈庚辰生日記事〉暨〈六輪龍壽感懷〉詩兩首，對玉老神來之筆，點睛金玉：「古稀猶覺春秋盛，意氣風發勝往年。」句，讚佩不已。特和詩一首以為祝：

祝嘏金樽觥籌錯，玉蘭茂盛暗香浮；
老神童心猶未泯，壽翁清譽賽封侯。

秦顧問又在九月六日設宴，為玉老祝賀。秦顧問查證，一九二八年九月六日為農曆戊辰七月二十三日（玉老生日），他在長榮酒店擺酒，寓意「長榮長青」之意，特邀了幾位朋友作陪。

玉老七二大壽喜訊傳至台北《聯合報》，昔日玉老的子弟兵，「聯副」眾家兄弟姐妹也聯合寄來一張大大的，滿載著祝福的生日賀卡。

夫人情意．化為和詩

玉老生日感懷詩中有：「獨在湄濱感慨多」句，引起在美國看兒子的趙媽媽十分不安，叫兒子「英妙兒」（E-Mail）給玉老，說以後一定陪他，不讓他一個人過生日。而後又多次電話，對玉老青少年即離家闖蕩，有很好的際遇，文學寫作常得獎，辦報也有成就，而且朋友滿天下，親人都很善良，兒子也不錯，玉老自己詩興、酒興、球興都好，他問玉老，夫復何求？玉老常稱趙媽媽為「我家天真老女孩」，趙媽媽則戲稱玉老「傻老頭」，夫妻情深。玉老體察趙媽媽的心意，在鼓勵玉老「知足常樂」，玉老靈感立時湧現，寫成一首〈代和龍壽詩原韻〉，體現了趙媽媽的心意。詩曰：

春秋七二龍壽過，布衣人生際遇多；
著作屢摘文學獎，辦報常奏凱旋歌；
朋誠友顯萬方在，親賢子秀一家和；
有酒有詩球興好，敢問傻老復求何。

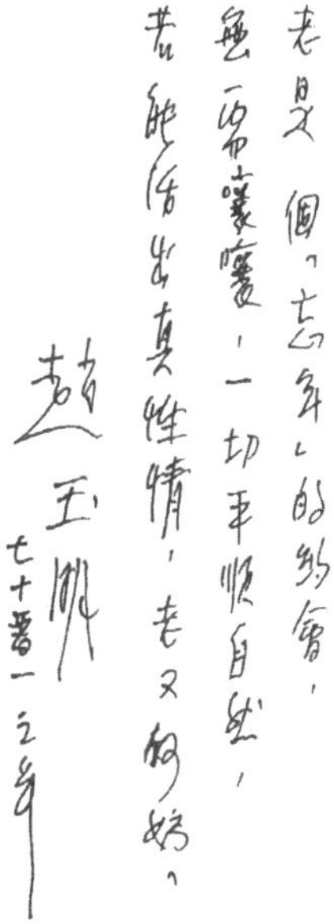
老是「忘年」的約會，
無一絲罣礙，一切平順自然，
若能活出真性情，老又何妨。
趙玉明
七十晉一之年

聯合副刊七十生日感言。

趙玉明七十以後揮桿，有模有樣。

玉老平日不止一次說過，他不能忘情於文學，可惜自己交不出成績。實則不然，他得過很多文學獎，包括軍中文藝新詩獎、新文藝小說銀像獎、新聞文學國家文藝獎、行政院新聞局編輯金鼎獎、台北市評論金橋獎。在海外又得文協中興文學獎，可謂收穫十分豐碩。至於辦報，以「半路出家」而成大器，擔任《民族晚報》、《聯合報》總編輯。《聯合報》總編輯任內，推動電腦新聞編輯，首創多元化社會的新聞導向，帶動台北新聞界新方向，三年任內報份增加四十五萬份（王董事長必成先生早幾年曾向泰華僑領透露），創辦人廿年前，曾一次發獎玉老廿萬元。來泰接辦《世界日報》，讓它「起死回生」，創辦人在常董會上曾以「無負所託」相嘉許。玉老交遊滿天下，人脈廣闊，自販夫走卒而到顯貴，政學界的朋友尤多，都能誠信相處，對玉老為學處事，影響甚大；家庭而言，趙媽媽賢慧祥和，三個孩子都完成碩士以上的教育；玉老年過七十，健朗如常，有詩有酒，高爾夫球技也很有進境。玉老平日勤謹任事，心情開朗，待人誠懇，廣結善緣，在泰華社會深受敬重，他是我們泰世同仁的好家長。

敬祝玉老．萬事順遂

欣逢玉老七二榮壽，我是學生晚輩，十五年來受他愛護，藉他七十二歲大壽，就詩論事，略述他布衣人生的大事，敬以此文為祝，並誠獻五律一首：

龍騰歲月長，玉老千禧壽
擊楫心何壯，鵬摶志已酬
家國千夫責，文章百代工
吟儔歡此日，共慶振雄風

（作者為泰世副總編輯、泰北子弟，二〇〇〇年七月完稿）

嶺南人

玉老，散文是我朋友

詩是我的愛，也是我的神，以敬神之心，肅然我走向詩，詩與我常在。——引自嶺南人《詩是我膜拜的神》

「嶺南人，詩是你膜拜的神，散文呢？」在〈秋實豐盈八家書——序《湄南散文八家》〉中，玉老問我；在新書發佈會上，他又再問，當時我只微笑作答。

匆匆，十多年過去，我想，該是回答的時候了。

「玉老，散文是我的老友。」

老友面對面，茶敘也好，酒敘也罷，皆可敞開心懷，暢所欲言。天南地北，說說並非如煙的往事，談談國事家事，說說窗外的風聲雨聲，也可談談風月。隨興隨趣，放馬平川，奔馳千里。但是，老友可遇不可求，隨機隨緣，緣生緣滅，隨遇而安。

人老了，可敞開心懷、暢所欲言的老友，愈來愈少了。老友難求，我就把散文當老友，把對老友說的話，寫在我的散文裡，不便在散文裡說的話，我就寫在詩裡。最近，我寫一首五十年的詩：〈八十回首〉，把我的一生，都寫在這首詩裡。詩比散文的天地更大更廣，可以天馬行空。

七〇年代末八〇年代初，我以詩人的身份走進泰華文壇。詩餘，寫寫散文，偶爾也寫詩歌評論，與文壇掌故，但都不多，玩票而已。

八〇年代後期，進入九〇年代，特別是與「湄南河」副刊結緣以後，才全心投入，用心寫散文。把詩餘轉為正業，轉為詩之左翼。其原因，一方面，受老友金沙、老羊、摩南的影響與鼓勵。他們亦詩亦文，詩與散文之外，還寫小說，多才多藝，都寫得亮眼，引人注目，尤其是金沙，他的散文，我十分喜愛。

老友鼓勵之外，另一方面，是受詩人余光中的影響。他說，詩與散文如鳥之雙翼，人之雙目，雙目齊開，雙翼並舉，方能看得廣，飛得遠，又說，唐宋八大家，超過半數皆詩人。詩人的散文比散文家的散文，多幾分情趣與禪味，更瀟灑，更飄逸。

玉老對我的散文的印象，在〈秋實豐盈八家書——序《湄南散文八家》〉中，曾有點評。他說：「詩人嶺南人帶著詩心寫散文，我直接的感受是他把詩的語言，詩的節奏和詩的意境，帶進了他的散文作品中，增加了幾分美感。」

另一位老報人，泰華文藝作家協會會長饒迪華，在《看山》——符徵與我合著的散文集的序〈泰華文壇豐收的季節〉中說：「嶺南人以新詩出名，但他的散文寫得更瀟灑豁脫。」

饒老走了，人走，言在。我感謝他的美言。他倆的美言，於我是鼓勵，也是鞭策。

依依，離開「湄南河」副刊，匆匆十多年過去了。如今，我又歸來！在曾經筆耕過留下我筆耕的腳印與身影的園地，再瀟灑走一回，希望留下的身影，如饒老所說：「瀟灑豁脫」。

天天，翻閱「湄南河」副刊，常常引起我美麗的回憶，常常讓我想起在「湄南河」副刊筆耕的歲月，與伴我陪我一起走過的詩友文友，我懷念他們。《湄南散文八家》中的文友，走的走，停筆的停筆，如今，還在寫的只有今石、苦覓與我，尤其是今石，依然筆耕很勤，常在「湄南河」副刊看到他的身影。我期待，停筆多年的思維、符徵、龍人、許呆也翩然歸來，也盼望曾經在「湄南河」副刊筆耕過，灑下汗水的文友詩友，也紛紛歸來。

明年的二〇一五年，是《世界日報》創刊六十大慶，我盼望在慶祝酒會上，與老友重聚，重話當年筆耕的歲月，更期待與玉老一起舉杯，為「湄南河」副刊的繁花似錦乾杯！

寄話玉老：到時您一定要回來啊！

（作者為泰華詩人，刊二〇一四年泰國《世界日報》湄南河副刊）

趙玉明的兩個情人

筱芳

於是　我有岩石般沉寂的願望
於是　我有流雲般躍動的願望
於是　我有夢般戀的願望
於是　有一個平凡而沒落的我活著

這位專注起來如老僧入定、八風吹他不動；蠻幹起來似神駿雷馳、萬夫攔他不得，又在內心深處藏有一分詩情畫意的〈自剖〉詩作者趙玉明，其實，在現實的生活裡，卻是一位既不平凡，亦不沒落的英雄式傳奇人物。

他曾參與過許許多多報刊雜誌的編採工作，而且，一度是《聯合報》的總編輯。多元化社會的新聞概念，由他領導開　風氣；中文電腦新聞編排的一貫作業，也由他負責執行完成。此外，他還是好些文藝獎、新聞獎的得主呢。不過，他並沒有堂而皇之的學歷、文憑。

一切的學識能力，全是自己刻苦自修而來的。

如果要替趙玉明畫張素描的話，最簡單不過，只要拿個圓規就成了。但是，他的內涵實質，卻是筆墨所難以描摹的。

五短身材、聲若宏鐘、目光如炬、健步如飛，似乎已經成了他的註冊商標。舉凡認識他的朋友，都愛親熱地喚他「老虎」，藉以形容他幹勁十足；或是喊他「老大」，著實尊敬他那古道熱腸的俠氣。至於後生晚輩，則多喜尊稱他一聲「玉老」，為的是欽佩他的典型風範。然而，這些稱呼仍不足以概括趙玉明這個人。因為，他之所以令人覺得可敬可愛，主要還是緣於那顆真誠無偽的赤子之心。而多采多姿的人生經驗，又適足以冶鍊他的人格。使其智慧趨向圓熟，愈發顯得神氣充足、藹然可親。

走進辦公室，坐下來，聽他說話，就直讓人覺得這是人生莫大的享受。更遑論是要訪問他了。

從「行伍」出發，走向社會

趙玉明是湖南湘陰人，對日抗戰期間，他是流亡學生；抗戰勝利後，高中還沒讀完，便加入了軍隊，當一個上等學兵，他的傳奇生涯於焉開始。

當了兵的趙玉明，一心一意想投考軍校，可惜由於頭上有數處疤痕而未能如願。不過，「塞翁失馬，焉知非福？」這一次的挫折，反而刺激他寫出了生平的第一篇作品：〈疤〉。

緊接著第二篇的〈恨疤〉，也是由此引發出來的靈感。

以後，他用「一夫」的筆名，寫了許多新詩。

趙玉明原名玉成，在軍中辦理任官時，他因為名字與長官相同，礙於規定而被改為今名。

民國四十二年，他與詩友阿坦、金刀、疾夫集資出了一本詩的合集——《金色的陽光下》。因為是四個人節省了好幾個月的薪餉才出版的，所以，書一印好，四個人就興高采烈地捧著它合照了一個「歷史鏡頭」。這也算是寫詩歲月裡值得大書特書的一件事了。

在軍中二十多年，趙玉明做過金門《正氣中華報》的記者、編輯兼校對，當過心戰部隊新聞官，以及馬祖、金門廣播電台台長。身為台長期間，他常自己動手寫廣播稿。他有很多劇本，便是這時的產物。另外，他也寫小說。他得過國軍文藝競賽的詩獎、國軍文藝金像獎小說類銀像獎等等。

退役以後，趙玉明自己主辦過一份雜誌——《人人娛樂》。這是台北最早的平版彩色印刷雜誌。也參加過《科學月刊》的創刊，與百餘位學人一起工作了七個月。儘管以「純外行」的身分來共襄盛舉，但一提起這段往事，他就不由得眉飛色舞起來：「為了讓第二代的年輕人看到國際的科技發展狀況，我在當年是完全奉獻的！」顯然，比起《家鄉》、《軍民一家》等雜誌來，《科學月刊》是較令他滿意的。

他曾兩度擔任《文藝月刊》主編。民國五十七年，主編《台視週刊》時，締造了突破雜誌十多萬份發行量的記錄。直到今天，他仍然是這個紀錄的保持者。

然後，他加入了「中華電視台」的籌備工作，擔任節目部編審組長。又恰巧碰上朋友結婚，請他代編職務，而偶然進入了《民族晚報》。沒想到這麼一腳跨進去，就與新聞事業結下了不解之緣。從編輯做到總編輯，他的貢獻不但眾所周知，而且，影響深遠。

自認擁有兩個「情人」

沒有繼續文藝創作，據趙玉明自己的解釋，是因為「頓悟」文藝創作必須要有才華。尤其是寫詩。

「一個人哪！要有自信，也要有自知。有自信，所以我創作；有自知，所以不寫詩。我自認沒有詩人的氣質。對人生的看法，也不能像詩人一樣透過哲學的深刻觀察。所以，我自知不會是一個很好的詩人嘛……」

有了這種體悟，他便理直氣壯地決定擱下寫詩的筆；思索著如何在人生的道路上，再重新出發。

這時候，他開始對新聞工作產生了濃厚的興趣。他認為文學是藝術，可以透過一個人的智慧、人生體驗及日常生活來發抒感情。不論詩、散文、小說，都是如此。而新聞則是一切以事實為基礎的事。有人說：「今日的新聞，就是明日的歷史。」可為註腳。於是，他得到了結論：

「文學是一種非常主觀的人生。因為這是表現作家對人生的態度。新聞卻是一種十分客觀的認定；新聞不能製造，一切都要以事實為基礎。一個新聞工作者，必須憑著良心去審判新聞的重點和好壞，予以適度的評價。」

新聞工作的客觀性吸引了他。他覺得從事新聞工作，可以在自己的人生裡，完成個人真實的自我。因此，他毫不猶豫地投身新聞界，把新聞事業當作一種終生的信奉。

不管做任何事情，預先都喜歡詳細計劃的趙玉明，立刻給自己訂定了一份讀書計畫。他花了將近四年的時間，讀過各種新聞方面的著作。在新聞理論上下功夫，摸索、研究、作札記；在實際工作上多方嘗試，歷鍊編、採、撰的各種經驗。而他所一向堅持以良心為工作準則的原則，也是從來不曾改變的。

「新聞事業是百年的事業，不能以成敗論英雄。只看它對於國家社會的影響，看自己是否憑著良心來工作。作為中華民國的新聞人，在此時此地，尤其非常困難。他必須要有理想、執著信念、認真工作，而且，要能體會現代社會的環境。」

這一番語重心長的道白，亦即趙玉明自我期許的要求。退役十二年間，他卻辭職了十三次。凡是碰上應該堅持原則的事，他總是身體力行自己的規章，絕不妥協，也不戀棧。這種看來又臭又硬的「騾子脾氣」，的確使他吃了不少虧。但他始終沒有因此抱怨或懊悔。他求的只是一個心安理得罷了。

繼《民族晚報》之後，他曾編過現在《中國時報》的前身《徵信新聞報》及《經濟日報》。進而成為《聯合報》編輯部顧問、總編輯。

從早期的喜好文學，以從事文藝創作為職志；到中期以後把新聞事業當作一種信仰，趙玉明把他半生的時光都投注了進去。

「這兩者對我而言，」他微笑著打了一個比方：「就像兩個情人一樣，不大能分得開呢！」

在理想與現實之間奮鬥的趙玉明，一直希望能把文學引進新聞的領域，使兩者相輔相成，成為新聞文學。這是他對「兩個情人」的最大願望。

自民國七十年便擔任《聯合報》總編輯職務以來，趙玉明主持編務的方法是：絕對授權，分層負責。他　用了一大批三十幾歲的年輕朋友作主任，使《聯合報》呈現著一片欣欣向榮的蓬勃朝氣。

「我做總編輯時，正是《聯合報》第二個三十年開始之時。至今三年多下來，這些年輕朋友們，有的已經做到副總編輯了，幹得有聲有色。但他們當年都是記者、編輯。我敢於這樣做，至今覺得自己的觀察不錯，感到非常欣慰。」

他執行中文電腦的編排作業，推動多元化社會的新聞……盡其所能地去做應為當為之事，他的建樹是大家有目共睹的。

在《聯合報》期間，他一共獲得了三個獎。

第一個是擔任採訪工作時，以《飛向白日青天》一書獲得國家文藝新聞文學類獎（六十七年）。這部作品是以范園焱義士起義來歸的事蹟為主體，兼重其心態研究與時代背景。不僅寫范義士個人的故事，亦且為中共竊據大陸、禍國殃民多年來全部歷程的縮影。由於主題正確、結構完整、脈絡分明、對話生動、旁白樸實，所以，感人甚深。其深入淺出的文筆，堪稱報導文學的佳作。這是他首度將「兩個情人」結合為一，具體而成功的嘗試。

其次，是當總編輯時，因為推動多元化社會的新聞，增加了新聞的廣度和深度，有助於拓展朝野視聽，端正社會風氣，厥功至大。所以，獲得行政院新聞局的新聞編輯金鼎獎。

第三個，則是後期寫地方公論時，見解鞭辟入裡，一針見血；剖析詳明，有條不紊。獲得台北市政府的「金橋獎」。

身為一個新聞工作者，連續幾年在採訪、編輯，評論各方面都能夠得獎，趙玉明固然覺得十分安慰；但換另一個角度來說，這也未嘗不是社會對他工作價值的肯定。故而他仍是心存感激的。

儘管已經離開了《聯合報》總編輯的職務，可是，他對於《聯合報》依然最感親切。他自認為以一個行伍出身的軍人，能夠成為中華民國民營第一大報的總編輯，對個人來說，是一個相當難得的經驗。

「這使我有機會可以考驗考驗自己這些年來自修的成果。我可以說，經過《聯合報》總編輯三年多的考驗，做為一個行伍出身的編輯人，我覺得考試及格。所以，我對《聯合報》

特別有感情。」

趙玉明認為，適於擔任總編輯的人選，必須是專業的，而對於各方面也都得有所了解。若能成為一個有聲望的報紙的總編輯，在其個人的生命裡，必會寫下非常重要的一章。但是，大家所賦予一個總編輯的責任實在太重了。無限的責任，會限制一個總編輯發揮其才幹，造成他心理的壓力。這種缺憾，仍有待於社會大眾在觀念上的調整與更新。

「起承轉合」的學問

從事新聞這一行業，是一項極富於挑戰性的工作。隨著社會的愈趨複雜，新聞事業愈發擴展，對於從業人員的要求，也就愈來愈高。過去講求通才，現在則講求專才。一個新聞工作者了要有新的概念，使用美國如今所講的「新新聞學」（即追踪調查）的方法外，還必須具備的基本知識。尤其是要有寫作的基礎。否則，將無法勝任他的工作。

趙玉明以為在這樣一個「編經濟要有經濟的知識；編法律要有法律的知識；編副刊要有文學藝術綜合的知識；編娛樂要有娛樂的知識……」的時代，青年人如果真心想要學好新聞編輯，那麼在精的本行外，仍得潛心研究新聞寫作的方法，以及新聞編輯的技巧。

依照他自己多年來實務經驗的體會心得，他覺得中國古文裡有四個專講章法的字，拿來講新聞寫作上，十分得宜。那就是起、承、轉、合：

「起：開頭，即我們所說的新聞的頭子；承：說明，即進一步的解說。對於時、地、物與發生的事件，都要有一個清楚的交待。轉：即反面的意見、不同的意見、第三者的意見、證人的意見等，都包括在內；合：即這件事情的結果究竟怎麼樣。」

任何人只要根據這四個字來報導新聞，是絕不可能不合乎新聞寫作的要素的。

至於學習新聞編輯，就沒有捷徑可循了。趙玉明覺得最好的辦法，便是看別人編的報。選你最滿意的編輯人，把他所編的報紙拿來看，作比較！」這種紮實的笨功夫，是一定要下的。「即能看，也可以想：假如是你的話，你要怎麼編？」如此一來，對於新聞編輯的字號、長短及製作，都會有比較明確的認識。

到海外去辦報

由於在擔任《聯合報》總編輯期間，趙玉明給予國內外新聞界的印象都相當良好。因此離開這個職位出國訪問時，無論是美國的《紐約時報》、《華盛頓郵報》、《華爾街日報》、《洛杉磯時報》，或是日本的《讀賣新聞》、《每日經濟》、《朝日經濟》等，均予以友善的接待。

最近，他又接受委託，到泰國去主持一個擁有三十一年歷史的曼谷《世界日報》。由於限制，沒有泰國身分、資格的人，不能做社長，也不能做總編輯。所以，他現在表面上的名義副社長兼執行總編輯。但是，在實際上，一切的事宜，均賴其督導總成。

此去責任重大，困難亦多，然而，他並不以為苦。他認為海外的新聞事業是要服務僑社的目標在使僑社和諧團結。並強調：「在海外的中國子孫，總覺得自己是飄萍無根的。如何使他覺得有根，是一個很重要的工作。」

懷抱著回饋社會國家的感恩心情，他肯定自己所從事過的每一個工作的意義。雖然一再說自己只是「一個非常平凡的人」，不過，壯心待展的趙玉明，始終對未來有所期盼和理想。不以自己所曾擁有的成就為滿足，或許正就是一位謙沖君子的風範吧！

（原載一九八六年三月《文藝月刊》二〇一期）

出版後記

很意外，垂暮之年，還想出書。自嘲為「沒有作品的作家」，也混了五六十年，蒙朋友們錯愛，有活動都沒有少我這個人，不自量力行走在作家詩人之間，近年因為《文訊》的關係，參加活動反而增多，也為《文訊》寫過幾篇小稿，甚至五十年不詩，還發表過一首詩，這意味著「古物出土」，寫作生命有復活跡象，自是更感意外。

《文訊》封德屏社長聽說我想出書，採支持態度，願意協助，還請一位小朋友幫我整理資料。我的老戰友仞千查公，認為早就應該作，還有幾個年輕兄弟，也表示贊成，當然我也開始認真思考，展開行動。

最先的構想，是出一套書，一共五本，每本十二萬字，包括新聞學徒、曼谷紀事、有友同行、四方觀察和寫作練習簿。「四方觀察」是社論選集，分四部份：民主臺灣、崛起中國、微笑泰國、混亂世界。「寫作練習簿」是早期文藝習作，包括戰鬥的火花（詩）、仰天居隨集（散文）、以及大兵的故事（小說），都是早年不成熟的舊作，是古物出土。

計劃太大，而且有些時效差。又想到改用回憶錄形式，如「趙玉明八八自述」，分上下兩冊，一冊「學徒辦報」，一冊是「筆墨因緣」，各二十多萬字，請《文訊》編印發行，由我自費出版，公開預約，可能不會多，實際上以送人為主。

後來細想，這兩本書，實際內容是兩個重點，一個是我在聯合報系工作紀實和在泰國三十年「作報」的經過，另一個重點是我在軍中學習寫作和文友交往的經過，到今年正好六十年，是兩個大數字，顯示著兩種重大意義，兩書各加一個副題，而成為《學徒辦報：泰國《世界日報》三十年》，以曼谷辦報為主，包括新聞學徒、曼谷紀事、以文會友、風雲盛會四輯。《筆墨因緣：大兵習文六十年》，以習作為主，包括友情的憶念（紀事）、戰鬥的火花（詩）、仰天居隨筆（散文）、大兵的故事（小說）以及妙筆生輝（朋友寫我的文章）五輯。配合泰國《世界日報》創刊六十週年社慶添喜，台北由《文訊》雜誌編輯出版，泰國由《世界日報》同時發行，增強兩書出版新意義，對團體是工作，對個人是一種完成，兩全其美，出書美夢成真，由我在養病中補寫一些文字，下筆如神，不知老之已至，三個星期補了七萬多字，玩童不老，心中暗喜！

我平時沒有收集舊作的習慣，早期作品流散，多蒙詩人麥穗、向明、魯蛟及《文訊》吳穎萍多位協助，找出我不少舊作，勉強成輯，特向幾位致謝。

還有，早年田原先生主持黎明文化時出《作家選輯》，與我有約，列為前十本書，因我自感不足，而未出成，此次出《筆墨因緣》中的詩、散文、小說各輯內容，與前約大致相同，而田原老哥早已仙逝，遙望天國，向他權作交差，向他致敬！

編書大致決定，我把出書的意思告訴《世界日報》現任社長黃根和兄，我和他合作三十年，他很高興同意，希望在台完稿製作，在泰台兩地同時發行。

書中收錄了多位作家、詩人、朋友、同事的文章，借重他們辦報、做事和寫作的盛譽，增加光彩，更感謝和我幾十年來一同打拚共創光榮的同事好友的支持。本書寫的不是我一個人，而是同一時代的人和事，記敘可能不很周全，或有疏忽，希望大家海涵。

感謝《文訊》封德屏社長和杜秀卿、吳穎萍兩位小姐的合作與費心，雲襄趕工為我設計封面，這些年他一直幫「老酒鬼」乾爸爸做事，隨傳隨到，十分感動。也要特別謝謝泰國《世界日報》黃社長根和兄的支持，使我出書的心願得以完成。

趙玉明（二〇一五、六、一四）

趙玉明新聞學徒生活紀事

文訊雜誌社整理編輯，趙玉明校訂

一九二八　七月二十三日，出生於湖南湘陰農家，父早逝，賴慈母養育，同胞七人，一女七男，原名玉成，行七。

一九三三　六歲，啟蒙入私塾，讀四書，課餘讀千家詩。

一九三七　十歲，入鄉初級小學四年級畢業。原擬赴武漢學生意，抗日戰爭爆發，未能成行。

一九三八　十一歲，入白水中心高級小學五年級。

一九三九　十二歲，轉雲靜中心小學，跳級六年級下學期，半年畢業。

一九四〇　十三歲，入湘陰縣立中學中四班，暑期隨同學父親讀《史記・項羽本記》等書。

一九四一　十四歲，初二時，家鄉淪陷。

一九四二　十五歲，在家鄉補習，是年與同學多人逃難湘西，在敘浦被收容成為流亡學生。

一九四五　十七足歲，抗戰勝利，隨復員工作隊到長沙，編入第九戰時中學，甄試入初中畢業班。校址沅陵，後改沅陵中學。時高中部同學，成立子葉文學社，與初中同學成立子竹文學社。學校高中部鬧學潮，當年停止招生，考進湖南省立第九工業職業學校土木工程

一九四六　十八足歲，原校恢復招考，迫於生活，自願成「優等成績留級生」，公費重讀高中一年級，讀三十年代作家魯迅、巴金、田漢、茅盾多人作品。

一九四七　十九足歲，高中二年時從軍，年底抵達鳳山，接受新軍訓練。

一九四八　廿一歲，患肺浸潤病成療養員，部隊赴北平作戰。病癒後轉往台北，參加臺灣警備旅第二團，任中士班長。團長王瑞鍾，就是《聯合報》創辦人王惕吾。

一九四九　廿二歲，升上士班長，徵召接受初級軍官訓練十一個月。

一九五〇　廿三歲，九月十六日升任准尉軍官。

一九五一　廿四歲，報考軍校二十四期，因頭上有疤，失去進軍校機會，被任命擔任排長。任官時更名「玉明」。

開始練習寫作，結識何坦、俞允平、張作錦，成為終身的朋友。同時結識小說家尼洛。

一九五二　廿五歲，參加文藝函授學校詩歌班，導師覃子豪先生。

與何坦、俞允平合編第一份油印報《篝火》。

參加甄選，轉調政工幹部，開始新詩寫作。

一九五三　廿六歲，與何坦、俞允平、張作錦四人合著詩集《金色的陽光下》，由野風出版社出版。

部隊選為文化示範營，擔任幹事。認識覃子豪、紀弦、鍾雷、彭邦楨多位詩人，以及趙友培、陳紀瀅、王藍等作家。

調六十八師師部宣傳官，與李大錚合作主編第二份油印《軍聲報》。

籌劃「蘭陽地區文藝座談」邀李辰冬校長蒞臨主講。

一九五四 廿七歲，部隊調防金門，任金門《正氣中華報》校對兼編輯，為學習新聞編採的起步，結識揚州查仭千，成為終身摯友和工作伙伴。

一九五五 廿八歲，獲國軍文藝創作詩歌獎。

一九五六 廿九歲，回調部隊，任連輔導長，調防回台。

獲國軍文康大競賽新詩類第二名。

紀弦現代派成立，未加入，但受邀參加所有活動，認識鄭愁予、楊允達、羅行、羅門、蓉子。

一九五七 卅歲，保荐參加國防部心戰幹部選拔，獲選二十六人，由張星棠上校領隊前往金門前線工作。

在金門結識辛鬱、商禽、流沙、沙牧、戰鴻、魯蛟、金劍等詩友及畫家鄧雪峰。

一九五八 卅一歲，兩年半後回調台北林口，歸建心戰部隊，擔任參三作戰股長。學習參謀業務，畫家李奇茂多人為工作伙伴。與尼洛重逢，張拓蕪、辛鬱、楚戈調來林口。

一九五九　卅二歲，調訓步兵學校，十一個月結訓，比敘陸官二十四期步科畢業。受訓時赴台南探視張拓蕪上士，被拒門外，半年後他調來林口，被稱為詩壇「林口四人幫」，所謂「同溫層」即在此時。

一九六〇　卅三歲，調任廣播電台台長職，任務編組擔任光華之聲新聞部主任，率團進駐台北中央廣播電台，歷練採訪。

一九六一　卅四歲，出任馬祖廣播電台台長二年。參加心戰廣播研究班，結識廣播界精英。

一九六三　卅六歲，歸建林口，任務編組任光華之聲總台節目部主任，結識鄭貞銘教授，同事一年多。

一九六五　卅八歲，出任金門廣播電台台長二年。

一九六七　四十歲，回台，借調國防部心戰小組研究員，兼廣播小組召集人，製作中韓越三國聯播節目。

好友查仞千結婚，代編《民族晚報》半個月。

與電影音樂人駱明道，創辦《人人娛樂》月刊，創辦人人唱片公司任總經理。

接受「心廬」研究所講程，從事中國問題研究，指導教授曹敏、鄭學稼、李廉多位。

一九六八　四十一歲，撰寫〈咆哮大地〉，獲國軍新文藝中篇小說銀像獎（金獎從缺）。

一九六九　十月十三日與張凱苓女士結婚，王昇上將福證，曹敏教授主婚，席開四十桌。

一九六九　四十二歲，六月廿七日長子出生，正主編《科學月刊》，因以惟真命名。勃魯克斯攝影學院多媒體學士，紐約大學碩士。結識沈君山、李怡嚴、楊國樞多位教授。

一九七〇　四十三歲，自軍中退役。任《民族晚報》編輯，《台視週刊》編輯。

一九七一　四十四歲，晚間任《徵信新聞報》編輯。長女惟馨出生，八個月患腦水腫夭折。

一九七二　四十五歲，轉《經濟日報》主編，仍兼晚報。

一九七三　四十六歲，一月十五日次子惟光出生，獲渥斯特理工學院學士，哥倫比亞大學機械工程碩士。

一九七四　四十七歲，辭出兩報一刊，專任華視節目部編審組長。

一九七六　四十九歲，辭華視編審組長，擔任《民族晚報》副總編輯。徵召兼任《文藝月刊》主編。主持《軍民一家》創刊，半年後卸職。

一九七七　五十歲，任《民族晚報》總編輯五年八個月，調任總編纂，半年辭職。轉任《聯合報》編輯部顧問，擔任大輪編。訪問范園焱義士，寫成《飛向白日青天》一書，獲新聞文學類國家文藝獎。

一九七八　五十一歲，八月十日三子惟文出生，紐約大學電腦學士，南加大電腦碩士。

一九七九　五十二歲，任《聯合報》執行副總編輯。

一九八〇　五十三歲，九月，任《聯合報》代總編輯。

一九八一　五十四歲，九月，真除總編輯。

一九八三　五十六歲，獲台北市政新聞評論金橋獎。

一九八四　五十七歲，以推動「多元化社會的新聞」獲行政院新聞局新聞編輯金鼎獎。受秦孝儀先生邀約，編著《居正傳》，請假半月，趕寫完成。受梅新邀約，撰寫「仰天居隨筆」專欄。調任聯合報系總管理處執行副總經理。率團訪問美國《紐約時報》、《華盛頓郵報》、《今日美國》、《洛杉磯時報》、《前鋒論壇報》，日本《朝日新聞》、《工業新聞》、《產經新聞》多家大報。

一九八五　五十八歲，十一月出任泰國《世界日報》執行副社長兼總編輯，代表聯合報系接辦《世界日報》。

一九八六　五十九歲，二月十八日泰世增張改版，正式出報。

一九八八　六十一歲，一月接任社長，仍兼總編輯。當選世界中文報協泰國區理事，每年出席年會。協力成立泰華文藝協會。

一九八九　五月四日以推廣海外文藝活動，獲中國文協海外文藝獎章。

六十二歲，連續舉辦文藝座談會，文學演講會，泰華文藝季，邀臺灣作家五十多人，分批蒞泰講學。

一九九〇　六十三歲，獲贈美國太平洋文化學院人文博士榮譽學位，由鍾鼎文先生抵泰贈予。

一九九三　六十六歲，任社長時多次訪問北京、天津、廣州、武漢、長沙、昆明、南京、出席「環球報業論壇」多次會議。

與妻二人由香港，經深圳，返湘省親，闊別卅五載，為母墓修成，舉行祭拜禮，率親屬五代墓前行禮。

《世界日報》行銷柬埔寨。

訪問緬甸，成立緬甸辦事處。

訪問越南，報紙進入胡志明市。

派總經理訪問老撾，與政府訂定行銷合約。

二〇〇〇　七十三歲，訪問印尼，促成設立印尼聯合報業公司。

二〇〇一　七十四歲，六月八日，創辦印尼《世界日報》，兼任社長。

二〇〇二　七十五歲，七月《聯合報》退休（曾獲慰留）。

二〇〇三　七十六歲，報社情商，留任泰國《世界日報》顧問兼總主筆。

返台定居，受邀參加文訊活動。
受邀參加旅台湘陰同鄉會，選為名譽理事長。
每年仍赴泰兩三次，參加相關活動。
獲推舉為泰華文藝協會榮譽會長。
九月赴長沙出席世界華文報業論壇，由三子惟文陪同返鄉省親祭母。

二〇〇四　七十七歲，參加山行活動，每晨與山友多人川行山間為樂。
加入湖湘文化發展協會，獲選為常務理事。

二〇〇五　七十八歲，出席武漢「世界華文報業論壇」，代表全球同業在開幕禮致詞。

二〇〇六　七十九歲，出席昆明「東協論壇會議」。

二〇〇九　八十二歲，山行時發現有氣喘現象，榮總診斷為心肌梗塞。
某夜，無預警暈倒。赴榮總進行多項檢查。

二〇一〇　八十三歲，六月心臟內科陳景隆大夫安排心導管治療。
七月十日心導管手術因心血管阻塞未完成，轉心臟外科，安排多項檢查。
七月十八日主治醫生張效煌大夫簡報手術事項，二十日進行心臟繞道手術，即開心手術，三十日平安出院，長期服藥中。
接受人間衛視「知道」節目訪談，製成「青春歲月英雄夢筆墨因緣無冕歌」專輯播出。

二〇一一　八十四歲，撰寫〈八十三歲開心事〉在《文訊》發表。

二〇一二　八十五歲，急性肺炎，肺積水，高燒，小型手術無效，陷入昏迷，不省人事，大夫採緊急救助，使用抗生素救回一命。

二〇一三　八十六歲，跌跤、額頭縫八針，住院一星期，遵醫囑安心靜養。

二〇一四　八十七歲，冬天有整理寫作出版新書動機，文訊安排「資深作家」專訪，促成加快出書動機。

二〇一五　八十八歲，泰國《世界日報》創刊六十週年，《聯合報》接辦三十年大慶，親往泰國出席，堅辭所有工作，為六十年新聞學徒生活，劃上完美的句點。編著《學徒辦報》、《筆墨因緣》由文訊雜誌社編輯出版，在台北、曼谷同時發行。

文訊書系 8
筆墨因緣——大兵習文六十年

編著者　趙玉明
總編輯　封德屏
執行編輯　杜秀卿　吳穎萍
校對　趙玉明　吳穎萍　王為萱
封面設計　俞雲襄
內文編排　不倒翁視覺創意
出版者
文訊雜誌社　Wenhsun Magazine
社長　封德屏
地址　台北市中山南路十一號六樓
電話　02-23433142　傳真：02-23946103
信箱　wenhsun7@gmai1.com
郵撥　12106756　文訊雜誌社

泰國世界日報社　Universal Press Co.Ltd
社長　黃根和
地址　21/1 Charoenkrung Road Bangkok 10200 Thailand
電話　02-2260040，2212730
傳真　02-2247968，2224745

經銷　聯合發行股份有限公司
印製　松霖彩色印刷事業有限公司
出版日期　二〇一五年九月初版
定價　NT$320元
ISBN　978-986-6102-24-0

國家圖書館出版品預行編目(CIP)資料

筆墨因緣：大兵習文六十年 / 趙玉明編著. -- 初版.
-- 臺北市：文訊雜誌社, 2015.09

面；　公分. -- (文訊書系；8)

ISBN 978-986-6102-24-0 (平裝)

848.6　　　　104015989